I0656760

Pierre Kynast

Der verhinderte Tänzer

Der hier schreibt ist ein freier Mann, er ist es immer schon gewesen. Die Freiheit hat er sich erobert, er hat sie sich erquält und sie wurde ihm geschenkt. Zu lesen sind hier tausend und zwei Geschichten in Einem. Tausend, die das Leben schrieb, bunt, aufregend, bedrohlich, lustig. Eine schrieb, bitter und tief, die Liebe – und plötzlich schien das Leben leer. Doch aus der Leere voller Fragen und Zerwürfnis wuchs Vernunft – die dritte Geschichte, die Geburt einer Vernunft.

Mit dem Helden des Buches geht der Leser den Weg durch die ersten 30 Jahre eines Lebens. Dabei sind es die Erlebnisse eines Einzelnen, die exemplarisch das typisch Menschliche spiegeln. Von der unbekümmerten Glückseligkeit der Kindheit über das aufbegehrend rücksichtslose der Jugend bis zu mörderischen Selbstzweifeln und Verzweiflungen am Dasein und der Welt wird man in eine Geschichte hineingezogen, die in ihrer Intensität einzigartig ist. Der unbedingte Wille, sich selbst nicht zu belügen, und der Schmerz unerfüllten Verlangens, das seine Ursachen und Ziele sucht, bringen den Helden zuletzt zu sich selbst und einigen Einsichten über die Welt und das Leben in ihr. Die Geburt ist lange nicht abgeschlossen, wenn der Mensch den Mutterleib verlässt. Mit 30 ist man ein ganzes Stück weiter.

DER VERHINDERTE

TÄNZER

TAUSEND GESCHICHTEN, TAUSEND FRAGEN

UND EIN PAAR ANTWORTEN

VON

P I E R R E   K Y N A S T

JAHR

2003 / 115 N.Z.

Pierre Kynast
Egologien I

Der verhinderte Tänzer
Tausend Geschichten, tausend Fragen und ein paar Antworten

Impressum

© Pierre Kynast, Merseburg an der Saale, 2003
Internet: http://www.pierrekynast.de
Umschlag- und Titelgestaltung: Pierre Kynast
Titelbild: William Adolphe Bouguereau. Die Entführung der Psyche

Zweite, durchgesehene Ausgabe [Erste Ausgabe, erschienen im Projekte-
Verlag 188, Halle (Saale), 2006]
© pkp Verlag, Pierre Kynast, Leuna, Februar 2013
Internet: http://www.pkp-verlag.de
Herstellung und Vertrieb: Books on Demand GmbH, Norderstedt
Gebundene Ausgabe: ISBN 978-3-943519-07-5 – Taschenbuch: ISBN: 978-
3-943519-08-2 – E-Book: ISBN 978-3-943519-09-9

INHALT

ERSTER TEIL

TAUSEND GESCHICHTEN

Jemandem vorzuwerfen, dass er ist, wie er ist, bedeutet eben auch, ein Stück weit sich selbst zu verleugnen.

1 BIS 10

Es ist, ist aller Anfang und die erste Verspätung war die Geburt. Am 8. August hätte es geschehen sollen und obwohl später gemunkelt wurde, dass der Arzt sich wohl verrechnet haben könnte, waren und sind sich die Eltern doch einig darüber, dass die Schwangerschaft eben einen Monat länger gedauert hatte als gewöhnlich. Es geschah dann am 9. September und der erste Satz oder zumindest einer der ersten Kommentare des Vaters über den Sohn: „Der hat aber 'nen großen Kopf!", stürzte die Mutter in Zweifel und Tränen, obwohl er nicht mehr als das unbefangene Staunen eines 21-Jährigen über das einfach Begegnende zum Ausdruck brachte. Die Ursache für vielerlei Anlass zu derartigem Zweifel verschob sich über die Zeit jedoch mehr und mehr von Äußerungen des Vaters über die Erscheinung des Sohns auf dessen Handeln und Verhalten. Nichtsdestoweniger aber blieb er

Sohn seiner Eltern und wurde – wie sollte es anders sein – ein Held, wie sie.

Die erste, oder besser die letzte Erinnerung besagt kurz: „Ich habe eingekackt." Wahrscheinlich erschloss sich dies – und das ist das Einzige, was wirklich zu irgendeinem späteren Zeitpunkt noch schemenhaft als Erinnerung im Kopf war – aus der Reaktion der Kinderkrippenerzieherin. Irgendwie rannte sie wild herum. Was auch immer sich wirklich zugetragen hat, es ist nun mal so, dass aus Begebenheiten Erinnerungen an Begebenheiten werden, die sich dann zu Erinnerungen an Gefühle und Bilder entwickeln und denen nun langsam die Gefühle entweichen. Als Nächstes formen sich die Bilder zum Satz und als Letztes bleibt die Erinnerung des Satzes, was nun schwerlich noch wirklich Erinnerung zu nennen ist. Am Ende kann man dann kaum noch trennen zwischen dem, was aus eigener Erfahrung zum Satz wurde, und dem, was einem vielleicht irgendwann irgendwer erzählt hat. Von Bedeutung für die Geschichte ist es wohl kaum und fäkale Angelegenheiten, wie die genannte, häufen sich wohl im frühen Kindesalter, so dass es nicht verwundert, dass da noch ein weiteres Ereignis präsent ist. Es war eher beschämend, in der Abstellkammer auf der halben Treppe des Wohnhauses vor Vati stehend, gestehen zu müssen, dass es passiert war. Im Alter von drei Jahren muss so was nun wirklich nicht mehr sein, auch wenn man gelegentlich hört, dass derlei Unfälle in nahezu allen Altersklassen hier und da vorkommen sollen. Danach kommt lange nichts, außer ein paar Fotos und einer Menge Dias, die von Zeit zu Zeit immer wieder mit all den dazugehörigen Geschichten an die Wand und in den Raum geworfen wurden, und deren Sammlung sich ständig erweiterte. Aus dem Kindergarten blieb das ein oder andere hängen – wie gesagt, sicherlich mehr oder weniger verwischt und durch Dritte ergänzt. Die Anlage des Kindergartens war schön. Das Haus hatte zwei Etagen, einen großen Garten oder Spielplatz und es steht noch immer im Sophienweg, derselben Straße, in der fast zwei Jahrzehnte später eine nicht unwesentliche Person dieses Lebens ihre erste eigene Wohnung nehmen sollte. In der oberen Etage gibt es in der Erinnerung nur zwei Zimmer, links außen und rechts außen. Im linken war Fasching, und die Kostümwahl stellte den werdenden Jüngling und sicher auch seine Eltern vor die ersten wirklichen Probleme von Individualität und Masse. Musketier zu sein und ein blaues selbst genähtes Mäntelchen mit weißen aufgenähten Kreuzen zu tragen, gefiel ihm damals, denn so gerne er auch auf seinem Schaukelpferd mit den Cowboys und Indianern im Fernsehen ritt, wollte er zum Fasching auf keinen Fall sein, was andere schon waren, und mit diesem Kostüm gelang das. Das rechte Zimmer im Kindergarten war bedeutender und konfrontierte unter anderem mit dem Strumpfhosenproblem. Es herrschte Missmut gegenüber der Erzieherin, denn sie beharrte darauf, dass die Straßenhosen zum Spielen ausgezogen werden mussten und die klassische Wollstrumpfhose das Beinkleid der werdenden Jugend sein sollte. Mit ausreichend Beobachtungsgabe und der Hilfe verständnisvoller Eltern konnte dem aber entgangen werden, denn zumindest im Winter wurde eine lange Männerunterhose von Frau Jahnke als nicht angemessene Beinbekleidung betrachtet und man durfte, wenn man so eine Unterhose anstelle der Strumpfhose anhatte, seine Straßenhose anbehalten. Diesen Trick hatte Thomas Euler vorgeführt und so geholfen, zumindest ab und zu, der mit dem Alter zunehmenden Peinlichkeit der Wollstrumpfhose zu entgehen. Am rechten Zimmer hängen auch die ersten Erfolge und Niederlagen und der Hinweis darauf, dass beides meist eng miteinander verbunden ist, wenn nicht gar zusammengehört. Das überrascht nichts sagende Gesicht von Anja Netzig nach dem Kuss auf den Mund, der zumindest für sie aus dem Nichts kam, gehört zu diesen Erfahrungen. Ein zweites Ereignis war ähnlich tiefgreifend. Die Aufgabe bestand im Nachbau des örtlichen Krankenhauses aus Holzbauklötzen. Die Heranwachsenden wurden in Arbeitsgruppen eingeteilt und wie in fast allen Gruppen gab es auch in der Gruppe, in der der Held den Bestimmer zu geben hatte, ziemlich homogene Vorstellungen über den Bau – vier Wände und ein Dach. Soweit ging es auch recht schnell vorwärts und mit Blick auf die anderen lag die Gruppe unter Führung des

9

Helden gut im Rennen. Am Portal des Baus schieden sich dann aber die Geister, oder besser der des Bestimmers von dem der Gruppe. Es ging um die Säulen, die, das wusste er sicher, ganz bestimmt da waren. Unübersehbar groß bildeten sie das Portal des Krankenhauses. Aber darüber war sich eben nur der Held sicher. Nach heftigen Diskussionen wurde das Krankenhaus dann letzten Endes ohne Säulen gebaut und die Bewertung der Nachbauten war grausam für den Helden, der sich der Menge gebeugt hatte und nun Recht bekam, als alles zu spät war. So was war ungleich schlimmer als die Verunstaltungen seines Namens, die einige Kinder so zustande brachten und über deren Ursprung von mütterlicher Seite Aufklärung folgte: „Sie können es eben nicht besser." Die Härtefälle aus dem Kindergarten waren jedoch harmlos gegenüber dem, was die Verwalterin einer Ferienanlage in Lind am See einige Jahre später heraus brachte. Nichts hätte weiter entfernt sein können von allen Annahmen über sprachliche Unfähigkeit, als ihre indirekte Begrüßung: „Und das ist also der Nikolaus." Die Welt war erschüttert. Wirklich schlimme Erinnerungen gibt es aus dieser Zeit kaum und wenn da was war, so scheint es heute höchstens spektakulär. Aber das muss nicht verwundern – man redet sich seine Welt nun mal in einem nicht unerheblichen Maße schön. Wie sonst sollte man auch so lange darin leben können? Unabhängig davon: Die Kindheit war schön. Es gibt keine Erinnerung irgendeines Mangels, von Schmerzen ebenso wenig. Und Strafe war, bis auf einen oder zwei Hausarreste, im Wesentlichen unbekannt. Eine Flucht vor Vati ist noch abrufbar, aber die endete in Sicherheit unter dem Bettkasten, vor dem er dann kapitulierte, und mehr war nicht passiert. Viel schrecklicher dagegen muss die Entscheidung gegen Flüssigmedizin beim Kinderarzt gewesen sein. Mutti hatte die Wahl freigestellt und der Arzt ebenso. Tropfen und Säfte waren bekannt und schmeckten schlicht unerträglich, also entschied sich der Held spontan für die mehr oder weniger unbekannte Spritze. Als dann jedoch der Apparat erstmals aus betroffener Nähe zu betrachten war, war es zu spät, und – so wird erzählt – das Geschrei groß. Von den spektakulären Geschichten blieb außerdem noch die von der Kunst, oder besser die von der nachahmenden Kunst hängen. Im Zirkus hatte Vati dem Clown mehr oder weniger freiwillig seine erste Digitaluhr, ein Geschenk der Verwandtschaft aus West-berlin, anvertraut. Der ließ sie dann in einem kleinen Säckchen verschwinden und drosch nun recht heftig und geräuschvoll mit einem Hammer darauf ein. Danach holte er die Uhr, besonders zum Erstaunen der Jüngeren, unbeschadet wieder hervor. Nach dem Zirkusbesuch redete man zwar davon, dass die Uhr nicht mehr so richtig funktionierte – aber na ja. Ebenfalls im Zirkus, vielleicht aber auch irgendwo anders bekam der Held dann zu sehen, dass irgendwer sich mit dem Kinn auf ein recht locker ge-spanntes Seil hängte und dann, so hängend, ein paar Kunststück-chen vorführte. So was schien leichter nachzuahmen als das mit der Uhr und nicht weniger gut geeignet, die übrigen Kinder im Kindergarten zu beeindrucken. Wahrscheinlich ging es besonders um Katarina Ebert. Wie auch immer, der Versuch endete damit, dass das Seil vom Kinn an den Hals rutschte, der Held den Boden unter den Füßen verlor und ihm gleichzeitig die Luft wegblieb. Abgehängt hat den Helden irgendwer, aber die zur Dramatik nei-gende Erinnerung sagt: Es war Vati, der glücklicherweise in letzter Minute kam, um ihn, wie üblich, abzuholen, und ihn so rettete. Trotz solcher Eskapaden durfte der Held den knappen Kilometer von der elterlichen Wohnung bis in den Sophienweg recht bald allein zurücklegen. Und auch wenn er die Uhr und ihre Funktion kannte, führte das oft zu Wartezeiten im Elternhaus, und nicht selten dazu, dass die Eltern ihn am anderen Ende der Stadt über-raschten, wohin er Katarina Ebert auf ihrem Nachhauseweg be-gleitet hatte. Aber das war halt wichtiger als die Uhr, genauso wie Stöcke aus Büschen zu brechen oder zwischen den Bäumen Laub zu fegen. Das mit dem Laub fegen war übrigens eine tolle Idee. An dem kleinen künstlich angelegten Flüsschen, das als Abfluss des Heinrichsteiches dient und an dem man, im Gras liegend, prima die Veränderung der Gestalt der Wolken verfolgen kann, gibt es einen kleinen bewaldeten Damm. Auf dessen anderer Seite ist eine Straßenbahnhaltestelle und auf dem Damm ein Spazierweg. Was liegt für zwei Erstklässler näher, als darauf zu kommen, dem Gemeinwesen einen Dienst zu erweisen und den Damm, zumindest teilweise, vom Laub zu befreien? Steven Urloff war wahrscheinlich nicht in gleichem Maße von der Idee begeistert wie der Held, aber Überzeugungsarbeit stellte diesmal weniger das Problem dar, als damals beim Nachbau des Krankenhauses. Am Ende glaubte auch Steven, doch zumindest einen Orden für die Tat zu bekommen, und beide malten sich das prunkvoll aus. Aber der Orden blieb aus und zu Hause wartete man mal wieder. Neben derlei Zeitvertreib, bissen sich noch zwei, drei Sachen aus diesem ersten Schuljahr im Gedächtnis fest. Und wie sollte es anders sein, Mädchen und Prügeleien sind zwei davon. Die dritte war die beeindruckende Fähigkeit der Klassenlehrerin, ihren kleinen Finger beim Trinken aus ihrer Milchflasche etwas abzuspreizen. Heutzutage wird das nicht mehr so ästhetisch wie damals empfunden und junge Männer, die so trinken, werden gelegentlich darauf hingewiesen, dass es tuntig aussähe. Von den Mädchen war eine wirklich ganz besonders hübsch. Das zumindest so lange, bis eines Tages ein Popel in ihrer Nase leuchtete und alle Bemühungen um sie eingestellt wurden. Henrike Glimm, nicht die mit dem Popel, muss auch ziemlich okay gewesen sein. Beim Mittagsschlaf stand ihre Liege ganz nah bei der des Helden und die verschiedenen Geschlechtsmerkmale wurden – nach genauer und ausführlicher Diskussion des Ablaufs – gegenseitig der visuellen und sensuellen Begutachtung zugänglich gemacht, was beide offensichtlich nicht unaufregend fanden. Auch Ingo Pinkwart war aufregend. Warum auch immer, vielleicht hatte er dem Helden den Füller geklaut, auf jeden Fall musste er sich eines Tages vom Helden durch den Gang zwischen den Bänken ringen lassen und fiel nach einem letzten Stoß rücklings krachend in das Regal mit den Schlafmatten. Sieg! Auf dem Schulhof oder sonst wo außerhalb des Klassenzimmers verboten sich derartige Frechheiten und zwar spätestens seitdem man gehört hatte, dass die Großen die kleinen Frechen zuweilen in die Mülleimer stopfen würden. Die letzte Begegnung mit Ingo Pinkwart fand irgendwann zwanzig Jahre später statt. An irgendeiner Tankstelle stellte er nach kurzem Blabla lächelnd die Frage, ob sie das mit dem Mattenregal noch einmal versuchen wollten. Die dankende Ablehnung des Helden war nicht lapidar, denn wenn Ingo mittlerweile auch beinahe einen Kopf kleiner war als der Held, so war er doch fast doppelt so breit und dabei keineswegs fett. Ansonsten konnten Prügeleien spätestens seit den entscheidenden Niederlagen in der dritten oder vierten Klasse nicht mehr vorkommen. Das wurde so entschieden. Steven Urloff hatte die Schwächen im Raufen, unter Anfeuerung der Meute, zum Vorschein treten lassen. Mehrere Tage war der Hals vom Würgen rot und die Grasflecken waren aus dem khakifarbenen Hemd, das per Paket aus Berlin gekommen war, nicht mehr rauszubekommen. Woher die Feindschaft kam, die ja spätestens mit der Verfolgung durch nahezu alle Jungs der Klasse offensichtliche wurde, liegt irgendwo begraben. Nach dieser Schlüsselszene – zumindest gibt sie sich heute als solche – blieben in puncto Raufereien nur noch zwei Sachen, die nicht zu verhindern waren: Vor dem Jugendclub im Stadtzentrum kam irgendwann irgendein Typ auf die Idee, dem Helden ins Gesicht treten zu müssen – weil er Stimmen gehört hatte oder so. Er traf aber nur seinen im Reflex gehobenen Arm. Und in der Stammdisko in Sternheidnitz flogen dem Helden gerade Gedanken über das Lächeln einer hübschen kurz gelockten Fremden im Kopf herum, die eben zu ihm rübergekommen war und gefragt hatte: „Bist du nächste Woche wieder hier?", als plötzlich Fäuste auf ihn niederprasselten und sich sein entspanntes Rumsitzen unerwartet in ein eher unglückliches Rumliegen verwandelte. Von hinten nach oben gedrückt blieb noch, den Gegner am Hals gepackt und ihn auf die Tanzfläche drängend, zu schreien: „Was willst du Clown!?", da waren auch schon Yves Wehler und all die anderen Leute da und es wurde Palaver. Am Hemd war etwas Blut und irgendwann kam der Typ wieder und wollte wissen, was seine Freundin gesagte hatte. Einer seiner Freunde faselte was von Mafia und meinte: „Er weiß nicht, wer er ist!" Wie wichtig! Aber ihm sagen, was seine Freundin gesagt hatte, das ging nicht. Dann kam von ihm die Einladung zum Bier. Das ging auch nicht. Was für ein Blödsinn auch, erst männlich schlagen, dann männlich trinken und dann prima Kumpels werden. Na ja, später meinte er noch: „Ich bring dich um!", und ging. Kaum auszumachen warum, aber Sternheidnitz war in der darauffolgenden Woche nicht angesagt.

Nach der ersten Klasse ging es von der Goetheschule auf die Neuenburger Oberschule, die direkt neben dem Schlosspark lag und mittlerweile zum Hotel umgestaltet wurde. Benedict sagte, nachdem er dort zu seinem Klassentreffen war, dass sie nicht allzu viel umgebaut hätten und im Wesentlichen die Klassenzimmer jetzt eben Hotelzimmer sind. Auf dem Schulhof stand und steht ein Baum, im Park auf der anderen Straßenseite standen und stehen ein paar mehr. Die Umschulung verlief ziemlich unproblematisch, was nicht immer so sein muss, wie später deutlich wurde, und einige aus der alten Klasse kamen mit. Sven Blauner gehörte dazu, das ist ziemlich sicher. Sein permanenter, abstoßender Eigengeruch hat ihn eingeprägt. Steven Urloff zog auch mit um. Katarina Ebert aus dem Kindergarten war schon seit der ersten Klasse hier, genau wie Sören Gradweg und Mark Löbsch. Über die ersten Jahre ist wenig zu sagen geblieben. Die Einführung in die neue Klasse wurde dadurch gekrönt, dass sich der Held selbst als Vorsitzender des Gruppenrates vorschlug, was nicht für alle nachvollziehbar war und seine allgemeine Beliebtheit nicht wirklich steigerte. Aber wer kann schon über seinen eigenen Schatten springen? Es gab den Stellvertreterposten. Mark Löbsch war der Größte, oder besser der Längste in der Klasse und das so ziemlich von Anfang bis Ende der Schulzeit. Er hat dem Helden mal unerwartet ins Gesicht gepupst. Ob das was mit dem Wahlvorschlag zu tun hatte, ist schwer zu sagen. Was die Körpergröße anging, die beim Antreten immer von einer Reihen- in eine Rangfolge umschlug, so ging es für den Helden über die Jahre von irgendwo ziemlich weit vorne bis ans letzte Ende der Reihe. Mutti war in der neunten Klasse mit 1,54 m immer noch nicht eingeholt.

10 BIS 14 | 1

Natürlich hatte es schon früher die eine oder andere Dummheit gegeben. So waren zum Beispiel in der ersten Klasse Mutti und Vati zum Gespräch in die Schule geladen worden, weil unter der Bank des Helden so was wie ein Hakenkreuz gemalt war. Aber Geschichte wurde noch nicht gelehrt und so war das kein wirkliches Thema, obwohl es hängen geblieben ist. Der wahre Aufstand wurde dann zum ersten Mal in der fünften Klasse geprobt, in der die Schüler von der Klassenlehrerin der Unterstufe, die bis dahin so ziemlich alle Fächer gegeben hatte, ans Lehrerkollektiv der Oberstufe übergeben wurden. Der Kontakt zu ihr blieb trotzdem noch lange erhalten und so ist es Annemarie Rosenhain zu verdanken, oder besser ihrem Sohn, dass in der sechsten oder siebenten Klasse die Möglichkeit bestand, die erste Depeche Mode Schallplatte auf Kassette zu überspielen. Es geschah in halb konspirativer Atmosphäre bei ihr zu Hause und es ist durchaus möglich, dass die Platte nicht von der Volkseigenen Schallplattenfirma war. Den Vornamen von Frau Rosenhain hatte Sören herausbekommen und nicht minder konspirativ wurde dieses Insiderwissen genutzt, um sich der Anerkennung der Nichtwissenden zu versichern, indem man, wenn man unter sich war, sie nur beim Vornamen nannte. Wissen ist Macht. Es gab nun auch diese Tagebücher für den Stundenplan, die Hausaufgaben und diverse Mitteilungen der Lehrer an die Eltern. Eine absolut kritische Institution, die nicht nur den Informationsfluss zwischen Schule und Elternhaus, sondern auch die Geschicklichkeit im Nachahmen von Schriftzügen unter den Schülern beförderte. Eine junge Russischlehrerin hatte es besonders schwer und sie trug die Verantwortung dafür, dass die Schriftfarbe Rot in den meisten dieser Bücher immer mehr Platz griff. Einmal musste die Klasse die ganze Stunde stehend zubringen, nur weil sie sich in den Kopf gesetzt hatte, dass man sich nach der Begrüßung nicht setzen könne, bevor absolute Ruhe sei, was natürlich umso unmöglicher wurde, je intensiver sie es forderte. In der Sechsten gab es dann eine andere Lehrerin für Russisch, Frau Sass. Mit ihr ging es, bis auf einige Ausfälle, ganz gut. Das wirkliche Chaos brach dann irgendwann während der siebenten oder achten Klasse aus und der Fakt, dass eine Unmenge Blödsinnigkeiten im Kopf geblieben sind, weist darauf hin, wie sich die Prioritäten im werdenden Sein langsam zu verschieben begannen. Die Wirkung wurde bis zum Exzess geprobt und das war zuweilen wirklich kein Spaß mehr. Insbesondere für Alexander Knopf nicht, dem die Meisten wohl ausgedehnte Grübeleien über Gut und Böse, Richtig und Falsch, Erniedrigung und Würde zu verdanken haben.

Insgesamt war die Schule keineswegs unangenehm. Von der Wohnung im Ratsweg lief der Held meist zusammen mit Benedict Lindlaub und Danilo Urban, die im gleichen Haus wohnten wie er, den knappen Kilometer durch die Neuenburger Straße, in der eine ganze Menge Leute aus der Klasse in einem Plattenbau wohnten, bis hoch zum Schloss, wo direkt neben dem „Haus der Kultur" die Schule stand. „War das nicht Kurt?" Gemeint war Frank Zander und er muss es wohl wirklich gewesen sein, der da im Foyer des Kulturhauses vorbeilief, als dort, beziehungsweise auf der Treppe vorm Eingang, wieder mal eine Freistunde totgeschlagen wurde. Auf dieser Treppe heckte man manchmal interessante Ideen aus und übte spucken. Hier traf sich der harte Kern, in Spitzenzeiten weit über die Hälfte der Klasse. Auch diesmal war es so. Nur die wenigsten waren gegangen, nachdem die fünfte und sechste Stunde ausgefallen waren und keiner so richtig wusste, was er tun sollte. Katarina Ebert war auf keinen Fall dabei, sie war nie bei irgendetwas dabei. Herr Allgeier, der Zeichenlehrer, der nicht nur Fähigkeiten, sondern auch soziale Herkunft zu unterscheiden wusste, nannte sie immer „Eberten". Natürlich mit dem Hinweis, dass das nicht so gemeint wäre, sondern eher im Gegenteil. Ihm war das auch beim zwanzigsten Mal nicht peinlich, ihr aber wahrscheinlich schon beim ersten Mal. Allgeier konnte aber nicht nur necken, sondern auch schlagen. Sven Blauner, der immer so roch und wahrscheinlich das ärmste Schwein in der Klasse war – zur Jugendweihe musste er den alten Anzug seines Vaters tragen –, drosch er irgendwann mit dem Meterlineal auf die Hand und hatte dabei einen ziemlich angespannten Gesichtsausdruck. Er war ein cholerisches Arschloch und Steven Urloff hatte wohl Glück, als er ihm einmal, durch das Schulhaus rennend, entkommen war. Auf dem Weg, der hinter der Schule lang führte, gab Allgeier dann auf, schrie aber in den letzten Zügen noch: „Urban, ich krieg' dich!" Das löste Verwirrung aus, denn Urban war nicht Urloff und Urban, Danilo Urban, dessen Vater Allgeier in mancherlei Hinsicht ähnlich war, wurde panisch in der Annahme, dass Allgeier vielleicht gar nicht wusste, wem er da hinterher gerannt war und eventuell falsche Beschuldigungen vorbringen könnte. Glücklicherweise vergessen Choleriker schnell oder müssen schnell vergessen, um überhaupt mit der Welt klarzukommen, und es passierte nichts. Danilo hatte öfter Pech. So beschossen zum Beispiel alle eine vorbeifahrende Straßenbahn mit Erbsen aus selbst gebauten Schleudern und ausgerechnet Danilos Schuss ließ eine Scheibe zu Bruch gehen. Schneebälle flogen von einer Straßenseite auf die andere und zurück. Danilos Schneeball traf ein vorbeifahrendes Auto und der Fahrer wollte nun unbedingt wissen, wo Danilo wohnte. Obwohl nichts passiert war, fuhr er dann dort vorbei, und man sah Danilo einige Wochen lang nachmittags nicht mehr. Zusammen mit Benedict Lindlaub kehrte er den Hof des gemeinsamen Wohnhauses im Ratsweg. Danilos jüngere Schwester wollte unbedingt mitmachen und kam ihrem Bruder zuvor, der ihr einen Besen aus dem Keller holen wollte. Mit ihren Rollschuhen stürzte sie dabei die Kellertreppe hinunter und noch bevor die drei Jungs sie erreichten, kam Danilos Vater raus und verdrosch ihn ohne ein Wort mit dem Besen, während seine Schwester im Keller heulte. Es war schockierend. Danilo ist Rettungssanitäter geworden und war zuletzt irgendwo im Süden der Republik. Sein Vater war früher Chef der Kommunalen Wohnungsverwaltung, machte später weiter in Immobilien und trinkt wahrscheinlich immer noch. Neulich lief er geraden Blickes am Helden vorbei. Das war auf dem Sozialamt.

Außer Katarina Ebert fehlten am Kulturhaus noch ein paar Mädchen und der eine oder andere Junge. Vollständig kollektiv wurde wahrscheinlich sowieso nur an dem Tag gehandelt, an dem alle beschlossen, der „Produktiven Arbeit" – ein Teil des Bildungsprogramms – in der Papiermühle der Heimatstadt fernzubleiben und es auch taten. Für gewöhnlich durften dort Lampen zusammengeschraubt werden und es wurde Technisches Zeichnen gelehrt. Nah dran an der Kollektivtat war die Klasse dann noch mal während der Zehnten, im Wendejahr. Die letzte Klassenarbeit in Staatsbürgerkunde wurde boykottiert und die ganze Stunde über herrschte Schweigen. Auch Berthold Ritter, der damalige Klassenlehrer mit den roten langen Haaren, sagte nichts. Zehn Minuten vor Schluss wurden aber doch noch zwei Mädchen panisch und fingen hektisch an zu schreiben – aber das spielte keine Rolle mehr. Die Versammlung auf der Treppe des Kulturhauses war mangels Ideen gerade in Auflösung begriffen, als sich irgendwer einer Russenmütze mit Ohrenklappen aus irgendwelchem synthetischen Pelz zuwendete. Sie wurde angezündet, entflammte aber nicht, sondern schwelte nur, rußte und stank fürchterlich. Unbändige Kreativität befiel, das qualmende, stinkende Etwas sofort rüber ins Schulhaus zu bringen. Dass die Sache nicht ungefährlich war und man erwischt werden konnte, war klar. Es wurde eine Gruppe aus Freiwilligen gebildet. Sören Gradweg, die Verantwortung, Nicole Kiesing, die Irre, Marko Zost, der Zahnlose, und noch irgendwer waren bereit und schritten zur Tat. Der Rest wartete geduldig auf die Rückkehr des Stoßtrupps, der nicht lange auf sich warten ließ. Auftrag ausgeführt! Nichts passierte und man wendete sich gerade wieder dem Spucken zu, als der Feueralarm losging. Von der Treppe des Kulturhauses blickten sie die knapp hundert Meter Fußweg zum Haupteingang der Schule hinüber und betrachteten die Evakuierung des Gebäudes und den Rauch, der aus der Tür quoll. Es kann von da an nicht mehr lange gedauert haben, bis jeder mit gemischten Gefühlen den Schauplatz in Richtung Heimat verließ. Der nächste Tag barg einige Überraschungen, deren Reihenfolge verloren ging. Auf jeden Fall war die Schule nicht abgebrannt. Dennoch, zuerst kam in der Deutschstunde einer von der Feuerwehr vorbei und erzählte ganz unverbindlich, was bei einer Brandstiftung so alles passieren kann. Dann kam jemand von der Kriminalpolizei und sprach zum gleichen Thema aus einem anderen Blickwinkel und mit ganz anderer Stimme. Danach und in den folgenden Tagen wurden hin und wieder einige zu Einzelgesprächen ins Büro der stellvertretenden Direktorin beordert und die Herzen schlugen schneller, wann immer es an der Klassentür klopfte. Danilo hat es natürlich auch erwischt. In diesen Tagen spekulierten die Verdächtigten wild, wie man wohl darauf gekommen sein könnte, dass gerade sie was damit zu tun hätten. Der Stoßtrupp war sich sicher, dass er nicht gesehen wurde, und außerdem hätte man ja ansonsten gleich die Richtigen rausgefischt. Im Laufe der Zeit stellte sich heraus, dass einfach nur aufgefallen war, dass die Klasse 9a zur fraglichen Zeit vorm Kulturhaus versammelt war und dass aus dieser Tatsache und einigen alten Geschichten auf die Täterschaft geschlossen wurde. Die Initiatorengruppe einigte sich auf Kollektivschuld und tat das durch mehrere Münder immer wieder engagiert und begründet kund: „Wir waren alle dabei, haben es alle gemeinsam ausgeheckt. Warum sollen jetzt ein paar wenige dafür bluten?" Dennoch, man wollte immer wieder wissen, wer denn nun genau die Mütze in der Schule angezündet hatte, denn das „können ja nicht alle gewesen sein". Die Geschichte hatte sich zur Kraftprobe zwischen der Klasse und der Schulleitung entwickelt und nach ein paar Tagen stellte sich Sören. Auch wenn es natürlich Blödsinn war – die Aktion selbst war zwar sicherlich scheiße, aber das mit der Kollektivverantwortung war richtig. Wahrscheinlich war es das Glück der drei anderen, dass Sören dabei war. Sein Vater war Polizist und außerdem schienen die Lehrer nicht ganz frei davon zu sein, gegenüber den besseren Schülern mildere Strafen zu verhängen. Letztendlich hatten die Eltern der überführten Täter je einige hundert Mark an die Feuerwehr zu bezahlen, wegen des Aufwands, den es dort gab, und die Geschichte ging als „Aktion Brandstiftung" in die Annalen ein.

- 4 BIS 10

Wenn's gut läuft, merkt man sich nur selten, was läuft. Alles ist im Fluss und es gibt nirgendwo eine Ecke, an der sich das Gedächtnis aufhängen könnte. Von der so genannten „Kindheit", die, wie wahrscheinlich alles im Leben, nach gewisser Zeit nur noch vom Hörensagen bekannt ist, blieb vielleicht deshalb nur weniges und manches aus oben genannten Gründen sicher in halbglorifizierter Form. Erinnerungen werden mit aktuellen Schlüssen und Erfahrungen vermischt und so kommt Sinn in das Geschehene. Das Sein wird zur Geschichte, denn nie ist es schon eine, wenn es passiert. Immer aber ist es aus und in einer.

Bianca und Karl hatten sich auf einer Ostseeinsel kennen gelernt. Er war auf der Insel mit ein paar Kumpels zum Zelten, sie kellnerte dort und kam eigentlich aus Erzbergen, einem Dorf direkt an der tschechischen Grenze, welches sie in dem Moment verlassen hatte, als es ihr möglich war. Ihr Vater – der ab und zu zuschlug, auf seine Kinder aber nichts kommen ließ – hatte sich irgendwann selbst erhängt und ihre Mutter war mit Recht stolz auf die neun Kinder, die sie zur Welt brachte. Einige von ihnen verließen noch vor der Wende das Land – mehr oder weniger unproblematisch. Annika heiratete einen Libyer und kam so über Umwege nach Westberlin. Gernot – ein sehr gerader Mann – musste, bevor man ihn gehen ließ, über ein Jahr im Gefängnis sitzen, und das im Prinzip für den Satz: „Für diesen Staat arbeite ich nicht mehr!" Na ja, bevor er das sagte, muss er sich wohl noch mit dem Abschnittsbevollmächtigten geprügelt haben. Auf jeden Fall hatte Karl Bianca in dem Restaurant, in dem sie kellnerte, angesprochen und gefragt, ob sie ihm nicht die Stadt zeigen könnte. Später musste sie ihm dann etwas Geld leihen, damit er länger bleiben konnte, und danach zogen sie gemeinsam in die Mansarde unterm Dach des Hauses ein, in dem seine Eltern wohnten. Als Kind hatte Karl Pilot werden wollen und ist dann Maler geworden. Als sie heirateten, war sie schwanger und zwanzig, er einundzwanzig. Als angehende Familie stand ihnen nun

eine Wohnung zu und nachdem sie sich mehrere Löcher angese-
hen und abgelehnt hatten, bekamen sie durch Beziehungen seiner Mutter, die ihn auch vorm Militärdienst bewahrt hatten, in
dem dreigeschossigen, über hundert Jahre alten Haus im Ratsweg
die Wohnung im zweiten Obergeschoss links. Zwei Zimmer,
knapp 80 Quadratmeter, Ofenheizung, die Wände mehr oder
weniger bloßes Mauerwerk, Toilette auf der halben Treppe. Im
Wohnzimmer spielten sie am Anfang Federball, was bei über drei
Metern Raumhöhe und mehr als acht Metern Länge kein Problem
war. Im Großen und Ganzen kann man sagen, dass die beiden die
Wohnung selbst (aus-)gebaut haben und das ganze Haus, gemeinsam mit den anderen Mietern, in den folgenden Jahren eigentlich erst zu einem machten. Reinhardt und Moni Lindlaub
müssen ungefähr zur gleichen Zeit eingezogen sein. Ihr Sohn Benedict wurde ein paar Monate vor dem Helden geboren und es
gibt ein lustiges Foto von zwei kleinen Jungs in einer Plastikbade-
wanne auf dem Hinterhof des Hauses, einer mit vollem blondem
Haupthaar – Benedict, der andere mit Spiegelglatze, die ihm bis
weit ins dritte Lebensjahr erhalten blieb – die zweite Verspätung.
Ein paar Jahre danach zogen dann auch Volkmar und Ingrid Urban
mit Sohn und Tochter im Parterre rechts ein. Darüber, neben
Lindlaubs, wohnte Rudolf Denuns mit Frau und mehreren schon
etwas älteren Söhnen. Rudolf arbeitete im Haus schräg gegenüber als so etwas wie ein Pförtner. Er musste aber Uniform tragen und hat Benedict, Danilo und den Helden ein, zwei Mal wegen irgendwas mächtig zusammengeschissen und ein Mal sogar
mit den Köpfen zusammengestoßen. Er war im Allgemeinen also
etwas streng, muss ansonsten aber ganz okay gewesen sein.
Dennoch, so richtig sicher war sich bei ihm keiner. Über Denuns'
lebte Frau Spatz, eine Russin, die auf dem Militärflughafen der
Stadt Dolmetscherin war, gemeinsam mit ihrem Mann und ihrer
Mutter. Die Mutter starb irgendwann als über 80-Jährige, der
Mann schon mit Mitte fünfzig. Ihre Wohnung war anders, voller
alter schwerer Möbel und Unmengen von Teppichen, großer
Holzschnitzereien und Säbel – überall stand, lag oder hing ir-
gendwas rum, das alt aussah. „Willst du Borschtsch?" „Nein, dan-

ke!" „Aber musst du unbedingt probieren!" „Was ist das denn?"
„Warte, ich mache fertig. Wird dir schmecken." Die Skepsis wich
schnell der Furcht, als sie mit einem Teller ankam, auf dem so
was wie Krautsuppe zu sehen war. Der Hals wurde enger und
während des Versuchs, zwischen gebotener Höflichkeit und Ekel
abzuwägen, vermengte sie das Servierte auch noch mit Ketchup.
Zwei Löffel, dann ging nichts mehr. Beim Vokabeln lernen hat sie
sich dann am Helden gerächt und bestand penibelst auf einer
wirklich russischen Aussprache. „Ja, tui, on, ona, ono, mui, wui,
oni ..." Es war unmöglich, das so nachzusprechen, wie sie es hören wollte. Keine Ahnung, ob das wirklich so wichtig war, aber das
„ui" sollte irgendwie wie ein kurzes „eh" oder wie eine Mischung
aus „ui" und „eh" klingen – unaussprechlich und sie ließ nicht
locker. Es dauerte ewig, war schweißtreibend und die letzte
Nachhilfestunde bei ihr. Unten links wohnten noch Lehmanns, die
später zwei Söhne bekamen und die Hausgemeinschaft vervoll-
ständigten. Es war wirklich eine. Man machte eine Menge Ausflüge, verbrachte gemeinsame Wochenenden in einer Bunga-
lowsiedlung mitten im Wald, ganz nah bei einem weit angelegten
Tierpark, und es fanden unendlich viele Hausfeste mit grillen und
so statt. Auf dem Hof des Hauses ritzte die werdende Jugend
Löcher in die Mauern zu den Nachbargrundstücken, um zu sehen,
was dahinter war, und auch im Sand-, oder besser Erdkasten grub
man Löcher. Später wurde daraus sogar eine Höhle, deren Decke
aus Zaungeländern bestand, die mit Ästen, Gras und Sand über-
deckt waren. In einer anderen Ecke des Hofs wurden kleine Beete
angelegt, auf denen Bohnen, Blumen und dergleichen wuchsen,
und nicht selten schrie der Held penetrant ausgedehnt und aus-
dauernd nach Mutti, wenn's irgendwo fehlte – sie war immer da.
Es wird auch berichtet, dass er sich lange schweigend selbst be-
schäftigen konnte, einen Metallbaukasten hatte und vieles andere. Auf dem Kindersitz des Mopeds schlief er öfter ein, wenn die
kleine Familie zum Kanal baden fuhr, und in dem weißen russischen Auto mit den braunen Seitenstreifen musste er sich einmal,
wie er es gelernt hatte, zwischen Fahrersitz und Rücksitzbank
zwängen, weil ihnen ein anderes Auto auf ihrer Spur entgegen-

kam. Das war auf dem Weg nach Erzbergen, wo er Ski fahren lernte, Iglus und Hütten im Wald gebaut hatte und sein Cousin Ron sich mal in einer Felsspalte eingeklemmt hatte. Jeder Winter gehörte Erzbergen, zumindest so lange Oma dort wohnte. Ihr Haus war einfach, oder besser gesagt eine Hütte, es gab einen Ofen in der Stube und einen in der Küche, an dem Schorsch immer saß – er hat ständig rumgealbert und war Omas Lebensgefährte. Keine Ahnung, was mit ihm passiert ist. Die Betten hatten im Winter Schneetemperatur, im Waschhaus saß eine riesige Kröte und Mausefallen waren unverzichtbar. Eigentlich ist es unvorstellbar, dass in diesem Haus mal elf Leute zugleich gewohnt haben, und freiwillig würde dort heute niemand mehr schlafen wollen; aber es war das Paradies. Direkt hinterm Haus war Brennholz aufgestapelt, ein Hackklotz stand auf einer kleinen Wiese, dann fing der Wald an, der kein Ende hatte und der beste Spielplatz war. Es gab keinen Zwang und es war immer was los. Olaf, einer der unzähligen anderen Cousins, der schon etwas älter war, legte Dean-Read-Platten auf und Ron brachte aus Westberlin Comics und phantastische Osterteller mit. Die Sonne schien, alles war herrlich. Anne, die Tochter der jüngsten Schwester von Mutti wurde tagelang in einem größeren Karton durch die Wohnung geschoben und hatte, wie alle, viel Spaß dabei. Das Zimmer von Hans-Jürgen und Udo, der eigentlich Meck hieß, war mit Sarotti Schokoladenpapier geschmückt und in Gernots hing eine schwarz-rot-goldene Fahne ohne Hammer, Zirkel und Ährenkranz. Es standen Bücher von Tolstoi und Schallplatten von John Lennon rum. Er nahm den Helden mal mit zum Eisfasching ins Nachbardorf, musste sich auf dem Rückweg aber unbedingt mit dem Abschnittsbevollmächtigten prügeln, so dass der Held bockig allein nach Hause lief. Irgendwann hat einer Ihrer Brüder Mutti mal mit dem Messer bedroht und gemeint: „Ich stech' dich ab!", was natürlich nicht geschah. Offensichtlich war doch nicht alle Tage eitel Sonnenschein. Auch das Mitleid ist untrennbar mit Erzbergen verknüpft, oder besser mit dem Tag, an dem der Volkslieder und Schnulzen singende Herbert Roth starb. Oma stand in der Küche der „Moorklause", einer Gaststätte direkt am begeh-

baren Hochmoor von Erzbergen. Sie machte gerade den Ab-
wasch, als die Nachricht im Radio kam. In der Gaststube, die immer verraucht war und im Winter nach Schnee und feuchtem
Holz roch, war daraufhin der Akkordeonspieler zusammengebrochen, er weinte, schluchzte und zitterte fürchterlich. Man versuchte, ihn zu trösten. Es war unglaublich.

Der Stichling im Glas, während des Urlaubs mit der anderen Oma. Der erste selbst geangelte Fisch. Krebse fangen, ko-
chen, ausstopfen und lackieren. Ferienlager, der tschechische
Junge mit den zwei goldenen Schneidezähnen und die Zwillinge,
die einfach nicht wahrhaben wollten, dass man sie doch unterscheiden konnte. Rad fahren lernen. Zelten mit Mutti und Benedict. Vati, der im Schwimmbad Silvesterkarpfen mit der Hand fing,
und der geheulte Bannfluch auf Mutti bei der Schlachtung des
Karpfens, dem drei Tage lang die Badewanne gehörte. FKK baden,
aufs Plumpsklo gehen, im Kanu auf dem See rumschippern,
Kirchenglocken läuten und meterhoch vom Seil in die Luft gezogen werden, Stöcke schnitzen und Uller sammeln. Schlösser, Bur-
gen, Museen, Höhlen ... unzählige goldene Tage.

14 BIS 16 | 1

Das Haus, in dem Steven Urloff mit seinen Eltern wohnte,
gehörte seiner Oma. Die Jugendzahnklinik, der der Held unver-
gessliche Erlebnisse verdankt, war auch in diesem Haus, und unter dem Dach, direkt über den Zahnärzten, wohnte Steven. Er
hatte unendlich viel Lego-Spielzeug, bestimmt hundert dieser
kleinen Schlümpfe aus der Kinderüberraschung, eine kleine
Schwester, die fürs Kacken auf dem Töpfchen immer gelobt werden sollte, und einen dicht bewachsenen Garten mit Goldfischteich, einem Schuppen und einem kleineren Haus, das als Garage
genutzt wurde und unterkellert war. Seine Eltern waren recht
nett und Westfernsehen gab es hier ohne den Hinweis, dass man

es in der Schule nicht erzählen sollte. Obwohl die Jungs mal unglücklich eine Schubkarre im Goldfischteich versenkten und danach der Springbrunnen eine Weile nicht funktionierte, schlug
Stevens Vater irgendwann vor, dass sie sich doch den Keller unter
der Garage zurechtmachen und als Domizil nutzen könnten. Der
Club war gegründet. Zu den Aktivisten der ersten Stunde zählten,
neben dem Helden und Steven, auch Mark Löbsch, Sören Gradweg, der Brandstifter, und Marko Reinhardt. Der Keller war nicht
sonderlich hoch und es dauerte einige Wochen, bis er endlich
vom Gerümpel befreit war und sie den vorderen der beiden
Räume so weit ausgeschachtet hatten, dass man aufrecht darin
stehen konnte. Das Mauerwerk wurde seiner Spinnweben be-
raubt, abgebürstet, abgewaschen und mit Postern zugehängt. Auf
den zwei riesigen alten Sesseln und dem noch größeren Sofa pro-
bierten sie die ersten Mentholzigaretten und grabschten an Mädchen rum, die später auch ab und zu dort waren. Es gab unzählige
Partys mit den Ärzten und der Neuen Deutschen Welle. Den krö-
nenden Abschluss fanden die Club-Zeiten in der neunten oder
zehnten Klasse zu Silvester – es war wohl die letzte Feier im Club.
Eine ganze Menge Leute waren da und auch Alexander Knopf
wurde eingeladen. Es ist denkbar, dass er von Anfang an als Joker
für den Fall eingeplant war, dass es an Action fehlen könnte. Alle
tanzten und tranken ausgelassen und als der erste Blitzknaller im
Kartoffelsalat explodierte, gab es keinen Halt mehr. Was vom
Salat übrig blieb, wurde an der Fassade des Hauses von Stevens
Oma verteilt, und auch Alexander Knopf war so weit. Vielleicht
hat er zwischendurch tatsächlich geglaubt, dass andauernd auf
die Freundschaft getrunken werden sollte, am Ende rutschte er
dann in sich zusammen und wurde auf die Wiese im Garten ge-
schleift. Die Schaulustigen staunten, die Freundschaftstrinker
wurden wieder nüchterner und niemand wusste etwas mit dem
Körper anzufangen, aus dessen Mund Schleim lief. Es war ein
wenig wie damals mit der Taube, die aufgeregt durch den Garten
hüpfte, weil sie nicht mehr fliegen konnte. Sie wurde gefangen
und irgendwer hatte die Idee, sie anzuzünden. Man steckte sie
euphorisch in einen metallenen Kohleneimer und besprizte sie

mit Spiritus, während sie versuchte, rauszuspringen. Derjenige, der das Streichholz angezündet und in den Eimer geworfen hatte, wusste nichts von den Beklemmungen des Helden, die mit den Flammen in wilde Versuche mündeten, das Geschehene abzuwenden, und dem Begriff „Schuld" die Bedeutung „Leid" hinzufügten. So brutal, wie das Gefühl bei der Taube war, war es hier nicht. Immerhin hatte Alexander Knopf ja selbst getrunken und er atmete noch. Die Entscheidung, dass er weg musste, war schnell getroffen, und so wurde er in eine Schubkarre verfrachtet, in die dann, wie zwangsläufig, von irgendwoher noch ein Blitzknaller geworfen werden musste. Man fuhr ihn hoch an die Neuenburger Schule. In der Berufsschule gleich dahinter war Alexanders Vater Hausmeister und sie wohnten dort. Es muss gerade Hofpause gewesen sein, als ein paar Mädchen der Berufsschule, Medizinbälle tragend, am Schulhof vorbei liefen und der Held, wie einige andere Jungs, sich genötigt fühlte, einem von ihnen den Ball aus der Hand zu schlagen. Hin, draufhauen, ab... Aber sie war schneller und trat ihm in den Arsch. Die Schuhe, die sie trug, können keine Sportschuhe gewesen sein, sie waren spitz und trafen voll ins Schwarze. Aber das war schon Jahre her, jetzt diskutierte man über die letzten Meter. Die Meute wartete in sicherer Entfernung und die mutigsten fuhren Alexander bis zum Eingang. Abladen, hinstellen, klingeln, wegrennen. Das war's. Vielleicht wurde weiter gefeiert, vielleicht auch nicht. Alexander Knopf verbrachte auf jeden Fall die übrige Nacht mit schwerer Alkoholvergiftung im Krankenhaus. Genug, sollte man meinen.

Christian Schradler, der später als Erster aus der Klasse Vater wurde, kam in der siebenten Klasse dazu und vereinigte einige Eigenschaften auf sich, die eher anziehend wirkten. Er sah gut aus, was ihm die Zuneigung der vom Helden bis dahin erfolglos umbuhlten Conny Mangler sicherte, und er war stark, was bei den Jungs ankam. Alexander Knopf, dem nichts von dem eignete, kam frei von Allüren und in einfachster Kleidung, was ihn zwar ebenso auffällig, aber umso angreifbarer machte. Das war zu Beginn der neunten Klasse und alles begann mit der Reichstagsbrandprovokation: Berthold Ritter, der als Klassenlehrer auch Geschichte und Staatsbürgerkunde unterrichtete, hatte die Eigenart, sich beim Vortrag mit verschränkten Armen wie eine Banane nach hinten zu krümmen und so, mit leicht gespreizten Beinen und zwecks Handzeichen ab und zu einen Unterarm aus der Verschränkung lösend, zu dozieren. Dabei bog sich der Rücken umso mehr nach hinten durch, je konzentrierter er war. Wegen dieser Eigenart kam es zwischen Berthold, wie Herr Ritter von allen in Abwesenheit genannt wurde, und Danilo Urban mal zu einem Duell im Mit-verschränkten-Armen-nach-hinten-beugen. Im Frage-und-Antwort-Spiel schaukelten sich beide gegenseitig hoch oder besser nach hinten, wobei Danilo, weil er saß, einen Vorteil hatte. Er lag eindeutig vorne, musste sich aber nach einem cool aus dem Unterarm geschüttelten Platzverweis geschlagen geben. Berthold war nicht unsympathisch und eher der Typ „ewiger Student" mit grüner Kutte und Moped, und er hatte w as mit der Chemielehrerin Frau Knaut. Alexander hatte sich in einer seiner ersten Stunden in der neuen Klasse auf die Frage nach dem Reichstagsbrand hin gemeldet und fing nun an, mit etwas quäkiger Stimme von einem Typen zu erzählen, den die Nazis mit einem „Päckchen Kohlenanzünder" dort reingeschickt hätten. Obwohl eigentlich nicht weit weg von der Sache, reichte das, um zwei Jahre Verachtung und Demütigung folgen zu lassen. Sören Gradweg hatte ihn trotzdem zum Baden eingeladen und, wie einige andere auch, guten Willen gezeigt. Dennoch, es gab kaum jemanden, der sich immer zurück und raushalten konnte, und keinen, der wirklich Partei für ihn ergriff, bis auf die Küchenfrauen, die ihn in den schlimmsten Zeiten die knapp zweihundert Meter bis nach Hause brachten. Was immer es war, Alexander war schuld. Es fing damit an, dass sein Rücken als Zielscheibe für im Mund angefeuchtete Papierkügelchen diente, die man sich später sparte, um ihm direkt auf den Pullover zu spucken. Dass er am nächsten Tag immer noch den Pullover mit der getrockneten Aule vom Vortag anhatte, forderte eher heraus, als zu bremsen. Und wie sollte es anders sein, als Markus Strobel eines Tages am Kulturhaus bei einer üblichen Zusammenkunft eine Scheibe einwarf, wurde Alexander vors Loch geschoben. In einer Reihe von fünf oder sechs vor dem Direktor aufgestellt, stellte der dann wiederholt die Frage nach der Täterschaft. Von Markus Strobel kam die Aufforderung: „Nun sag schon, dass du's warst, Alexander!" Und Steven Urloff erleichterte ihm die Antwort, als er ihm in einem unaufmerksamen Moment des Direktors noch einmal in die Seite boxte. „Ja, ich war's." Die Dümmeren wurden gegen ihn aufgehetzt. Er wurde geschlagen und wieder versöhnt, um ihn wieder schlagen zu können. Und in Physik bei Herrn Siebel, der unheimlichen Mundgeruch hatte, als wirklich netter Lehrer galt, die Klasse aber trotzdem selten zur Ruhe bekam, konnten irgendwann keine Experimente mehr bei Dunkelheit stattfinden, wenn Alexander im Raum war. Gegen Herrn Siebel hatte nie irgendwer irgendwas und zeitweise versuchte man, sich selbst um seinetwillen zurückzunehmen. Ein paar Jahre vor uns hatte er mehrere Wochen im Krankenhaus gelegen. Irgendein Idiot hatte ihn bedroht, für den Fall, dass er die Prüfung nicht bestehen würde. Der Typ fiel durch und machte seine Drohung wahr. In der Pause vor Frau Sass' Russischstunde hatte Alexander auf Markus Strobels Frage „Weißt du, was ich gerade esse?" reagiert und bekam die Antwort „Pflaumenkuchen!" mitten ins Gesicht. Steven Urloff hat ihm dann im Unterricht noch mal ins Gesicht gerotzt, wurde erwischt und bekam im Bewusstwerden dessen, was er getan hatte, die Strafe „Steven, musste das wirklich sein?" Im absoluten Taumel hat Marko Reinhardt Frau Sass dann in der nächsten Pause unbemerkt eine Aule aufs Klassenbuch gesetzt. Sie weinte und verließ den Raum. In Biologie hatte man es Ende der Neunten, Anfang der Zehnten mit einem Lehrerwechsel versucht, nachdem der Raum verwüstet und die Zierfische im Aquarium mit Fit vergiftet waren. Auch die Geschichte mit Alexander und der Katze begann kurz bevor das geschah mehr oder weniger hier. In Chemie wurde mit angefeuchteten Gummitierchen auf die Schutzscheibe vorm Lehrertisch und an die Tafel geworfen und zur Krönung flog eine Tüte Mehl durch die Luft, die schon im Flug an der Decke aufriss und so volle Wirkung entfaltete. Ein Ei folgte. Eigentlich verbot sich das, denn Frau Knaut war ja die

Freundin von Berthold, dem Chef, und so kann es erst während der Wende, in der Zehnten gewesen sein, als auch seine Person als Staatsbürgerkundelehrer zu bröckeln begann. Man entdeckte mit Disko und Partys mehr und mehr die Nächte und ab und zu wurde so lange über der Fleischerei am Markt geklingelt, bis Berthold zumindest vom Fenster aus schrie, man solle abhauen. Beim ersten Mal hatte er sich noch in Unterwäsche an der Tür gezeigt. Was für ein Erfolg! Berthold Ritter, der nicht älter als Mitte dreißig gewesen sein kann, starb wenige Jahre nach der Wende. Es soll Krebs gewesen sein.

10 BIS 14 | 2

Die nächste Verspätung war die erste, die der Held, im wahrsten Sinne des Wortes, am eigenen Leib erfahren sollte. Sören Gradweg hatte den Helden irgendwann mit zum Radsport genommen. Und nachdem die kurze Exkursion zum Judo ihr Ende gefunden hatte, fiel die Entscheidung, dort mitzumachen, nicht schwer. Sören malte die ganze Sache in nicht unüppigen Farben und die ersten Eindrücke in der kleinen Sporthalle an der Erweiterten Oberschule bestätigten, was er sagte. Das mit dem Judo hatte nicht sonderlich lange gedauert. Vati hatte den Helden in der zweiten oder dritten Klasse mit seinem ehemaligen Trainer bekannt gemacht, doch schon nach wenigen Wochen Training stand fest, dass der Held hier nicht richtig war. Er fiel zwar nicht öfter als die, mit denen er sich maß, aber beinahe jedes Mal, wenn er fiel, bekam er Nasenbluten. Und so brachte er meist eine nicht unerhebliche Zeit des Trainings auf dem Rücken auf einer Bank liegend zu, um die Blutung zu stillen. Beim Radrennen schien hierfür keine Gefahr zu bestehen und so begann mit neun Jahren seine Karriere als Radrennfahrer. In dem Winter, als sie anfing, wurde hauptsächlich Basketball gespielt, gelaufen und ein paar Kraftübungen gemacht. Richtig los ging es dann im Frühjahr, als man ein mehr oder weniger eigenes Rennrad bekam. Mehr oder weniger bedeutete, dass sich jeder zu Beginn des Trainings eins aussuchen durfte und sich im Glücksfall immer dasselbe sichern konnte. Es gab auch Trainingskleidung: Trikots mit Taschen auf dem Rücken, wie sie von den Großen bekannt waren, und die typischen Radrennhosen. Von Anfang bis Ende gab es davon aber nie welche, die dem Helden passten. Oberschenkel, die zu solchen Hosen gehörten, konnte er einfach nicht entwickeln. Mutti hat sie dankenswerterweise immer abgenäht, so dass dieses kleine Manko ein wenig kaschiert werden konnte – zumindest optisch. Der anfängliche Trainer ist hauptsächlich dadurch in Erinnerung, dass er die meisten Kurven mit seinem Trabbi zu unterschätzen schien, und so ab und zu für Action und eine Menge Spaß sorgte. Eine der Kurven wollte nie enden und dass es wirklich knapp war, hat er dann selbst zugegeben. René Behrisch und Andreas Kern waren die Wegbegleiter dieser Zeit und in Führung war meistens der Held, zumindest innerhalb der Trainingsgruppe. Besonders beim Ausdauerlauf hatte er alles unter Kontrolle. Mit Spartakiaden und Schulmeisterschaften ging es los und die Medaillen und Urkunden häuften sich. Gedopt wurde mit Dextroenergen und Homi, einem Pulver, das in Wasser gelöst und aufgekocht nach Honigmilch schmeckte und sicherlich nichts anderes war. Auf der Packung war eine Biene. Mit den Jahren wurde immer mehr trainiert. Am Ende ging es viermal die Woche aufs Rad und nahezu jeden Sonntag fuhr man irgendwohin zu einem Rennen. Die Jungs, mit denen man dann zu tun hatte, wurden mit der Zeit immer größer und kräftiger, und irgendwann gab es reale Chancen nur noch bei Rennen auf irgendwelchen Dörfern und im Crosslauf, der anstelle der Radrennen in den Wintermonaten stattfand. Während der Fahrt zurück von einem dieser erfolgsträchtigen Rennen auf dem Lande, wurde auf der Rücksitzbank des Transporters von Cheftrainer Traunert Küssen mit Zunge gelehrt. Andrea Buchholz, die später mal in der Frauennationalmannschaft fuhr und etwas älter war als die Jungs, hatte das übernommen – warum auch immer. Es war ziemlich lustig und nicht uninteressant, abwechselnd an und in ihrem Mund rumzufuhrwerken und zwischendurch einige verbale Hinweise entgegenzunehmen. Was ist dagegen schon Radsport? Die Sportärztin hat dann herausgefunden, dass der Held nicht größer als 1,68 m werden würde, was, so, wie es damals aussah, nicht wirklich abwegig zu sein schien und sich erst mit etwa 18 als klare Fehlprognose entlarven sollte. Sicherlich trug auch dieses Ergebnis dazu bei, dass es dabei blieb, dass er auf die Kinder- und Jugendsportschule gehen sollte. Besser war's, denn was man so von denen hörte, die dort nicht bestanden, war nicht sonderlich ermutigend. Die Schwester eines Trainingskameraden war dort. Irgendwann im Trainingslager erzählte er, dass seine Eltern irgendwas hatten unterschreiben sollen, bezüglich „leistungsfördernder Medikamentierung" seiner Schwester. Das machte den Verzicht auf dieses Privileg nicht wirklich schwerer, denn Medikamente bedeuteten immer auch Spritzen. Einen Großteil der Sommerferien verbrachte man zu der Zeit auf einer Ostseeinsel im Trainingslager. Das Lager war ziemlich groß und eine Menge Sportarten waren vertreten. Auch ein paar Ferienlagerkinder gab es. Am interessantesten – vor allem für die etwas Älteren – war die Tanzgruppe aus dem Nachbarort der Heimatstadt. Maren Albarens war dem Helden während der Disko auf der Lagerstrasse aufgefallen und heimlich verließen sie am Abend das Lager in Richtung Bodden – man wollte sich kennen lernen. Es brach allgemeines Unverständnis aus, als daraus nichts wurde. Die großen Radrenner verstanden den Helden nicht und auch die älteren Mädels der Tanzgruppe, die ihm immer wieder zuredeten und Worte wie „tolle Figur" und so verwendeten, konnten nichts daran ändern. Irgendwie war das nicht wirklich von Interesse. Als es dann irgendwann interessant wurde und er mal mit dem Rennrad in den Nachbarort zu ihrer Schule fuhr, um alles klar zu machen, hatte sie schon einen Freund, und bei dem blieb sie, wie sich aus gelegentlichem interessierten Nachfragen und einigen Sichtungen ergab, bis heute. Die Highlights im Trainingslager waren der Sturz von Andreas Kern und einige eigene Verletzungen. So zum Beispiel, als der Held sich im Duschraum den Zeh an einer Fußmatte aufriss. Er wurde umgehend von den Großen zum Lagerarzt getragen, was zwar nicht wirklich notwendig schien, aber nicht unangenehm war. Glück hatte er mit dem Holzbock. René Behrisch hatte sich einen eingefangen und nachdem Herr Traunert das Ding beim Versuch, es zu entfernen, abgebrochen hatte, musste der Lagerarzt den Rest mit einer Kanüle rausstochern. Renés Bericht davon verbreitete Panik und man untersuchte sich nun gegenseitig eifrig die Köpfe nach solchen Tierchen. Der Einzige, bei dem noch einer in der Kopfhaut steckte, war der Held. Es lief glimpflich ab, denn Traunert startete keinen zweiten Versuch und der Arzt strich die Stelle so lange mit einer Flüssigkeit ein, bis das Teil fast von alleine herausfiel. Das spektakulärste aber war dieser Sturz. Andreas muss kurz vor der Rückkehr ins Lager absolut ungünstig auf irgendetwas aufgefahren sein. Auf jeden Fall hob er samt Rad ab, drehte sich um 180 Grad und fiel, immer noch so, wie gewöhnlich auf dem Rad sitzend, nun aber mit dem Kopf nach unten und den Rädern in der Luft, voll auf den Kopf. Es sah irre aus und eher wie im Zirkus. Er wurde über den Augen genäht und hatte den Rest des Sommers Urlaub. Der letzte Sommer im Trainingslager muss nach dem Ende der sechsten Klasse gewesen sein. Wie gesagt, wurde die Konkurrenz immer stärker und die, die vorne waren, hatten die Pubertät – die beim Helden noch lange nicht begonnen hatte – schon hinter sich. Sie sahen auch dementsprechend aus. Beim Crosslauf konnte er zwar noch den ein oder anderen Erfolg verbuchen, aber es war vorbei. Bei einem Radrennen hatte er sich – und das muss das einzige Mal gewesen sein, dass so was bei einem größeren Rennen vorkam – 70 Kilometer lang in der Spitzengruppe halten können. Noch 1000 Meter bis zum Ziel und der Sprint setzte bergab ein. Zu diesem Zeitpunkt ganz vorne dabei, sprang die Kette vom Blatt und das war's. Bittere Enttäuschung und ewiges Heulen. Wie auch immer, so sehr er Herrn Traunert mochte und dieser ihn, es ging zu Ende. Irgendwann gab er das Rad zurück, das ihm mittlerweile im Rahmen der Mitgliedschaft gehörte und das Vati sensationell lackiert und zu einer Ausnahmeerscheinung gemacht hatte. Ungefähr zwei Jahre später ließ sich der Held noch einmal mit seiner ersten Freundin auf der Radrennbahn sehen und traf auch Herrn Traunert wieder. Dass sich an der gegenseitigen Zuneigung nicht viel geändert hatte, verriet sich in der Unsicherheit, die ihn plötzlich überkam, und den Worten, die Traunert sprach. Sie übertünchten die Unsicherheit des Helden und ließen ihn in den Augen der Freundin nicht uninteressanter scheinen. Es war eine wirklich schöne Zeit gewesen.

14 BIS 16 | 2

Das Rennrad fehlte einem nicht wirklich, mittlerweile konnte man ja Moped fahren. Erst war es Vatis Schwalbe, danach der beige neue Simson-Roller und damit gehörte man in der Clique beinahe von selbst zur ersten Liga. Man traf sich an der Ecke am Eiscafé oder auf der Insel der Freundschaft, um zu labern, cool zu sein und Rennen zu fahren. Die erste Mitfahrerin war, nach Mutti, Nicolette Raabe, die nicht viel später Sören Gradwegs Freundin wurde und das über drei Jahre lang blieb. Sie war mit dem Helden zum Eisessen die ungefähr 15 Kilometer nach Stöblin gefahren und nach einer kurzen Pause hatte er sie in charmanter Pose gebeten, doch vor ihm aufzusteigen. Mit einer Hand locker den Roller am Lenker haltend und mit der anderen Hand gestikulierend, kippte der Roller, als sie der Geste folgte, und es dauerte unendlich peinliche Sekunden, bis alle drei tatsächlich im Dreck lagen. In solchen Momenten lacht man und flucht nicht. Die geilsten Touren dieser Zeit aber waren die Stadtrunden, die man gemeinsam mit der Clique fuhr. Auf dem Rücksitz saß ab und zu Mario Seiler, der später, wie auch einige andere, sein zweites Zuhause in der Spielothek fand, und damals über einen Kopf größer war als der Held. Es muss ulkig ausgesehen haben, aber alle haben gefeiert, besonders, wenn sich die Cliquen der Stadt zusammenschlossen. Es kamen dann gut vierzig, fünfzig Mopeds und Motorräder zusammen. Sie waren die Könige. Ansonsten fuhr man baden, zelten oder machte anderweitig Blödsinn. Disko hieß zu dieser Zeit Schuldisko und die fand meist in den Speiseräumen oder Aulen der entsprechenden Schulen statt. Als FDJ-

Sekretär für Sport und Kultur und Schulclubmitglied DJ-technisch an vorderster Front, richtete auch der Held, neben der Beschallung des Schulhofs bei Appellen oder in den Mittagspausen, gemeinsam mit Mark Zeisler einige dieser Partys aus. Die zu Fasching im Jugendclub im Stadtzentrum war die größte. Es schien mehr los zu sein als Freitags hier und das Feedback war nicht zu toppen. Absolut überraschend war die Beachtung, die dem Helden entgegengebracht wurde, obwohl es, wie immer, meist Mark Zeisler vorbehalten war, mit dem Mikro zu arbeiten. Die Stimme des Helden war einfach zu piepsig und leicht fiel ihm das sowieso nicht. Vorher wurde, wie üblich, im Kinderzimmer im Ratsweg geprobt und das Programm ausgetüftelt. Diesmal hatte es sich wirklich gelohnt. Alle waren sensationell drauf, sie hatten die Anlage vom Club und es war ein Quantensprung von ihrem ersten Versuch bis hierher. Damals hatten sie außer einem ein mal zwei Meter großen Namensschild, das Vati gemalt hatte, nur einen Kassettenrecorder. Das Publikum – die Klasse – saß auf Stühlen entlang der Wände des Klassenraums und es war unmöglich, mit dem Recorder das Gefasel zu übertönen. Lautstarke Bitten um Ruhe halfen nichts und man kann beruhigt sagen, dass es ein Reinfall war. Natürlich geht einem so etwas nahe, aber es ist lediglich Enttäuschung, die einem nicht wirklich etwas anhaben kann – denn man weiß ja, dass es die Umstände waren. Ganz anders ist es mit der nüchternen Offenheit, die mit etwas konfrontiert, an dem man selbst zweifelt. Der Mode und Mark Zeislers Vorbild folgend, hatte sich der Held die Haare mit Seifenwasser zum Igel gestylt und ging, wie jeden Morgen, zur Schule. Schon Mark hatte, als sie sich an diesem Morgen trafen, etwas befremdet dreingeschaut, als er das Ergebnis sah. Er hat dennoch beteuert, dass es cool aussehen würde, konnte damit aber nichts mehr gegen das flaue Gefühl im Bauch tun, das sich nun richtig Bahn brach. Dennoch, es schien alles glatt zu gehen, bis zu der Englischstunde, in der der Held von der Lehrerin mit dem Satz begrüßt wurde: „Bist wohl unter'n Mähdrescher gekommen?" Das traf tief und es blieb nichts anderes übrig, als kurz darauf schluckend den Raum zu verlassen, um draußen heulen zu können. Sie kam nach, um sich zu entschuldigen, und man einigte sich schnell darauf, dass das Geheule nichts mit ihrer Bemerkung zu tun hätte, es aber unmöglich wäre, zu sagen, was denn nun wirklich los sei. Die Meisten in der Klasse bekundeten ihre Missbilligung gegenüber dem verbalen Angriff und auch ihnen wurde erklärt, dass das eine mit dem anderen nichts zu tun gehabt hatte. Das war irgendwann in der siebenten Klasse und das letzte Mal, dass es ihn wegen so etwas derart überkam. Später trug er gewagtere Frisuren – Hauptsache anders – und Spott bestätigte ihn nur in der Annahme, dass die anderen doch keine Ahnung hatten, sich nicht trauten oder sonst irgendwas.

Das Verhältnis zu Christian Schradler war eher gespalten. Erstens, weil er, wie gesagt, Conny Mangler bekam, die der Held ewig vergebens umworben hatte. Zweitens hatte er den Helden beim Baden am Kanal spöttisch darauf verwiesen: „Du hast ja noch nicht mal Haare am Sack!" Der Ansicht, dass das nicht alles wäre, stimmte auch Sören Gradweg zu, aber es hatte dennoch getroffen. Egal, man konnte sich zwar nicht wirklich riechen, da man aber gemeinsame Freunde hatte, war das halb so wild und es blieb bei diesem unterschwelligen Nicht-geheuer-sein. Es gab Annäherungsversuche und am erfolgreichsten war der über die Kunst. Abgesehen davon, was in Zeichnen bei Herrn Allgeier passierte, lag wohl auf beiden Seiten ein wenig Talent und recht viel Interesse. „Beat Street" wurde jetzt auch auf einem der beiden Kanäle des Staatsfernsehens gezeigt und man versuchte sich im Nachahmen der Graffitis. Christian Schradlers Stil war etwas kantiger, vielleicht, weil er sich zu der Zeit für die Reinkarnation von Sunny Crocket aus „Miami Vice" hielt – aber egal, seine Häuserfronten waren einfach die besseren und man einigte sich darauf, ein gemeinsames Werk zu schaffen: „Häuserfront mit Schriftzug in Notenzeile und Breakdancer". Idee und Entwurf erarbeiteten sie im Wesentlichen im Geschichtsunterricht. Spraydosen gab es nicht, also fiel die Entscheidung auf Fettstifte. Die Wand über den Pissbecken im Männerklo der ersten Etage wurde als würdiger Ort auserkoren und in einer Freistunde gingen sie ans Werk. Alle

Konturen waren gezeichnet und die Farbgebung war zur Hälfte erledigt, als das Gewissen, oder vielmehr die Angst zuschlug. Wahrscheinlich war der Held Auslöser der Panik gewesen, auf jeden Fall hatte er einen Rettungsvorschlag. Er dachte an sein recht lockeres Verhältnis zu Frau Pieper, der Freundschaftsrats-chefin der Schule, und er war sich sicher und konnte auch Christi-an davon überzeugen, dass nichts passieren würde, wenn man sie reuig um Rat fragen würde, wie man das Begonnene ungesche-hen machen könnte. Gesagt, getan. Sie war, wie immer, in ihrem Zimmer, hörte aufmerksam zu, überlegte und meinte: „Schöne Scheiße habt ihr da gebaut. Kriegt man das denn wieder ab?" „Natürlich!" Mit Nitro-Verdünnung ging alles ab. Vati hatte ja immer seine Pinsel damit abgewaschen. Das war der Vorschlag, oder besser die Idee. Sie stimmte zu und legte nahe, die Reini-gungsarbeiten auf die Zeit nach dem Unterricht zu verlegen und sich nicht erwischen zu lassen. Eine Flasche Verdünnung und Lap-pen wurden aus Vatis Keller geholt und nach der siebenten Stun-de begannen sie, die Wand mit der beißend stinkenden Flüssig-keit abzuwaschen. Es war mühseliger als das Malen, denn eigent-lich verwischte man nur die Fettfarben mit dem Kalk, der die Wand weißte. Es sah absolut fürchterlich aus und man war sich schnell einig, dass das Bild doch allemal besser gewesen sei. Plötzlich ging die Tür im Vorraum. Eins, drei, fix in eine Toiletten-box geflüchtet, hörte man den Hausmeister hereinschnauben – ein finsterer Geselle, den der Geruch der Verdünnung wohl ange-lockt haben musste. Ob er den Herzschlag hörte? Auf jeden Fall schien er zu wissen, dass da wer in den Boxen war und fing an, dagegen zu trommeln: „Komm raus da!" Dem ließ sich nicht lange standhalten und so schleppte er die beiden Künstler unter Furcht einflößendem Gemecker in Halbsätzen zur stellvertretenden Di-rektorin, mit der beide schon einschlägige Erfahrungen gemacht hatten. Ihr Freund war Bademeister, ganzkörperbehaart und nicht weniger Respekt erheischend als sie. Der Hausmeister fing gerade an, seine Entdeckung als Anklage gegen die Ertappten vorzubringen, als sie ihn unterbrach: „Danke, Herr Schmidt, Sie können gehen." Er versuchte es noch einmal, aber keine Chance:

„Sie können gehen." Sie sagte nicht viel und schien nicht besonders glücklich zu sein. „Hört auf damit und macht euch nach Hause!" So entließ sie uns mit strafendem Blick. Frau Pieper hatte uns wohl gerettet und keiner hat irgendwann ein Wort darüber verloren. Die Toilettenwand sah noch genauso aus, als die Schule endgultig vorbei war. Wir hätten es wohl besser durchziehen sollen.

14 BIS 16 | 3

Irgendwann Anfang der Neunten trat man an die Schüler heran, um sie bezüglich ihrer Berufswünsche zu beraten und auszufragen. Einige hatten sich schon entschieden. Viele wollten erst mal auf die Erweiterte Oberschule und ihr Abitur machen. Mark Zeisler, Sören Gradweg und Mark Löbsch wollten Offiziere werden, was bei den beiden Letzteren nahe lag, denn Sören Gradwegs Vater war bei der Polizei und Mark Löbschs war irgendwas bei der Armee. Der Held hatte keinen wirklichen Plan, aber Abitur schien erst mal ganz vernünftig, denn Schule war so unangenehm nicht. Danach gefragt, gab er das bekannt. Es blieb dieses Bild, wie er im Physikraum steht und aus dem Fenster auf die Kastanie im Schulhof schaut. Stille. Wahrscheinlich wurde er zum ersten Mal ins Grübeln gestürzt, ohne doch wirklich etwas ändern zu können. Die Antwort auf seine Idee mit dem Abitur war eigentlich kurz gewesen, wurde aber mit unendlich viel Beiwerk begründet. Abitur auf der Erweiterten Oberschule, das wird wohl nichts, höchstens Beruf mit Abitur, und auch das wird eng, wegen der vielen Bewerber, aber sicher wäre es als Offiziersanwärter. Er wollte alles, nur nicht zur Armee, sich anschreien lassen und im Schlamm rumkriechen. Aber wie auch immer, die schienen Ernst zu machen. Sören Gradweg, Mark Zeisler und Mark Löbsch sahen das alles wesentlich lockerer. Als Offizier hat man doch alles. Na gut, dann würde er eben Offizier werden und so zu Abi und Studium kommen. Mark Zeisler wollte zur Raketentechnik und sollte Betriebs-, Mess- und Regelmechaniker mit Abitur im nahe liegenden Chemiewerk lernen. Es gab wenig eigene Gedanken und auf dem Wehramt zum wiederholten Mal nach dem Berufswunsch gefragt – hier war ja angeblich alles möglich –, war die Antwort: „Betriebs-, Mess- und Regelmechaniker mit Abi." Man zog sich zur Beratung geheimnisvoll in einen separaten Raum zurück und erklärte, nach wenigen Minuten von dort zurückkommend, dass dafür keine Ausbildungsplätze mehr frei wären und es wohl auf Energieelektroniker mit Abi hinauslaufen würde, und auch nicht auf der gewünschten Schule. Was sollte man dazu noch sagen ... Jahre später erzählte Mutti, dass zu der Zeit – sie arbeitete wegen ihres Rückens nicht mehr als Kellnerin, sondern auf der Stadtverwaltung – jemand zu ihr auf Arbeit kam und ihr mitteilte, dass es jetzt, wo ihr Sohn doch Offiziersanwärter wäre, nicht mehr möglich sei, den Kontakt zu ihren Geschwistern im Westen aufrecht zu erhalten. Das beträfe auch Weihnachts- und Geburtstagskarten. Von all dem sollte sie Abstand nehmen und falls doch mal was von der anderen Seite käme, sofort Meldung machen, wenn sie ihrem Sohn das nicht versauen möchte. Sie hat zugestimmt.

    ... denn um dessentwillen, was ihnen ein Gut zu sein scheint, tun alle alles...

Aristoteles

Ein schöner Satz des Vielbewunderten. Aber was sagt er? Das, was alle tun, das heißt, was je ein Jeder tut, hat seinen Grund in dem Gut, welches je erstrebt wird, und mithin geschieht alles um eines Gutes willen? Gefährlich erscheint mir der Satz so gelesen, denn er sagt weniger über Güter aus, als dass er vielmehr jegliches Handeln mit dem Begriff „Gut" in Zusammenhang bringt, und dies, so glaube ich, ist zumindest zweifelhaft; könnte es doch von allzu Leichtgläubig-Oberflächlichen so verstanden werden, dass alles irgendwie gut ist. Eben deshalb sagt Aristoteles wohl auch „scheint". Aber wie auch immer, Alexander Knopf hat zu diesem Zeitpunkt schon lange nicht mehr geglaubt, und wäre sicherlich nicht damit einverstanden gewesen, dass das, um dessentwillen man mit ihm so umging, wie man mit ihm umging, auch nur im übertragenen Sinne irgendwie „gut" genannt werden könnte. Es war bisher nicht wenig passiert, aber die Geschichte mit der Katze sollte noch mal eine Steigerung bedeuten. Der Anfang war – wie Anfänge immer so sind – ziemlich harmlos. Die Doppelstunde Sport vor Biologie war wegen des schönen Wetters zur freiwilligen Teilnahme ausgeschrieben worden und so gingen nur wenige hin. Von denen, die nicht hingingen, fuhren einige mit den Mopeds rum und machten einen interessanten Fund, den sie samt Verwendungsvorschlag mit zur Schule brachten. Ein paar aus der Klasse verwickelten Alexander zur Ablenkung in ein belangloses Gespräch und Markus Strobel verfrachtete die gefundene tote und schon ziemlich ausgedörrte Katze in Alexanders Tasche. Er war dabei sehr bemüht, sie nicht zu berühren, und fasste sie mit einer über die Hand gestülpten Plastiktüte an. Die Stunde begann – Begrüßung, setzen, Schulbuch raus – Alexander Knopf stand auf und heulte. Die Dinge nahmen ihren Lauf. Die Biologielehrerin hat ihn sofort samt Tasche und Katze zum Direktor verfrachtet und der brachte ihn zum Amt für Hygiene. Von dort kamen am nächsten Tag zwei Frauen und erklärten in der Physikstunde bei Herrn Siebel, wie gefährlich Tollwut sei, und dass es doch möglich wäre, dass die Katze Tollwut hatte, und es daher beinahe lebensnotwendig sei, zu sagen, wer nun mit der Katze Kontakt hatte. Natürlich meldete sich niemand und auch in den üblichen Einzelgesprächen wusste niemand, wie die Katze in die Tasche gekommen sein könnte. Die beiden Frauen von der Hygiene sahen nicht wirklich so aus, als kämen sie von dort. Es fielen Worte wie „Bahnhof" und auf die Frage, ob die Katze denn nun Tollwut gehabt hätte, sagten sie, dass das bei dem Verwesungsgrad nicht mehr feststellbar gewesen wäre. Als der Held daraufhin die Frage stellte, wie sich denn jemand bei der Katze hätte Tollwut holen können, wenn keine mehr festgestellt werden konnte, hatten sie keine wirkliche Antwort mehr bei der Hand. Das Manöver war enttarnt und dennoch war jeder froh, der die Katze tatsächlich nicht angefasst hatte. Ein bisschen Unsicherheit bleibt ja immer. Umso bewundernswürdiger blieb daher auch Markus Strobels beharrliches Leugnen. Er war der einzige, der sie wirklich angefasst hatte und sich dabei sogar einen kleinen Kratzer an ihrer Kralle zugezogen hatte. Warum auch immer, er hat bis zuletzt, wie jeder andere, bestritten, dass er sie auch nur gesehen hat. Zwei, drei Tage nach der Aktion hatten alle trotz der Unglaublichkeit der Tollwuttheorie – die Katze war wirklich schon steinhart gewesen – ein ziemlich flaues Gefühl im Bauch. Es war noch nicht zu Ende. In Russisch klopfte es plötzlich an der Tür, ein Lehrer kam rein und Mark Löbsch wurde zusammen mit dem Helden, ohne Nennung von Gründen, herausgebeten. Draußen wurde dann klar, worum es ging. Marks Mutter stand auf dem Flur und es wurde gesagt, dass die des Helden schon auf dem Amt für Hygiene wäre und sie jetzt dorthin gehen müssten. Die früher geäußerte Drohung einer Tollwutimpfung für alle entfaltete in diesem Moment ihre volle Wirkung. In den nächsten Stunden mussten die übrigen Verdächtigen den gleichen Weg gehen und sich gemeinsam mit ihren Eltern einem Gespräch in der Höhle des Löwen stellen. Raus kam dabei nichts, aber es war schon ganz schön heftig. In den darauffolgenden Tagen gab es dann unter anderem ein Gespräch zwischen Freundschaftsrat und Direktor. Die Zeit verging unendlich langsam. Es wurden Namen genannt, versucht, zu analysieren, warum wer wen decken könnte, wie dumm und gemein die Sache gewesen sei, warum jemand so was tut und so weiter. Das alles war dem Helden bekannt und es wurde immer kniffliger, die Genannten, wie üblich schlechteren Schüler, von denen die Meisten, wie so oft, nun wirklich nichts mit der Sache zu tun hatten, zu verteidigen, ohne sich selbst und andere dabei zu verraten. Die Uhr tickte und irgendwann war auch das vorbei.

Im Nachhinein ist es vielleicht nicht uninteressant, darüber nachzudenken, ob Derartiges nicht als gesellschaftliches Phänomen zu betrachten sei, das heißt, ob es nicht viel öfter vorkommt, als man glauben möchte, dass die Beschuldigten von den Schuldigen verteidigt werden, und es deswegen so schwer ist, zur Wahrheit zu gelangen. Man sehe sich nur die „Öffentliche Meinung" der Gesellschaften der „entwickelten" Länder zum Thema „Armut, Gewalt und Krieg in den Entwicklungsländern" an.

Damals in der Neuenburger Schule hat es funktioniert. Niemand war's und es kam sogar das Gerücht auf, es könnte vielleicht Alexander Knopf selbst gewesen sein, der sich die Katze in die Tasche gesteckt hat. Absolut blödsinnig, aber mit einigen Hilfskonstruktionen dennoch glaubhaft möglich: Aus durchaus triftigen Gründen kann Alexander Knopf die Klasse nicht leiden und um ihr eins auszuwischen, inszeniert er das mit der Katze, wobei die Schuld selbstverständlich nie bei ihm vermutet würde. Die Geschichte endete damit, dass er sich in Staatsbürgerkunde vor der gesamten Klasse stehend, Herrn Ritter im Rücken, dafür entschuldigen musste, dass er das tat, was die Hilfskonstruktion für glaubhaft möglich hatte scheinen lassen. Die wirklichen Initiatoren hielten sich für die Größten und allen war flau im Bauch.

Im Sommer des gleichen Jahres erwarben die Jungs der Klasse, mit Hilfe von Alexander Knopf, dann auch noch ein wenig Ruhm. Wie für die Jungs aller Klassen zuvor, und keiner mehr danach, ging es für drei Wochen ins Wehrlager nach Waldesruh. Die Mädchen probten zur selben Zeit mit Herrn Ritter und seiner Freundin Frau Knaut in der Heimat „Zivilverteidigung". Im Wehrlager trug man von morgens bis abends Tarnanzug oder Uniform, lernte Gewehre auseinander zu bauen, schießen und sich mit Karte und Kompass zu orientieren. Es wurde mit und ohne Gasmaske marschiert und man zeigte Bilder von Kriegsverletzungen und Giftgasopfern. Jede Klasse hatte ihren Bungalow und einen Offiziersschüler, der nicht älter als 25 gewesen sein kann, zum Vorgesetzten. Man drückte sich in Wäldern rum und eigentlich war alles ganz lustig. Die Klasse 9a der Neuenburger Schule bekam den Wimpel für das ordentlichste Zimmer und der Held fiel bei Tarnübungen besonders durch seinen Heuschnupfen auf. Die Jungs aus der Goetheschule – einige von ihnen waren aus der Clique bekannt – spezialisierten sich darauf, Frösche aufzublasen und zu sezieren, andere Schulen fielen anders auf, manche gar nicht. Auf jeden Fall waren hier alle neunten Klassen aus der Heimatstadt und ihrer Umgebung versammelt und am Ende waren alle nach Dienst mindestens ein Mal im Bungalow der Neuenburger gewesen. Einige der Offiziersschüler auch. In einer der ersten Nächte im Lager sah sich Alexander Knopf mit der Frage konfrontiert, ob er sich schon mal einen runter geholt hätte. Er verneinte und wurde mit den wildesten Argumenten und Erklärungen davon überzeugt, dass das hier so üblich wäre, wenn jemand neu in die Klasse kommt. Irgendwann hatten sie ihn dann so weit und versammelten sich an seinem Bett. Marko Zost – der Zahnlose – hielt die Taschenlampe, als Alexander wahrscheinlich zum ersten Mal in seinem Leben kam. Was anfangs nur zur Erheiterung der Klasse veranstaltet wurde, sprach sich schnell rum und führte zu der Idee, „Strüffelshows" zu veranstalten. Es wurden 50 Pfennig Eintritt kassiert, von denen auch Alexander einen Anteil erhielt. Er hatte plötzlich viele Freunde und stand, im wahrsten Sinne des Wortes, im Mittelpunkt. Obwohl er gelegentlich die Lust verlor, kam es auch vor, dass er sich auf dem Tisch stehend, hüftkreisend und die Genitalien reibend, „warm machte", wie er auf Nachfrage hin meinte. Es hat lange gedauert, aber irgendwann war er dann auch noch davon überzeugt worden, dass man Sperma essen könne, dass das ein Highlight wäre und absolut gesund sei. Es waren vielleicht dreißig Mann im Raum, als er es, kurz bevor sich das Zeug von seinem Finger abseilte, tat. André Lindner aus der Goetheschule konnte sich nicht mehr halten und kotzte aus dem Fenster. Irgendwann hat es das ganze Lager gewusst und der Bungalow der Neuenburger Schule wurde öfter von höheren Dienstgraden kontrolliert, was einige Shows abrupt beendete. So kam es auch an dem Tag, als sich ein Offiziersschüler, der es einfach nicht glauben konnte, als Zuschauer eingeschleust hatte. Es war ganz schön knapp. Wegen des Geruchs hatte man die Veranstaltungen in den kleinen unbewohnten Nebenraum des Bungalows verlegt. Alexander lag unten im Doppelstockbett, oben saß der Offiziersschüler. Die mittlere von den drei Matratzen wurde herausgenommen, damit er direkt ins Zentrum des Geschehens blicken konnte. Das hieß Loge. Kurz vorm Höhepunkt stürmte – diesmal unerwartet – ein Feldwebel die Stube. Er kämpfte sich durch die Menge und sah zu seiner Beruhigung den Offiziersschüler: „Stabsgefreiter Müller erzählt wohl wieder mal Witze?" Trotz der allgemeinen Zustimmung fiel ihm der im Bett Liegende und nun bis zu den Ohren Zugedeckte auf. „Was soll denn das?" Er bekam keine Antwort. „Decke weg!" Totenstille und alles konzentrierte sich auf die Decke. Nichts bewegte sich und Alexander quäkte mit seiner eigenartigen Stimme zurück: „Nee!" Das ging ein paar Mal so hin und her, dann schritt der Feldwebel zur Tat und riss die Decke weg. Unglaublich, dass Alexander die Hosen anhatte – die Decke hatte sich keinen Millimeter bewegt. Er muss eine Höllenangst gehabt haben, um so ein Kunststück hinzukriegen. 23 Mal in 21 Tagen und das letzte Mal im Zug auf der Rückfahrt. André Lindner, der Fensterkotzer, wollte es noch mal wissen und so griff Alexander, auf der Sitzbank liegend und André begrabschend, zum letzten Mal in die Vollen.

Direkt nach dem Wehrlager fuhren die Meisten ins „Lager der Arbeit und Erholung" nach Seefelde. An den Wochentagen war hier von 6 Uhr morgens bis 12 Uhr mittags Kirschen und Erdbeeren pflücken oder auf den Feldern Unkraut jäten angesagt. Danach freier Ausgang – baden, Eis essen, feiern, trinken, Tischtennis spielen, mit Mädchen rummachen. Früh Geld verdienen, nachmittags ausgeben – Konsumschule, erste Klasse. Man konnte hier in drei Wochen gut und gerne 600 Mark verdienen, doch nicht wenige fuhren mit leeren Taschen nach Hause. Neben den Klassen acht und neun der Neuenburger, waren noch Klassen aus einigen Dörfern aus der Nähe der Heimatstadt hier und, was wichtig war, samt Mädchen. Besonders wegen ihnen wurde lange auf Alexander Knopf eingeredet, aber er wollte einfach nicht mehr. Außerdem war hier so viel anderes wichtig, so dass er wahrscheinlich meistens seine Ruhe vor der Meute hatte. Eines Abends ließ er sich – aus was für Gründen auch immer – dennoch am Bett festbinden, wurde mit Wasser bekippt und sein Klagen auf Tonband aufgezeichnet. Keine große Sache. Er hängte seine Decke danach zum Trocknen ins Fenster. Mitten in der Nacht weckte Mark Löbsch dann recht verwirrt einige andere. Er war zu faul gewesen, zur Toilette zu gehen, und hatte erst beim Pinkeln aus dem Fenster realisiert, dass dort Alexanders Decke hing. Jetzt hatte er ein wenig Angst, aber Freunde, die sich bereit erklärten, die Schuld mitzutragen, und nun gemeinschaftlich auf die Decke pissten. Natürlich wurde Alexander wach und machte Theater. Wenig später saßen alle draußen auf dem Versammlungsplatz und irgendein Typ faselte was von: „Und wenn ihr so lange Lagerrunden rennt, bis jemand sagt, wer's war!" Er entfaltete dabei eine beeindruckende Akustik. Wie es ausging, ist vergessen. Auf jeden Fall muss danach nicht mehr wirklich viel passiert sein, aber mal ehrlich – was hätte noch kommen sollen?

Alexander Knopf hat später Koch gelernt und eine Zeit lang bei McDonalds gearbeitet, was den Umsatz der Wissenden dort klar minderte. Danach – und das war das Letzte, was man von ihm hörte – hat er auf einem Schiff als Koch angeheuert und fährt nun auf hoher See. Dass er nicht auf dem letzten Klassentreffen war, wurde allgemein bedauert. Es gab wohl kaum jemanden, der nicht Buße tun und sich von Alexander Knopf freisprechen lassen wollte.

14 BIS 16 | 4

Die Menschen hier waren nicht schön. Das war die erste beruhigende Feststellung des Helden. Die Einzigen, die in den ersten Tagen ein wenig herausstachen, waren Martin Kölling und Sandro Kluge. Der eine sah doch ganz passabel aus, der andere hatte unheimlich viel zu erzählen, und die Meisten hörten ihm anfangs noch zu. Es gab auch ein Mädchen, das einzige zwischen knapp zwanzig Jungs. Wie schon einige Male zuvor, passierte es auch hier, dass irgendwer mit der Mimik und Gestik des Wissenden die Geschichte vom Strüffler erzählte und all die bewundernde Abscheu in den Gesichtern der Zuhörer stand. Die Menschen neigen nun mal dazu, die Macht anzubeten, in der Hoffnung, an ihr teilzuhaben, aus Furcht und Neugier. Zu wirken, das ist es, was alle wollen, und daher kommt das Interesse an der Wirkung. Wie viel auch jeweils von den Aspekten der Teilhabe, Furcht oder Neugier im Einzelnen steckt, der Mechanismus ist der gleiche, und unter Kindern ist die Moral, die hier allein die Denkrichtung ändern könnte, kurz und höchstens ein flaues Gefühl im Bauch oder irgendeine Autorität. Das Warum kommt erst viel später. Im ersten Lehrjahr in einer Klasse, in der kaum einer einen anderen jemals zuvor gesehen hatte, konnte man noch eindeutig punkten, wenn man, stach jemand mit solch wissendem Gerede hervor, erklärte, dabei gewesen und mitursächlich gewesen zu sein an dem, was jetzt bei den Meisten dieses zwiespältige Gefühl auslöste. Was Gegenwehr oder eine klare Absage betraf, so war auch hier eine stille Zurückhaltung das höchste der Gefühle und so überwog in der Summe die Bewunderung. Langsam, sehr langsam verschwindet im ewigen Wiederkäuen des Geschehenen dann doch das Gloriose, und die Abstände zwischen den Momenten, in denen man über die alten Geschichten lacht, werden größer. Die Sache wird klarer und obwohl man es schon immer wusste, dauert es wahrscheinlich ewig, bis auch das letzte bisschen wunderlicher Abscheu und Blutberauschtheit geschwunden ist. In ein wirkliches Loch bezüglich der Geschichte stürzte der Held noch mal durch Mia. Zwischendurch war sie beinahe völlig verloren gegangen und die erste Person, die bezüglich der hier geschilderten Begebenheiten klar, eindeutig und ohne ihrem Gegenüber und sich selbst irgendein Hintertürchen offen zu lassen, in eine andere Richtung dachte und sprach, war sie. Sie, deren Lehrerin in der Schule zu ihr gesagt hatte, dass sie mit ihrer Offenheit in solchen und ähnlichen Fragen wohl später öfter Probleme haben würde. Mia hatte Recht. Man tut so was nicht und man sieht auch nicht weg und schweigt nicht, wenn so was passiert. Vielleicht kann man nicht unbedingt erwarten, dass ein Kind aus Einsicht das Richtige tut, geschieht es aber dennoch – wenn auch instinktiv – so zeichnet das aus.

Im Moment war noch weit über ein Jahr Zeit, bis der Ernst des Lebens – die Lehre und das Abi – anfangen sollte. Die Abschlussprüfungen waren weit weg – die Zehnte hatte ja noch nicht mal begonnen – und es war Sommer. Diane war einen Kopf größer als der Held und sie lagen in einem Erdbeerfeld, irgendwo in der Nähe von Seefelde, küssten sich und genossen die Sonne. Die sechs Stunden, in denen man Früchte pflückte, gingen schnell vorbei und es gab keinen Druck, außer den des Geldes, wenn man wollte. Denn jeder Korb Erdbeeren oder Kirschen zählte. Die meisten Mädchen aus den anderen Schulen standen auf Die Ärzte und waren durchaus an den Jungs der Neuenburger Schule interessiert, wie der ein oder andere Knutschfleck bewies. Diane, die manchmal vor dem Doppelstockbett stand, in dem der Held oben drin lag, und ihn küsste, wechselte irgendwann zu Mark Löbsch, was aufgrund der Größe auch besser passte. Im Jahr zuvor war der Held hier in Seefelde noch gemeinsam mit Benedict Lindlaub aufgefallen, weil sie zur Disko „so toll" tanzten, wie einige von den älteren Mädchen sagten. Man trug die Fingerkuppen wie Michael Jackson bandagiert. In diesem Sommer war der Mädchen-Bungalow noch viel interessanter und es kam einige Male vor, dass man hier des Nachts erwischt wurde und am nächsten Tag Toiletten schrubben musste. In jeder Hinsicht die Krönung aber war die Rückfahrt mit dem Zug, während der der Held mit der namenlosen Schüchternen so lange und intensiv im Abteil fummelte. Die Schmerzen im Genitalbereich, die sich daraufhin immer stärker bemerkbar machten und das Bewegen zur Qual werden ließen, mussten irgendetwas damit zu tun haben, das ahnte er, aber dennoch war er vorsichtig und sprach bloß mit den engsten Vertrauten darüber, die ähnlich ratlos waren wie er selbst.

Den Rest des Sommers fuhr man oft baden, ging zur Disko und trieb sich mit der Clique rum. Der Urlaub mit den Eltern war der letzte und stressigste. Wandern war einfach out und Muttis „Abkürzungen" führten immer öfter in den Sonnenuntergang, statt schneller nach Hause. Vor Jahren in Lind am See war alles noch wesentlich aufregender gewesen. Zu angeln, Krebse zu fangen und mit dem Kanu über den See zu schippern, machte mehr Spaß und es gab immer einige Gleichaltrige, mit denen man etwas anfangen konnte. Der Ungarn-Urlaub am Ende der Achten war etwas anderes. Es war die Jugendweihereise gewesen und es wurden Wünsche erfüllt. Die „Bad" LP von Michael Jackson war einer, der Walkman ein anderer. Was sonst noch blieb, war das unheimliche Gewitter und die zwei, drei kleineren Unfälle, die sich der Held zur Belustigung der Familie leistete. Auf dem Weg zur Toilette rannte er, wegen der Dringlichkeit, etwas ungestüm um das Vorzelt des Wohnwagens herum und konnte nicht ahnen, dass das Fenster desselben geöffnet, das heißt, nach außen und 90 Grad nach oben geklappt war. Das war genau Stirnhöhe und bremste den Lauf des Helden abrupt. Ein unfreiwilliger kurzer Mittagsschlaf. Es gab Pepsi-Cola und einige Ausflüge. Vom letzten Urlaub – dem mit den vielen „Abkürzungen" – ist die Dialektanpassung des Helden und der Tadel Vatis darüber in Erinnerung. Mutti fand es nicht so schlimm, sie konnte überhaupt prima erklären, aber es war schnell einsichtig, dass Vati Recht hatte.

16

Die zehnte Klasse begann und es bahnte sich etwas mit dem Mädchen aus der Neunten an, die in der Neuenburger Straße direkt unter Mark Löbsch wohnte. Wäre sie nicht gewesen, gäbe es von den Wende-Demonstrationen einige Erinnerungen weniger. Auch in der Heimatstadt trafen sich die Menschen an der Kirche, um von da aus durch die Stadt zu ziehen, und die Demos führten jedes Mal auch durch den Ratsweg, am Wohnhaus des Helden vorbei. Das Haus gegenüber, in dem Rudolf Denuns angeblich Hausmeister war, hatte sich als Sitz der Staatssicherheit herausgestellt und schon vor den Demonstrationen gab es hier ab und zu interessante Begebenheiten. Zum Beispiel, als eines Nachts irgendwer unendlich lange dort an die Tür schlug und vergeblich um Einlass bat. Er beteuerte immer wieder, dass er mit Erich Honecker sprechen wollte und schien ziemlich verwirrt. Als ihm dann einige Beamte den Hintereingang öffneten und ihn hereinbaten, schien er nicht mehr zu wollen. Es gab einen kleinen Tumult, dann verschwanden sie mit ihm. Solche nächtlichen Besuche müssen wohl öfter vorgekommen sein, denn irgendwann wurde eine Kamera am Gebäude angebracht, die den ganzen Ratsweg im Blick zu haben schien. Obszöne und friedliche Fingergesten in die Kamera waren üblich, wenn auch von Mutti nicht gern gesehen. Sie verneinte anfänglich auch immer wieder die Frage, ob man denn nicht mit demonstrieren gehen dürfe, und so gab man sich anfangs mit der nicht üblen Aussicht vom Wohnzimmerfenster zufrieden und hörte „Stasi in die Volkswirtschaft!" und Ähnliches. Schon im Wehrlager war ausgiebig über die Geschehnisse auf dem Platz des Himmlischen Friedens in Peking diskutiert worden und es schien, was ungewöhnlich war, dass die Argumente der Schüler wirklich Beachtung fanden und kompromisshafte Formeln Einzug hielten. Vielleicht war es, als Erich Honecker von Egon Krenz abgelöst wurde, vielleicht, als sich die Chöre von „Wir sind das Volk" auf „Wir sind ein Volk" verlegten, als es dann doch die Erlaubnis gab, mit zu demonstrieren. Es war aufregend zwischen so vielen Leuten, spannend und großartig, obwohl man kaum realisierte, was wirklich abging. Ein wenig mehr spürte man es in der Schule. Die Autoritäten fielen und besonders Berthold Ritter war in ernsthaften Schwierigkeiten. Die Welt war in ihren Grundfesten erschüttert und der Unterricht wurde immer öfter am Nachmittag in einer anderen Schule abgehalten, weil das Dach der Neuenburger undicht war und die Klassenräume dann unter Wasser standen. Montags fuhr man ein paar Mal zu den Demos nach Leipzig, aber hier war schon fast zu viel los. Da war es doch in der Heimatstadt viel romantischer. Hier konnte man noch bis in die Kirche vordringen und die Kerzen, die zu Hunderten um die Kirche herumstanden, entfalteten wirklich Atmosphäre. Nach der Demo zog sich der Held mit seiner Freundin in eine Häusernische zurück. Sie hatten ein paar Kerzen von der Kirche mitgenommen und machten es sich auf einem Sims gemütlich. Der Polizist war nicht sonderlich alt, dennoch hätte er sich zwei Monate vorher genauso wenig auf eine Diskussion mit einem 16-Jährigen eingelassen wie dieser auf eine mit einem Polizisten, aber was galt das alles noch in diesem Herbst des Friedens? Nach einigen Minuten Gerede wurde seine Forderung, die Kerzen auszublasen und nach Hause zu gehen, dennoch erfüllt. Vielleicht auch deshalb, weil sie mittlerweile zur Bitte geworden war. Man sah ihm seine Not an. Über das folgende Jahr öffnete sich die Welt weiter und weiter. Man besuchte zuerst die Verwandtschaft in Westberlin, wo sich die Familie nun öfter aufhielt. Das Begrüßungsgeld wurde später in Hof in Empfang genommen und die drei Mal 100 Mark zum Kauf einer kleinen Stereoanlage für Vati verwendet. In Berlin wurden, während sich der Held mit seinem Cousin die Zeit mit Computerspielen, Videos und den Beasty Boys vertrieb, die alten Geschichten erzählt und noch mal erlebt. Gernots Auseinandersetzungen mit dem Abschnittsbevollmächtigten, sein Ausreiseantrag und dessen Bewilligung nach Strafabbüßung, der ihn an die Nordsee verschlug, wohin Frau und Kind jetzt folgen konnten. Hans-Peters Ausreise, die ein konsequentes Besuchsverbot nach sich zog, was dazu führte, dass er mit dem Auto über Österreich in die Tschechei fuhr, und zwar bis in das Hotel kurz vor der Grenze, auf deren anderer Seite Oma wohnte. Die übrige Familie traf sich bei ihr und gemeinsam liefen sie über den Grenzübergang nach Tschechien und verbrachten den Abend mit Hans-Peter im Hotel. Solche Aktionen waren streng geheim, aber was heißt das schon, wenn sich in einem Zwei-, Dreihundert-Seelen-Dorf die größte Familie samt Anhang in Bewegung setzt und über die Grenze geht? So ist es nicht verwunderlich, dass die Zollkontrolle auf dem Rückweg ausuferte und die Erwachsenen im Separee auch ein wenig Kleidung ablegen durften. Das Geld im Schlüpfer von Anne, die damals vielleicht drei Jahre alt war, haben sie natürlich nicht gefunden. Jetzt wurde darüber mehr oder weniger gelacht. Man hatte Recht gehabt.

Von den Abschlussprüfungen in der zehnten Klasse ist nur die in Musik hängen geblieben. Der Held sang „Im Frühtau zu Berge" und wurde nach der ersten Strophe abgewürgt, was er nicht wirklich bedauerte. Die übrigen Prüfungen scheinen, genau wie der Unterricht in diesem Schuljahr, nicht stattgefunden zu haben. Unter den Schülern wurde Frieden geschlossen und am Ende des Schuljahres waren sich alle darüber einig, dass Berthold Ritter trotz allem ganz okay gewesen sei. Ich denke, wir mochten ihn wirklich. Für ihn aber muss so ziemlich alles zusammengebrochen sein und vielleicht hat er so sehr am Leben gezweifelt, dass der Krebs und mit ihm der Tod schneller kamen. Mark Löbsch hat sich irgendwann beim Helden dafür entschuldigt, dass er gegen ihn gehetzt habe, was Balsam für die Seele war. Der Held hatte oft zwischen den Stühlen oder verschieden Gruppen der Klasse gestanden und nicht immer gewusst, was richtig und was falsch war. Die Mädchen, die die Abschlusszeitung geschrieben hatten, bezeichneten ihn dort als „Giftzwerg". Wie viel Wahrheit auch immer darin steckte, es tat weh. Aber Aristoteles' Lehre davon, dass dem Waghalsigen der Tapfere feige erscheinen muss, war unbekannt, und die eigenen Erklärungsversuche dazu erschöpften sich darin, dass die, die das geschrieben hatten, dumm wären und nichts wussten. Wichtig waren sie nicht mehr. Die Schule war vorbei und was Berthold Ritter der Welt über den Helden zu sagen hatte, war:

Nikeas erreicht seit Jahren in allen Fächern vorrangig sehr gute und gute Leistungen. Er besitzt eine schnelle Auffassungsgabe und ein logisch-kritisches Denkvermögen. Durch eine zielstrebige Lernhaltung und eine konzentrierte, selbständige Arbeitsweise gelang es ihm, zeitweilige Probleme in der Leistungsbereitschaft zu überwinden und damit seinem Leistungsvermögen stärker zu entsprechen. Am Unterrichtsgeschehen beteiligte er sich aktiv. Nikeas hatte vielseitige Interessen. Er war Mitglied am fakultativen Kurs Elektronik sowie im Angelsport. Vorbildlich waren seine beständige Einsatzbereitschaft und seine Initiativen bei schulischen Veranstaltungen und Klassenvorhaben. Wesentlich trug er zu einer regelmäßigen Arbeitsweise des Schulclubs bei. In Diskussionen vertrat er offen seine Meinung. Nicht immer gelang es ihm aber, in seinem selbstbewussten, kritischen und lebhaften Auftreten sachlich zu reagieren. Sein Verhalten zu seinen Mitschülern war aufgeschlossen und kameradschaftlich.

In den letzten Ferien wurde dann gefeiert, was das Zeug hielt. Die „Uferklause", eine größere Kneipe direkt an dem Fluss, der durch die Stadt fließt, war in Mode. Schon Vati war hier zum Tanz gegangen und schon damals war sie für regelmäßig stattfindende Schlägereien bekannt. Sören Gradweg, Christian Schradler, Marko Reinhardt und manch anderer aus der Neuenburger waren öfter dort. Zur Disko am Wochenende wurden hier sogar Videos gezeigt und es prügelten sich wirklich ab und zu irgendwelche Leute. Einer kam tatsächlich mal über mehrere Tische gesegelt und es war schnell klar, wem man aus dem Weg zu gehen hatte. Timo Sander, Christian Schradlers Cousin, war der Garant für Frieden in der Neuenburger Ecke. Er war DDR-Meister im Boxen gewesen und hat nur ein einziges Mal wirklich zulangen müssen. Eigentlich war nicht mal das richtig zu sehen. Der Herausforderer kam auf ihn zu und fiel einfach um. Ansonsten ist nicht in Erinnerung, dass Timo irgendwann einmal nicht gelächelt hätte oder auch nur ansatzweise so etwas wie Aggressivität kannte. In einem Anflug von Mut hat auch der Held mal eine kassiert, als er Sören helfen wollte, der auf dem Rückweg von irgendjemandem wegen eines Mädchens belästigt wurde. Der Typ war einige Jahre älter und dem Helden als ziemlich roh und dumm bekannt. Sören schob sein Fahrrad, der Typ laberte wirres Zeug und wartete auf irgendeine Reaktion, während er Sören immer wieder ins Gesicht patschte und ihm sogleich befahl, die Hände am Lenker zu lassen, wenn der sich verteidigen wollte. Der Vorschlag des Helden: „Lass mich doch das Fahrrad schieben!", wurde mit einem Schlag in die Magengrube beantwortet und damit war die Sache gegessen.

Sören konnte irgendwann flüchten und es ist, wie in den meisten beobachteten Fällen, eigentlich nichts passiert. Es war ja immer dasselbe: Frauen, Ewigkeiten labern und drohen, im entscheidenden Moment von Freunden zurückgehalten werden, weiter labern, ungestüm aufeinander losgehen, zurückgehalten werden, weiter labern und drohen, etc., etc.

Das Mädchen, mit dem der Held nach der Demonstration in der Häusernische bei der Kirche gesessen hatte, war nicht , wie versprochen, in die „Uferklause" gekommen und es war klar, was das bedeutete und wohin es führen musste: Alkohol war angesagt und Andreas Berg erklärte sich bereit, die Last mitzutragen. Man nahm ein wenig in der „Uferklause" und entschied dann aus Kostengründen, zum Bahnhof zu laufen, um dort eine ganze Flasche zu kaufen. Am billigsten war Wermut. Sie setzten sich auf die Steintreppen, die vom Schlosspark zum Flussufer hinunterführten, und ließen es einfach laufen. Andreas' Standardsatz „Trink du mal, du hast's nötiger!" brennt noch immer im Ohr und Wermut ist seit diesem Abend ungenießbar. Der Geruch allein weckte noch Jahre danach Brechreiz. Die Nacht auf der Treppe war lang und irgendwann wurde es dunkel. Es wurde wieder hell, als der Held gerade versuchte, vom Badezimmer in sein Zimmer zu laufen und plötzlich Marny Vogel im Wohnzimmer stand. Mutti war nur schemenhaft zu erkennen und er war nackt. Mit ablehnender Geste flüchtete er vor ihr und verkroch sich in sein Bett. Marny war eine von denen, auf die jeder scharf war, und es kamen kurz Spekulationen darüber auf, was sie wohl mitten in der Nacht hier wollte und warum sie plötzlich in der Stube stand, da war sie auch schon in seinem Zimmer. Vielleicht würde ja alles gut werden, dachte er noch, als sie ihre Stimme erhob: „Weißt du, wo Andreas ist?" Das war nun wirklich nicht das, was er jetzt hören wollte, und ein eindeutiges Zeichen dafür, dass sie sofort zu gehen und er zu schlafen hatte. Mit Andreas trieb er sich danach öfter herum und lernte durch ihn auch Daniela Lange kennen, die im gleichen Haus wie Nicolette Raabe wohnte, dem Mädchen, das den Simson-Roller umkippen ließ und immer noch

Sörens Freundin war. Andreas hatte was mit Daniela, aber so genau schien das keiner von beiden zu nehmen. Ihre Eltern verfügten schon zur Wendezeit über einen Videorecorder und den ersten Porno schauten sie zu dritt bei ihr. Natürlich mit Kissen auf dem Schoß. Es gab die ersten Sturmfrei-Feten und irgendwann fuhren auch die Eltern des Helden in Urlaub. Cousin Ron kam für diese Zeit zu Besuch und wie es sich traf, waren zur gleichen Zeit auch Mark Löbschs Eltern in Urlaub. Es gab nahezu jeden zweiten Tag eine größere Zusammenkunft, entweder bei Mark oder im Ratsweg. Man spielte irgendwelche Spiele, die aber immer etwas mit trinken zu tun hatten, hörte Musik, aß Chips, rauchte und ließ es richtig krachen. In beiden Wohnungen stapelten sich der Müll und die Weinflaschen, geschlafen wurde auf der Couch oder dem Fußboden und man spielte Computer. Vierzehn Tage Party nonstop. Daniela Lange schlief eines Nachts auch bei Mark und entschied, dass sie sich die Couch mit dem Helden teilen würde. Sie begann, ihn am Rücken zu streicheln, und er wusste nicht, wie ihm geschah. Es war ein Gemisch aus Aufregung, Angst und dem Gesicht seiner Freundin Alexandra Leibner, das seine Grübeleien bestimmte, während er auf der Seite lag, sie hinter ihm, jetzt mit ihrer Hand an seinem Bauch. Er hatte keinen Plan und tat nichts. Die Strafe empfing er am Morgen, als er noch vor ihr erwachte und sie verzückt ansah. Es hätte das erste Mal sein können und sie sah so süß aus, wie sie jetzt dalag. Das schlafende Gesicht hatte er lange betrachtet, als sein Blick an ihrer Brust kleben blieb. Ihr BH war verrutscht und eine Brust in kompletter Schönheit sichtbar – rund, weiß, rosig, irre. Dass sie die Augen öffnete, merkte er nicht, so hin und weg war er, und es war ihm etwas peinlich, als er merkte, dass sie merkte ... Jetzt war er zu allem bereit, aber es war zu spät, Mark Löbsch betrat den Raum – Chance verpasst.

In den insgesamt neun Monaten, in denen er mit Alexandra Leibner zusammen gewesen war, gab es nicht mal eine einzige wirkliche Chance. Es wurde ständig nur kuscheln geübt. Ein bisschen fummeln, küssen, vielleicht einmal nackt bis auf die

Unterhose, endlose Erektionen und Unterleibsschmerzen und vielleicht zwei, drei Mal ihr Allerheiligstes kurz berührt, das hieß Sex. Und es änderte sich nichts. Neun Monate – eine Ewigkeit mit 16. Ungezählte Anläufe und unendliche Stunden auf ihrem Bett. Frust. Kennen gelernt hatten sie sich auf dem Rummel. Danilo Urban hatte gefragt, ob er mit dorthin kommen wolle, er hätte dort eine gesehen, die alles übertraf. Man fuhr mit den Motorrädern auf die Insel der Freundschaft und am Autoscooter stand sie. Man platzierte sich unauffällig gegenüber und hoffte darauf, einen Blick fangen zu können. Danilo hatte natürlich nicht daran gedacht, dass er nicht der Einzige war, der auf ein Lächeln hoffte, und tatsächlich, sie schaute ab und zu rüber und er war ganz aus dem Häuschen. Der Held aber war sich sicher, dass sie ihn ansah. Es ging um alles oder nichts, es war Zeit zu handeln, und alles war offen. Es hatte etwas gedauert, bis er den Satz formuliert und überdacht hatte, mit dem er alles klar machen wollte, dann fasste er sich ein Herz und ging zu ihr rüber: „Wollen wir ‚ne Runde zusammen fahren?" Sie stimmte lächelnd zu und etwas mit seiner Aufregung über den Erfolg überfordert, kam sie ihm auch noch beim Bezahlen zuvor. Danilo hatte absolut Recht gehabt, sie hatte das süßeste Gesicht überhaupt, gewelltes blondes Haar und war schon ganz schön Frau, was zu der Zeit bedeutete, sie hatte unübersehbare Brüste. Sie trafen sich oft bei ihr, fuhren zusammen mit den anderen baden, allein Eis essen oder einfach nur mit dem Motorrad herum. Die Vorführung eines durchdrehenden Hinterrades endete im Sturz und die anfängliche Befangenheit Alexandras, sich mit ihm in die Kurven zu legen, führte zu einigen Beinahe-Stürzen. Die Sonne schien, solange sie nicht gemeinsam im Bett lagen, und nach neun Monaten war diese Situation für den Helden untragbar und er machte Schluss. Sie hat sich gerächt und schlief zwei Monate später mit einem anderen. Der Held kannte ihn aus der Breakdance-Crew, in der er in nur wenigen Stunden einen Backspin gelernt hatte und deshalb von den Älteren zum Talent der Crew ausgerufen wurde. Seine Eltern hatten ihm schnell verboten, sich weiter mit denen rumzutreiben – „Die sind fünf Jahre älter als du!" Egal! Der eine, der genauso alt war wie

er, hatte es getan und jetzt faselte sie irgendwas von Schwangerschaft. Es stellte sich heraus, dass alles nur erfunden war. Dennoch: Dass es dann später unbedingt Sandro Kluge, der Schwätzer
aus der Lehr-Klasse sein musste, mit dem sie es nach dieser Eska-
pade dann wirklich getan hatte, tat weh.

17 BIS 19 | 1

Die Lehre begann mit gegenseitigem Abtasten und wo
sonst, als irgendwo zwischen den Superschlauen und den aufregenden Typen, fand der Held seinen Platz. Die wesentlichen Geschichten der Vergangenheit waren schnell ausgetauscht und es
hatte sich herausgestellt, dass kein Schüler, einschließlich der
Schülerin, nicht Offiziersanwärter gewesen war, und, so weit das
bekannt ist, haben am Ende lediglich zwei ihren Frieden bei der
Armee gesucht. Der Rest war sicherlich genauso froh wie der
Held, dass man nun alles konnte und nichts mehr musste. Die
Welt war dermaßen offen, dass es fast unerträglich war. Es passierte so unendlich viel Aufregendes und überall schien jedem
alles offen zu stehen. Ein unhaltbarer Optimismus peitschte durch
die Tage und nichts schien unmöglich. Getrübt wurde die Stimmung in der Mitte des ersten Lehrjahres, als etwas Panik aufkam,
weil unklar war, ob die Lehrpläne so umgestellt werden konnten,
dass sowohl das Abitur als auch die Berufsausbildung den neuen
Standards genügten. Das Ganze sollte die Lehrzeit um ein Jahr auf
vier verlängern und es stand in den Sternen, ob es gelingen würde. Alternativ stand es deshalb frei, auf die ehemalige Erweiterte
Oberschule zu wechseln und dort sein Abi wie auf einem Gymna-
sium zu machen. Besonders unter den neuen Gegebenheiten
schien es wert, nicht nur das Abi, sondern auch die Berufsausbildung zu beenden, und so blieb der Held auf dieser Schule. Das
Gezerre um die Lehrpläne und der Fakt, dass einige Lehrer sich
unflätig über die Zusammensetzung der Klasse mokierten – Offiziersanwärter wären doch alle Wendehälse oder so – verunsi-

cherte ein wenig, aber Herr Lanowski, der Klassen- und Physiklehrer, hat sich gegen so was stark gemacht. Es wurde gemunkelt, nicht ganz uneigennützig. Abgesehen von den sich hieraus ergebenden Unsicherheiten des kleinen Geistes, war alles klar und Respekt unbekannt. So fiel es auch leicht, auf das Hilfegesuch der Elektronik-Lehrerin, die irgendetwas aus dem Schrank hinten im Raum holen wollte, der viel größer war als sie, zu antworten: „Gott hilft denen, die sich selber helfen." Ein Brüller. Trotzdem war es besser, dass sie nicht darauf insistierte, zu erfahren, von wem er kam. Die ersten Sommerferien der Lehre und auch die meiste Nicht-Schulzeit in diesem Lehrjahr verbrachte man immer noch mit den Freunden aus der ehemaligen Klasse und im Juli oder August fuhren sie dann zu acht mit dem Bus nach Spanien, feierten am Meer, sprangen von Klippen und schliefen viel. Danach trennten sich die Wege mehr und mehr. Man war irgendwann 18 und das bedeutete keineswegs ein Weniger an Möglichkeiten. Gemeinsam mit Danilo Urban und Benedict Lindlaub besuchte der Held die erste Spielothek im Nachbarort, die später zum Puff umgebaut wurde. Und während Benedict und der Held das Billardspielen für sich entdeckten, war Danilo von den Geldspielgeräten gefangen worden und ließ eine Menge Geld da. Das Geld überhaupt entblößte mehr und mehr seine Bedeutung. Vati stellte ab und zu seinen Skoda für gelegentliche Ausflüge zur Verfügung und die Spritbeteiligungen, die der Held den Mitfahrern abverlangte, wurden ab und zu über die Gewinnschwelle ausgedehnt, was manchmal Missmut erregte. Nachdem Danilo etwa 3000 DM verspielt hatte, war er nicht mehr allzu oft dabei, was sicherlich auch daran lag, dass seine Familie nach der Wende schnell umgezogen war. Ebenso wie die Familie von Rudolf Denuns, dem Hausmeister bei der Stasi, von dem sich die Eltern des Helden jetzt sicher waren, dass er sich während ihrer Abwesenheit auch in ihrer Wohnung ein wenig umgesehen hatte. Überhaupt wurden nun viele Geheimnisse gelüftet. Mark Löbsch, dessen Eltern beide bei der Nationalen Volksarmee gewesen waren, rückte irgendwann mit der Sprache darüber heraus, dass er mal für mehrere Wochen sein Kinderzimmer räumen musste, weil sich dort irgendwer einquartieren wollte, um das gegenüberliegende Haus zu beobachten, in dem ein Kirchenverein saß. So was hatte Sensationswert, aber ansonsten spielte es keine wirkliche Rolle mehr und war ungefähr so wichtig, wie, dass man mal Jungpionier war. Als wirklich wichtig, von Bedeutung und voller Möglichkeiten entpuppte sich dagegen mehr und mehr das Billardspielen und die Spielothek in der Friedrich-Wilhelm-Straße. Hier war die neue Welt. Es dauerte einige Wochen, bis sich das gesamte Personal daran gewöhnt hatte, dass man jünger aussehen kann, als man ist, und den Helden nicht mehr nach dem Personalausweis fragte. Ab und zu tauchten einige bekannte Gesichter auf, zum Beispiel Mario Seiler, der Sozius auf den Stadtrunden der ehemaligen Clique, und Andreas Berg, der Trinkgenosse. Man war also auch hier nicht wirklich fremd und lebte sich schnell ein. Die Kür dabei war der Sieg gegen Ina im Billard, die als weibliche Favoritin im Laden galt. Sie wird zwei, drei Jahre älter gewesen sein und hatte was, so wurde ständig gemunkelt, mit Jens Knopp. Jens war der Billardkönig und sicherlich, wie die meisten anderen, die hier ihren zweiten Wohnsitz genommen hatten, drei, vier Jahre älter. Er spielte öfter mit Yves Wehler, der ungefähr so alt zu sein schien wie der Held und Benedict, aber offensichtlich schon ein wenig mehr von der dunklen Seite der Welt erlebt haben musste. Jahrelang blieb unklar, wie alt er wirklich war, wo er herkam und was er gelernt hatte oder ob er überhaupt etwas gelernt hatte. Auf jeden Fall war er ein guter Billardspieler und in Auseinandersetzungen war er, nach allem, was man so hörte, sehr konsequent und schnell. Das schien nicht unglaublich, denn Yves war der, von dem vor Jahren in der Clique als dem „Kettenkämpfer" geredet wurde. Er hatte diese Zeit – so stellte sich später heraus – mit Typen zugebracht, die wegen ihres grobschlächtigen Unverstandes bekannt waren. Selbst Leute wie Jens Knopp, Sunny und Springer hatten nur was mit denen zu tun, wenn es die Geschäfte wirklich erforderten. Man erkennt solche Leute an den Augen, in den meisten Kuhaugen ist mehr Verstand, ihre sind leer und sie fallen mit Sätzen auf, wie: „Der die das Kind gemacht hat." Sie gehörten mittlerweile zur Brutalo-Gang um Pomerenko, der den Großteil seines Lebens wegen Totschlags oder Mordes im Knast verbracht hatte. Was der und seine Gang so machten, war eine von den wenigen Sachen, die man nicht wirklich wissen wollte, so sehr die Neugier auch manchmal trieb. Der Besuch der Spielothek in der Friedrich-Wilhelm-Straße wurde zur Standardprozedur eines jeden Tages. Es gab anfangs vier Billardtische und einen kleinen abgetrennten Raum mit vielleicht zehn Geldspielern und ein kleines Kabuff für das Aufsichtspersonal, das sich fast vollständig ins Publikum integrierte. Überhaupt war alles recht angenehm eingerichtet. Vor dem Kabuff wurden an den meisten Abenden Kreise aus Stühlen gebildet und wenn man nicht Billard spielte, saß man hier rum, laberte und lachte. So hat eines Abends das Thema „Versicherungsbetrug durch Selbstverstümmelung" so lange das Zwerchfell massiert, bis es schmerzte. Alles war unheimlich aufregend, die schrägsten Typen waren hier. Alle waren unendlich wichtig und immer in irgendwas involviert, das geheim war, aber Aufmerksamkeit erregte. Und alle schienen irgendwie immer nah am großen Geld zu sein. Die Einzigen, die für das jugendliche Auge so aussahen, als hätten sie es wirklich schon, waren Jens Knopp, Springer und besonders Sunny, der am besten von allen aussah und von Yves Wehler verehrt wurde. Für Benedict und den Helden war es absolut unklar, womit sie ihr Geld machten, auf jeden Fall hatten sie immer welches und nicht wenig. Mit Billard ging es gut vorwärts und die ersten Erfolge gegen Yves und Jens, den Lokalmatadoren, erregten Aufmerksamkeit, so dass es einige Male vorkam, dass man gegen Sunny oder Springer kostenlos spielen konnte und sich kennen lernte. Man konnte sich beiden nicht entziehen, sie hatten alles und machten das Leben vor, trugen teure Uhren, waren immer gut drauf und taten alles, außer arbeiten. Was wollte man mehr. Benedict und der Held lernten mehr und mehr Leute kennen, waren irgendwie dabei und wegen des unverkennbaren Talents im Billard gehörten sie auch irgendwo dazu. Benedict erweckte bei den meisten anfänglich mehr Vertrauen und so sind ihm die ersten wirklichen Informationen über das wilde Treiben derer, die hier zum Inventar gehörten, zu verdanken. Den ersten wirklichen Kontakt zum Geschehen bildete Guntram Petzig, der widerlichste Mensch, den der Held in diesem Leben getroffen hat. Er bestach dadurch, dass er sich mit seiner Zunge die Nase ablecken konnte und immer von allem alles wusste, der oberste Geheimnisträger war und der größte Möchtegern, der in seinem Wahn, überall den dunklen Mann im Hintergrund spielen zu müssen, durchaus für viele Anlaufpunkt war. Yves berichtete ein wenig ehrfuchtsvoll darüber, was Guntram Petzig nicht alles wusste, Adolf Hitler, Che Guevara und Mao waren angeblich seine Steckenpferde. Er trug immer einen Körner mit sich herum und versuchte, den Eindruck zu erwecken, es wäre sein Folterwerkzeug. Wie widerlich und krank er wirklich war, entpuppte sich, als der Held mit ihm baden fuhr und Guntram neben ihm ins Wasser kackte und sich freute, nur Rotz laberte und nichts wollte, als einzuschüchtern. Zum Schluss hat er dem Helden die Autoschlüssel geklaut und sich zehn Minuten in Vatis Skoda eingeschlossen, um zu beweisen, wie mächtig er war. Der Bauch hatte Recht gehabt, als er schon bei Antritt der Fahrt meldete, dass hier irgendwas schief läuft. Egal, es war zumindest dazu gut, sich endgültig dieser Person zu entledigen und sie von nun an als nicht vorhanden anzusehen. Schwer fiel das nun nicht mehr und es war ein Genuss, ihn ein paar Monate später kotzen zu sehen, als die Frau, die er umbuhlte, mit dem zusammen war, der ihn verachtete. Seine nächtlichen Besuche am Fenster von Christin Rieß' Wohnung, die ihr und dem Helden manchmal auffielen und störten, sorgten zwar für etwas Verwirrung, aber alles, was Guntram anstellte oder bewirkten wollte, zündete nicht. Es gab ihn nicht mehr und das funktionierte. Mit Christin fuhr der Held an die Ostsee, er hatte sie gewollt, hatte sie bekommen, war nun verliebt und was Sex betraf, ging es vorwärts, was nicht verwunderte, denn er war die Nummer 13 für sie und sie die Nummer zwei für ihn. Ob es eigentlich noch um etwas anderes ging als Sex, war völlig egal. Es war zwar nicht schön, ab und zu hören zu müssen, dass sie sich sicher war, erst der Vierzehnte wäre für sie der Letzte und der fürs Leben und so, aber irgendwie beruhigte das auch. Spaß machte so ziemlich alles, vielleicht auch, weil es nicht länger als drei Monate ging. Wie sie darauf kam, dass es ausgerechnet der Vierzehnte hätte sein sollen, blieb unklar...

In der Spielothek wurde vom großen Geld geträumt und draußen gab man sich so, als sei man im besten Umfeld dafür. Man bedeckte sich mit dem glitzernden Schleier des Zwielichtigen, es wurden Pläne geschmiedet und verworfen und es taten sich einige Möglichkeiten auf, wirklich mitzumachen. Aber Benedict und der Held wollten mehr als Imbissbuden ausräumen oder Autohäuser knacken. Das war alles viel zu heiß und nicht sonderlich vielversprechend. Autos zu verschieben, war schon besser, aber als Fahrer immer noch viel zu gefährlich. Wenn sie was machen würden, müssten sie also groß einsteigen, denn die Kleinen sind immer am Arsch und die Großen glänzen im Sonnenschein. Was es bedeutet, am Arsch zu sein, zeigte sich nach einem Knack in irgendeinem Autohaus, bei dem irgendwer von den näheren Bekannten dabei gewesen sein muss. Man hatte einen von fünf bis zehn Beteiligten erwischt. Es war nicht die Polizei und ihm wurde eine Kapuze über das Gesicht gezogen und eine Schlinge um den Hals gelegt. Dann ließ man ihn fallen. Er kam auf dem Boden auf, bevor sich das Seil straffte. Das war der wilde Osten. Auch der Tag, an dem Ingo Pinkwart, der, den der Held einst ins Mattenregal geworfen hatte, die Spielothek betrat, bleibt unvergessen. Er kam schon gesenkten Hauptes herein und Springer war völlig aus dem Häuschen. Es wurde geschrieen und irgendwann hörte man nur noch Springers Stimme. Ansonsten stand alles still. „Den Arm auf den Tisch! Arm auf den Tisch! Leg deinen scheiß Arm auf den Tisch!", schrie er immer wieder, wild mit dem Queue durch den Raum tanzend, bis er nicht mehr an sich halten konnte und im ekstatischen Taumel den Queue an Ingo Pinkwarts Hals zerschlug. Der hatte eins der geplanten Geschäfte ungeschickt auffliegen lassen. Es ging wohl um Sparbücher, die blanko samt Bankstempel irgendwie verfügbar waren und frei Hand ausgefüllt werden sollten, um dann ein wenig Geld abzuheben. Wie auch immer. Ansonsten war Springer, genau wie Sunny, eher smart und über die Jahre kam man sich näher und plante irgendwann gemeinsame Betrügereien, die am Ende nie aufgingen. Aber das alles war eher zum Schluss, als sich der Fußboden in der Spielothek schon langsam aufzulösen begann, die meisten Stuhlpolster zerrissen und der Teppich an den Wänden vergilbt war. Es gab nur noch einen Billardtisch, der Laden war eine Höhle geworden, schäbig und abgefuckt. An den Geldspielern saß nicht mehr die aufstrebende Jugend, die dem Leben Ruhm und Geld abzugewinnen trachtete. Dort saßen am Ende die, die durchgefallen waren, die, die an dem, was man selbst gerade erst zu versuchen begann, gescheitert waren. Resignierte, die stinken und nichts mehr haben, außer den Automaten. Aber das, wie gesagt, war beim Abschied aus der Spielothek. Jetzt ging es vorwärts und eine andere Richtung als diese war nicht mal zu erahnen. Man spielte Billard, war gut und wurde besser, sah, wie leicht Geld zu verdienen war, und bedauerte manchmal, dass man zu jung wäre, um all die Möglichkeiten, die die Wende bot, nutzen zu können. Die ersten Funktelefone im Kofferformat waren zu bewundern und Benedict und der Held wollten nichts dringlicher, als reich werden.

17 BIS 19 | 2

Der Beginn der Lehre hatte die drei Jungs aus dem Ratsweg etwas auseinandergerissen. Benedict, der fünf Monate älter und eine Klassenstufe höher war als der Held, hat es in letzter Minute – er hatte in den Revolutionswirren ganz vergessen, was er werden wollte – nach Stanzfeld verschlagen, was ungefähr 60 Kilometer von der Heimat entfernt war, um dort Elektroniker zu lernen. Danilo Urban folgte ihm ein Jahr später und gemeinsam verbrachten die beiden einige Monate im Internat, bis Danilo sein erstes Auto bekam und sich herausstellte, dass das tägliche Fahren günstiger war. Krankmachen hatte sich schon vorher eingebürgert. Es war so viel Neuland zu entdecken und sie hatten das oft mit den Motorrädern getan. Die Krankheiten erfand man meist kollektiv. Spätestens, wenn einer damit anfing, zogen die anderen nach. Einen Krankenschein zu bekommen, war leicht, da es genügte, am Morgen mit Salzwasser zu gurgeln, um zwei Stunden später einem bekanntermaßen wohlwollenden Arzt eine Erkältung vorzutäuschen. Das zweite Lehrjahr war diesbezüglich das wildeste. Zwei, drei Wochen Kasse, drei bis vier Wochen Lehre – das war der Turnus, der sich einpegelte. Für Danilo war diese Praktik am kompliziertesten umzusetzen und brachte, was das Ausschlafen betraf, kaum Gewinn. Er musste es vor seinen Eltern verheimlichen und war so gezwungen, jeden Morgen in aller Herrgottsfrühe die Wohnung zumindest in Richtung Stanzfeld zu verlassen. Wie auch immer, am Ende traf man sich meist in der Spielothek und verbrachte hier seinen Tag mit Billard spielen und möchtegern-kriminellsein. Die Spielothek war so wichtig, dass an einigen Feiertagen, wenn selbst Spielotheken schließen müssen, die schiere Panik ausbrach und die Welt vor dem Kollaps stand, weil man nicht wusste, wohin man sollte. Es gab wirklich nicht viel, was ähnlich wichtig war. Disko gehörte dazu. Der Aktionsradius hatte sich mit den Autos beträchtlich erweitert und über zwei Jahre lang gehörte nun jeder Freitag Sternheidnitz. Yves Wehler, Benedict und der Held hatten hier ihr Domizil gefunden und was nicht in Spielotheken und Billardcafés passierte, passierte hier. Tanzen, trinken, feiern und warten auf das Lächeln irgendeines Mädchens. Das mit dem Trinken hatte länger gedauert und am Anfang fiel der Held eher dadurch auf, dass er keinen Alkohol trank. Als sich das dann endgültig geändert hatte, fuhr man unzählige Male völlig alkoholisiert die 40 Kilometer zurück und hatte immer Glück. Das Größte aber war, als der Blitzer die Stimmung auf der Rückfahrt besser einfing, als es je ein Fotograf hätte tun können. Neben solchen Aktivitäten fuhr man ab und zu mit einigen alten oder neuen Freunden zelten und entdeckte eine neue Clique – eher harmlose Jungs und Mädchen. Aber das Herz schlug im Milieu der Friedrich-Wilhelm-Straße. Zusammen mit Benedict, der in der Spielothek den größten Zuspruch fand, hatte der Held die abwegigsten Pläne ersonnen, um das Goldene Vlies zu erringen. In ewigen Diskussionen wurden Für und Wider, Risiko und möglicher Gewinn eventueller Aktionen gegeneinander aufgerechnet. Es ging um den sichersten Weg, kriminell zu werden, und man war ganz schön schlau damals. Die einträglichste und, wenn man es richtig anfasste, sicherste Sache der Welt schienen Autos zu sein. Springer, Sunny und Jens Knopp hatten es vorgemacht und es spornte an, zwei von ihnen morgens um 5 Uhr an der Tankstelle zu treffen und so übermüdet zu sehen, wie nie jemand anderen zuvor, aber trotzdem gut drauf. Jens mit seinem ziemlich PS-starken Kleinwagen und Sunny mit einer hübschen BMW-Limousine – es ging in den Westen. Was für ein Leben! Die Sache lief so: Irgendwer klaute irgendwo einen Wagen und verkaufte ihn dann für zwei-, dreitausend Mark an jemanden, der sich mit so was auskannte. Das Auto bekam eine neue Fahrgestellnummer und ebenso neue Fahrzeugpapiere, dann war es das Drei- bis Vierfache wert und es fand sich meist jemand, der es nun kaufte, in den Westen brachte und dort auf irgendeinem Gebrauchtwagenmarkt mit noch mal einhundert Prozent Aufschlag wieder verkaufte. Wenn man wollte, bekam man für die Fahrt auch noch einen neuen Personalausweis – damit wirklich nichts schief gehen konnte. Hier wollten sie mitmischen. Autos zu knacken, kam aber nicht in Frage, und für alles andere brauchte man Geld. Auch wenn man beim Billard ab und zu ein paar Mark gewann – dass sie verloren, kam kaum noch vor – und zusammen mit dem Lehrgeld eigentlich gut bedient war, reichte das noch lange nicht, um ein „sauberes" Auto zu kaufen. Auch die 5000 Mark, die Mutti und Vati für den Helden gespart hatten, waren bei Weitem nicht genug. Man konnte sich den Kopf zerbrechen, wie man wollte, es schien keine Möglichkeit zu geben. Aber Benedict Lindlaub wusste mehr als der Held und so sagte er ihm zum Abschied – es ging mit Danilo und seinem Auto für vierzehn Tage nach Ungarn: „Wenn du wiederkommst, haben wir das Geld."

Vierzehn Tage sind unendlich lang, wenn man sie mit 18 durchlebt, zehn Jahre später sind vielleicht noch ein paar Minuten davon übrig. Der Urlaub begann in Prag und aus einem Tag

Aufenthalt wurden drei. Das gemietete Zimmer war eine recht ansehnliche Wohnung und hatte sogar ein Klavier. Am Abend Wenzelsplatz. Die Disko auf dem Dach des Hauses am unteren Ende des Platzes war nur mit dem Fahrstuhl zu erreichen und so toll es von unten aussah, so leer und öde war es oben. Der Fahrstuhl öffnete sich wieder und zwei Mädchen betraten den Raum. Sie schienen ebenso überrascht über die gähnende Leere, wie der Held und Danilo kurz zuvor. Ihre kurze Runde führte sie eindeutig wieder zum Fahrstuhl und vielleicht etwas überstürzt gingen die beiden Jungs in dieselbe Richtung. Die Mädchen waren auch aus Deutschland und überrascht, als man sich über die Herkunft äußerte. „Was!?" Sie hatten schon die vorangegangene Woche mit zwei Typen zugebracht, die doch tatsächlich aus derselben Stadt kamen, wie Danilo und der Held. Und nun noch mal? Egal! Zwei schöne Abende an der Moldau und den Bars der Stadt, dann schien es besser, weiterzufahren. Mitkommen wollten sie nicht. Am Balaton kam man in einem drei mal drei Meter großen Zimmer unter und Danilo lernte ein Mädchen aus irgendeinem Ferienlager kennen, um das er nur so lange beneidet wurde, bis sie den entscheidenden Satz sprach: „Mich hat 'ne Mücke in die Titte gestochen." Seine Jungfräulichkeit verlor er dann bei den Nutten von Siofok, die er gemeinsam mit einem Mitbewohner des Ferienhauses besuchte. Die Nacht darauf schlief er unruhig und der Held, mit dem er sich das Bett teilte, musste ihn kurz anschreien, als Danilo – wahrscheinlich von der Nutte träumend – im Schlaf an ihm rumzufingern begann. Es muss ein einschneidendes Erlebnis für ihn gewesen sein. Ansonsten war man Drachenfliegen und tat, was man im Urlaub mit 18 so tut.

Benedicts Satz hatte der Held eigentlich kaum wahrgenommen und er schien, bevor es nach Ungarn ging, ziemlich bedeutungsleer. Umso stärker trat er wieder ins Bewusstsein, als man sich nach der Rückkehr auf der halben Treppe traf, um die Ereignisse der letzten vierzehn Tage auszutauschen. Früher hatten sie hier bei schlechtem Wetter öfter den Campingtisch aufgebaut, gespielt und gekaupelt. Bei Letzterem schien man immer ein gutes Geschäft zu machen, aber meist ärgerte sich einige Tage später der Held und nicht Benedict über den Tausch. Diesmal saßen sie auf der Treppe und Benedict überreichte ihm ohne viele Worte die zwei Ausschnitte aus der Tageszeitung:

Banküberfall in Mürben – Am Freitag kurz nach 14 Uhr ist die Bank in Mürben überfallen worden. Das bestätigte inzwischen die Polizei. Am Freitag hatte sie sich dazu nicht äußern wollen und auch gestern gab es nur den Kommentar: Am Montag Pressesprecher fragen.

Zwei Jugendliche überfielen am Freitagnachmittag Bank in Mürben – Trotz Hubschraubereinsatz: Von den Tätern und dem Fluchtfahrzeug fehlt bisher jede Spur – Genau 13.51 Uhr war es am Freitag, als in Mürben zwei maskierte junge Männer in die Filiale der Raiffeisenbank eindrangen. Während einer der beiden Täter den Schalterraum sicherte, bedrohte der andere die Bankangestellte mit einem pistolenähnlichen Gegenstand. Ob es sich dabei möglicherweise lediglich um eine Schreckschusspistole handelte, ist bisher noch völlig unklar. Nähere Erkenntnisse hat die Kripo hingegen bezüglich des Alters der beiden Täter: Erste Zeugenaussagen schreiben den beiden ein scheinbares Alter von 16 bis 18 Jahren zu. Punkt 14.00 Uhr verließen die Täter die Filiale in der Thomas-Mann-Straße und flüchteten in einem weinroten VW Polo in Richtung Planberg. Neun Minuten später ging die Meldung über den Vorfall bei der Kripo ein, deren Mitarbeiter sofort einen Hubschrauber anforderten. Der Hubschrauber war ab 14.30 Uhr im Einsatz, die Suche wurde jedoch später erfolglos abgebrochen. Die sofort angelaufene landesweite Fahndung nach Tätern und Fahrzeug blieb über das Wochenende ebenfalls ohne Erfolg. Wie die bisherigen Ermittlungen ergaben, handelt es sich bei dem Fluchtfahrzeug um einen Pkw mit Berliner Kennzeichen, der in Mornau entwendet wurde. Nach gegenwärtigem Erkenntnisstand ist dies ein Polo neueren Typs. Aufklärung erhofft

sich die Polizei von dem Film aus der Überwa-
chungskamera der Bankfiliale, denn bereits wenige
Augenblicke nach Eindringen der Täter in die Bank
gelang es der einzigen anwesenden Schalterange-
stellten, die Kamera auszulösen. Der entsprechen-
de Film war jedoch bis gestern Mittag noch nicht
ausgewertet. Kunden befanden sich zur Tatzeit
nicht im Schalterraum. Auch die Höhe der erbeute-
ten Summe ist von der Kripo derzeit noch nicht zu
erfahren, um den Fahndungserfolg nicht zu gefähr-
den, hieß es. Parallelen zu Banküberfällen der
Vergangenheit bestünden nicht, so die Aussage des
Pressesprechers.

   Es war absolut irre und hätte es nicht in der Zeitung gestanden, man hätte zumindest kurz gelacht und sich verarscht
gefühlt. Aber es war wirklich passiert und er hatte es getan. Er
hatte tatsächlich eine Bank überfallen. Benedict bremste die
mulmige Euphorie, die hier im Treppenhaus auch wirklich nicht
angebracht war, und sie gingen in den Keller. „Erzähl'!" Und er
erzählte die ganze Geschichte: von den Testfahrten über die
Feldwege von Mürben nach Rodden, die beinahe in Überschlägen
endeten, von dem Plan und der Durchführung allgemein, davon,
dass die Bankangestellte den beiden aus der Bank hinaus auf die
Straße nachgelaufen war, davon, dass sie das Fluchtauto samt der
Klamotten vom Überfall am Kanal bei Rodden abgestellt hatten
und von der Rückfahrt in die Heimatstadt mit dem Bus, auf der
ihnen die Einsatzkräfte der Polizei entgegenkamen. Er erzählte
auch vom Herzrasen und der vorläufigen Spannungsentladung,
als sie sich, endlich in Sicherheit, bei Benedicts Komplizen eine
Zigarette mit einem Zehner anzündeten und das übrige Geld teilten. Jetzt schloss Benedict den Seitenkasten des kleinen Mofas
auf und holte das riesige Bündel hervor – 12 000 Mark. Heureka!
Es war getan und seit über einer Woche war nichts passiert. Wie
es im Innern Benedicts seit dem Tag des Überfalls aussah, war
nicht auszumachen. Er muss hin und her gerissen gewesen sein
zwischen Stolz, Freude und Schiss davor, dass sie eines Tages vor
der Tür stehen würden. Er kaufte sich eine Uhr, dann passierte

lange nichts. Sie spielten wieder Billard und über Bekannte von Bekannten, die wiederum jemanden bei der Bank kannten, hörte man irgendwann, dass die Polizei der Meinung wäre, dass es Leute aus dem Westen gewesen sind, die über die Autobahn in der Nähe geflüchtet seien. Man musste zu dem Thema niemanden fragen, es redeten sowieso alle davon. Und wie muss sich Benedict gefühlt haben, als einzig Wissender unter Spekulanten und Schaumschlägern? Ein wenig von diesem Gefühl schwappte auch auf den Helden über, der neben dem Mittäter, zumindest auf Benedicts Seite, der einzige Eingeweihte war. Was und mit wem der Komplize redete, wusste niemand. Er trieb sich häufiger in der Spielothek Stadtmitte rum und gehörte eher zur Nimmrott-Connection, der nachgesagt wurde, dass sie sogar mit Italien zu tun hätte. Auch Benedict und der Held waren nun öfter hier, jedoch mehr wegen der gleichaltrigen Unbescholtenen, die sich hier trafen, und den Mädchen, die bei ihnen waren. Sie spielten weiter Billard, verloren dabei höchstens noch gegen Yves Wehler oder Jens Knopp und waren überhaupt so stark, dass sie sich mehr und mehr unverletzbar fühlten. Man war schon fast reines Licht – wer hätte einem noch etwas anhaben sollen? Das Leben, das waren sie! Dass Benedicts Mittäter sich unmittelbar nach dem Überfall einen Golf kaufte, war dumm, aber nicht zu ändern. Dass er in den nächsten Monaten noch öfter zugeschlagen hatte, war irrsinnig, kam aber erst später ans Licht.

19

Benedict und der Held überlegten etwas länger und waren gewillt, nun mit dem gemeinsamen Startkapital Karriere zu machen. Der Held verlagerte das Sparbuch mit den 5000 Mark schon mal vom Safe in der Schrankwand des Wohnzimmers in eine Schublade in seinem Zimmer und man entschied, da Geldscheine nun mal nummeriert sind und man ja nie weiß, Benedicts Geld zu waschen. Spielotheken, die nach der Wende wie Fliegenpilze aus dem Boden schossen, gab es wie Sand am Meer und so reisten sie durchs Land und schoben die Scheine einen nach dem anderen in die Geldwechsler, zockten ein wenig, um nicht aufzufallen und eventuell zu gewinnen, waren vorsichtig und verließen die Läden schnell wieder. Geparkt wurde in sicherem Abstand. Man kam rum und schnappte mit Billard nebenbei die eine oder andere Mark. Es war eines dieser Jahre, in denen so viel passiert, dass es eigentlich für mehrere reicht und die selten sind. Nebenbei leuchteten sie durch ihre Stadt und sonnten sich überall, wo sie waren, im Zwielicht. Ob beim Zelten mit den Unbescholtenen aus der Spielo Stadtmitte, in der Lehrklasse oder der Friedrich-Wilhelm-Straße − man war obenauf, auch wenn es schon mal vorkam, dass man im Vollrausch das Gleichgewicht und den Mageninhalt verlor. Und es war noch lange nicht vorbei ... Sie planten die Sache mit den Autos und hatten selbstverständlich schon ausgerechnet, wie viele und wie lange sie brauchen würden, bis sie die ersten Hunderttausend zusammen hätten. Wenn alles gut ging, zehn, was nicht länger als drei Monate dauern sollte, und spätestens nach dem dritten wären sie ohnehin Großkunden und absolut an der Spitze. Man sah sich in Limousinen im Ratsweg vorfahren und überhaupt würde alles überall glänzen. Gesagt, durchdacht, getan. Der Plan war einfach, man hatte das Geld und mehr, als es vermehren, wollte man nicht. Ein ordentlicher Wagen mit neuen Papieren war zu beschaffen, das war Springers Ding. Als Fahrer hatte Benedict zwei Typen aus seiner Klasse angeheuert und für einen von ihnen wurde ein Personalausweis bestellt. Es war einfach: die Fahrer zum Übergabeort bestellen, ihnen ein wenig Angst machen und sie in den Westen schicken, wo sie das Auto verkaufen sollten. Danach würden sie mit der Kohle zurückkommen und das war's. Risiko null. Der Held plünderte das Sparbuch und an irgendeinem Freitag war es dann so weit. Springer hatte einen Termin zur Geldübergabe klargemacht. Erst das Geld und dann die Ware, das war ungewohnt, aber sie glaubten Springer, er wusste ja, was er tat. Man fuhr zum Stadtrand der nahe liegenden Großstadt und auf einem kleinen Parkplatz gaben sie Springer dann die 12 000 Mark. Er schaute sich jeden Schein an, wies noch mal darauf hin, was passieren würde, wenn das Geld nicht sauber oder falsch wäre, und verschwand. Eine Ewigkeit voller Zweifel verging, bis er wieder auftauchte und meinte, es wäre alles klar. Ein weißer 5er BMW, ein Jahr alt, würde eine Woche später samt Fahrzeugpapieren und Personalausweis übergeben werden und so geschah es. Samstag. Sie warteten in der Spielothek auf Springer und die Fahrer, die über eine Stunde zu spät kamen, dann fuhren sie wieder in Richtung Großstadt und töteten das Kribbeln im Magen mit einem großkotzig üppigen Frühstück bei McDonalds. Danach hieß es, irgendwo in der Stadt auf das Auto zu warten. Irgendwann verabschiedete sich Springer, um kurze Zeit später mit dem BMW zurückzukommen. Er hielt nur kurz an und nickte den Wartenden zu, sie sollten ihm nachfahren. Die Fahrt endete in einem kleinen Wäldchen, in dem nun die Übergabe stattfand. Starke Karre, starke Papiere, nur der Personalausweis ließ etwas zu wünschen übrig. Aber was soll's, es war ja nicht das eigene Bild, das beinahe stümperhaft eingearbeitet war. Die Fahrer bekamen 1500 Mark – die Hälfte ihres Anteils – und ein paar hundert Mark für Spesen und wurden mit dem Hinweis auf die Leute im Hintergrund und dass sie nicht vergessen sollten, den Kaufvertrag mit zurückzubringen, verabschiedet. Dann begann das Warten. Ein Tag – nichts. Zwei Tage – nichts. Auch am dritten und vierten Tag – nichts. In der Schule rechnete der Held ständig damit, dass plötzlich die Tür aufgehen und sich zwei Grüne zeigen würden. Angst, Apathie, Wut, Stille. Über eine Woche lang wurde in der Spielo gegrübelt, was passiert sein könnte, und dann tauchten die beiden Fahrer wieder auf. Die Geschichte, die sie erzählten, schien plausibel. Das Auto waren sie zum vereinbarten Preis nicht losgeworden, also griff der Notfallplan. Ein leichter Schaden sollte verursacht und das Auto dann abgestoßen werden. Das klappte, aber, und das war der Hammer, die beiden ließen sich einen Verrechnungsscheck andrehen. Als sie den mit dem falschen Ausweis einlösen wollten, wurden sie nach einiger Zeit mit skeptischem Blick von der Bankangestellten nach hinten gebeten und flüchteten Hals über Kopf vor den Fragen und der anrückenden Staatsgewalt. Knopp und Springer glaubten diese Geschichte aufgrund ihrer einschlägigen Erfahrung nicht und so fuhren die zwei Helden ein, zwei Mal mit Knopp und einem Baseballschläger im Kofferraum zu den Fahrern nach Hause, trafen sie aber nie an. Man fand sich recht schnell damit ab, dass das Geld futsch war, und wendete sich wieder dem Billardspielen zu. Zum ersten Mal schienen sie wirklich verloren zu haben und pendelten wieder zwischen der Spielothek der Unbescholtenen in der Stadtmitte und der der Kriminellen in der Friedrich-Wilhelm-Straße. Sie hatten die Schnauze voll und waren immer noch ein bisschen besorgt und verunsichert. Dass die Fahrer wahrscheinlich nicht gelogen hatten, stellte sich wenige Wochen später heraus. Beide waren vom Unterricht weg verhaftet worden und die Panik kehrte zurück.

18 BIS 21 | 1

Goethe schrieb:

```
    Was man erfindet, tut man mit Liebe, was
man gelernt hat, mit Sicherheit.
```

Und vielleicht ist es das, was Billard so großartig macht. Jedes Spiel muss man nach jedem Anstoß neu erfinden und mit jedem versenkten Ball gewinnt man mehr Sicherheit, die wiederum neue Erfindungen ermöglicht. Es ist einmalig! Nichts anderes zählt, als gut und schön zu spielen, und die Schönheit, das kann man auch beim Billard erfahren, liegt in der Einfachheit. Das Chaos der Kugeln nach dem Anstoß in eine einfach abzulochende Struktur zu verwandeln, das ist es, worum es beim Billard geht. Das Einlochen selbst ist lediglich Übung und ein wenig Technik, aber genauso wichtig, um am Ende das Spiel zu gewinnen. Woher auch immer der erste Antrieb zum Spiel kommt, ist egal. Um gut zu sein, muss man die Klarheit, das Denken lieben, einen Willen zum Sieg, zum Besserwerden haben und sich in der Sache verlieren können. Das ist der Anfang. Es spielt beim Billard keine Rolle, ob man groß, klein, schön, hässlich, cool, schüchtern oder sonst irgendetwas dergleichen ist – das Spiel zählt, die Anerkennung gebührt dem Sieger und kein Mensch ist in der Lage, ihn zu verachten. Denn wir alle lieben das Bessere, weil es uns selbst um nichts anderes geht, als besser zu werden. Und das – will ich behaupten – gilt immer und überall. Die Gefahr, dass man dabei falschen Götzen aufsitzen kann, ist offensichtlich, denn wer weiß schon, was das Beste ist? Aber dazu an anderer Stelle ... Hier sind wir im Bereich des Sports, wo das Siegen am wenigsten schlechte Früchte tragen kann. Die Regeln sind insoweit unwichtig, als dass sie immer alle Spieler treffen, und damit, so unzweckmäßig sie im Einzelnen auch sein können, nie ungerecht sind. Es ist also lediglich wichtig, sich darüber zu verständigen, welche Regel man anwenden will, und das am besten, bevor man sie anwendet. So ist es nun wirklich egal, ob man beim 8-Ball die Schwarze ins gleiche Loch spielt wie den letzten Ball seiner Serie, ins gegenüberliegende Loch oder in irgendein Loch, wichtig ist bloß, es vorher festzulegen. Man kann beruhigt noch hinzusetzen, dass es selbst in dem Fall unproblematisch ist, Zugeständnisse zu machen, in dem der Gegner eine bisher nicht abgesprochene Regel erst einführen will, wenn er damit einen Vorteil zu erhaschen hofft. Lass ihm seine Regel, denn es ist auch klar: Wenn er zum Gewinnen den Vorteil braucht, der ihm daraus entsteht, dass er eine „neue Regel" einführt, dann geht ihm dieser Vorteil ab jetzt verloren, und wenn es wirklich der spielentscheidende war, kannst du dir sicher sein, über die Zeit zu gewinnen. Kurz: Um Regeln zu streiten, ist im wahrsten Sinne des Wortes sinnlos, und auch hier gilt: Das Schöne ist einfach und am besten. Dass Regeln in einer gewissen Art und Weise zweckmäßiger oder unzweckmäßiger sein können, ist damit nicht bestritten, genauso wenig, dass es sich lohnt, darüber zu reden. Im Wesentlichen gilt also für Billardregeln: 1.) Wenn irgendwas unklar ist, dann legt man im Rahmen der Zweckmäßigkeit etwas fest und bleibt dabei. 2.) Wer eifrig um Regeln streitet, verliert meist. 3.) Wer's genau wissen will, der kauft sich ein Regelbuch; sollte danach aber wegen 2.) nicht zum Klugscheißer werden. 4.) Der Sinn des Spiels ist das Warum der Regel, womit wir wieder bei 1.) wären. Man kann Billard spielen und man kann Billard spielen – entscheidend ist, wo der Schwerpunkt liegt, oder besser dass es beim richtigen Spielen eben keinen übergewichtigen Schwerpunkt gibt. Es geht nicht nur ums Gewinnen, nicht nur ums schöne Spiel und nicht nur ums Lernen – es geht immer um alles. Vergisst man eines davon, steigen die Chancen, dass man verliert, und wer nicht nach allen drei Aspekten strebt, der spielt nur Billard spielen, was auch nicht schlimm ist, so lange er weiß, dass er eben nicht mehr tut. In der Praxis begeistert die Meisten, wenn sie zum ersten Mal sehen, dass der weiße Ball, nachdem er eine farbige Kugel getroffen hat, eben nicht weiter vorwärts, sondern rückwärts rollt. Noch spektakulärer wird es, wenn die Kugeln Bögen laufen, kontrolliert über den Tisch springen oder wenn mit einem gut vorbereiteten Stoß gleich mehrere Kugeln in zuvor benannte Löcher fallen; aber mal unter uns: Die meisten solcher Kunststückchen spielen im richtigen Spiel kaum eine Rolle und es ließe sich darüber in mancher Hinsicht dasselbe sagen, was man zuweilen über die Ironie hört: „Es ist die Stärke der Schwachen und die Schwäche der Starken." Außerdem ist es egal, ob man um Geld, Pokale oder den bloßen Sieg spielt, die Freude am Sieg ist so groß, wie der Gegner gut ist. Und noch eine Plattitüde: „Übung macht den Meister."

Ohne an irgendetwas anderes zu denken, als daran, den nächsten Ball einzulochen, hatten Benedict und der Held im Nachbarort an den weißen Tischen gespielt, und dass wohl ein wenig Talent vorhanden gewesen sein musste, stellte sich kurz darauf in der Friedrich-Wilhelm-Straße heraus, als sie dort die Lokalmatadorin besiegten. Hier blieben sie dann aus genannten Gründen hängen und spielten und spielten und spielten. Yves gegen Benedict, Benedict gegen Knopp, Yves gegen Knopp und der Held gegen jeden von ihnen. Stundenlang, jeden Tag, jede Woche, monatelang. Knopp war der König am Tisch und Yves der Kronprinz. Beide hatten einen eigenen Queue und waren mit dem

Chef der Spielothek schon gemeinsam zu Turnieren im Westen gewesen – man lernte unendlich viel von ihnen. Und als man alles von ihnen gelernt hatte, schaukelte man sich noch ein wenig gegenseitig nach oben. Das erste Mal gezockt wurde im „Happy Hour" in Saal. Knopp hatte hier ein paar Kontakte und das erste Spiel um Geld – es ging um fünf Mark pro Spiel – war weniger aufregend als erwartet. Es war schnell klar, wie die Stärken verteilt waren, und letzten Endes muss es wohl glücklicherweise ganz glatt ausgegangen sein. Wie auch immer, danach wusste man, warum man jeden Tag spielte und dass es sich lohnen würde, dran zu bleiben. Man klapperte nach und nach sämtliche Spiel- und Billardhallen ab und traf die komischsten Typen, von denen die Meisten schnell durchschaut waren. Mit 18 Jahren und dem typisch kindlichen Aussehen eines Spätentwicklers war es nicht schwer, auch die ein oder andere Billardnull davon zu überzeugen, dass sie doch viel besser wäre als man selbst, und der Zufall, das Glück oder wer sonst hatten oft geholfen, das Lokal mit 30 oder 40 Mark mehr in der Tasche zu verlassen. Olli war der erste „Patient". Diesen Begriff prägte Harry, der auch einer von denen war, die zum Goldschürfen in den Osten kamen, und der wohl in seiner Jugend, so erzählte er zumindest, ebenfalls einige Patienten gehabt hatte. Er hatte überhaupt viel zu erzählen und erklärte unter anderem, wie das mit den „verseuchten Typen" ist. Es muss in seiner Zockerkarriere mehrere davon gegeben haben und das, was er erzählte, stellte sich später als richtig heraus. Es gibt Menschen, die können oder wollen nicht gewinnen, und man merkt das recht schnell. Harry erzählte von einem, den er früher ein Mal im Monat in seinem Haus besucht hatte, um mit ihm Poker, Billard oder was auch immer zu spielen. Irgendwann hatten sie sogar Geldstücke Richtung Wand geworfen und einen Tausender bekam der, dessen Geldstück am nächsten dran war. Die Seuche ging so weit, dass die Münze dieses Typen direkt an der Wand anlag und – wie sollte es anders sein – danach Harry so warf, dass seine an der Wand stand. Letzten Endes ging er immer mit ein paar Tausend Mark mehr in der Tasche nach Hause. Harrys Geschichten wirkten zwar schon wegen der immens hohen

Beträge, um die es dauernd ging, etwas zweifelhaft, waren aber gut anzuhören und schienen, verglichen mit den eigenen Erfahrungen über Gewinnen und Verlieren, nicht allzu weit von der Realität entfernt zu sein. Olli, der erste Patient, war kein schlechter Spieler, aber ein miserabler Zocker und einer von denen, die irgendwann beginnen, ihr Heil in Regeln zu suchen. Er hat ein paar Monate gebraucht, bis er endlich wusste, dass er schlechter war, und dann war Schluss mit zocken – man konnte reden, wie man wollte. Sein Kumpel, der immer ein riesiges Schlüsselbund an der Hose hängen hatte, den Queue übermäßig betont schwang und sich mehr ums Optische zu kümmern schien, als nötig, machte immer nur große Sprüche – sonst nichts. Das „Happy Hour" war nicht mehr ergiebig.

Irgendwelche dunklen Geschäfte Knopps müssen es gewesen sein, die Benedict und den Helden irgendwann ins „First Inn" verschlugen, das nach dem „Club 7" der abgefuckteste Laden von Saal gewesen sein muss. Das „First Inn" lag im Kellergeschoss unter einer Diskothek und um bis in das Gewölbe zu kommen, in dem drei runtergekommene Acht-Fuß-Tische standen, deren Tuch schon einige Flecken hatte, musste man durch einen ca. 20 Meter langen, engen Gang gehen, der unverwechselbar einmalig nach Toilette roch. Harry war auch oft hier und irgendwer hat immer gezockt. Es fing meist mit einem Zehner pro Spiel an und war bei hundert, zweihundert Mark zu Ende. Der Laden war voller Dummheit, eigentlich nicht allein zu betreten, aber verlieren konnte man hier kaum. Es muss wohl gewesen sein, um ein bisschen durchzudrücken oder weil Billard nun mal alles war, was damals wirklich zählte, jedenfalls hatte der Held Christin Rieß mit hierher genommen. Das war, als der ekligste Mensch auf Erden, Guntram Petzig, für ihn nicht mehr existierte und die Angst davor, dass man, ähnlich wie die Fahrer des geklauten 5er BMW, aus der Schule weg verhaftet werden würde, langsam gewichen war. Auf jeden Fall saß Christin die ganz Zeit gelangweilt rum, während der Held versuchte, am Tisch ein paar Mark zu verdienen. Es motivierte ein wenig, sie beim Spielen dabei zu haben, oder verstärkte den Druck, vielleicht war es aber auch egal. Auf jeden Fall war es an diesem Tag nicht so, wie an jenem, als der Held zum dritten oder vierten Mal überhaupt Sex gehabt hatte und von der Wohnung seiner ersten Freundin Marie in die Spielothek schwebte, alle vom Tisch fegte und überhaupt nicht von dieser Welt war. Nichts hätte ihn damals aufhalten können. Was für ein Zauber ...

Sie hatten sich beim Zelten kennen gelernt – mit ihrem Freund war gerade Pause – und das Erste, was auffiel, als sie im Wasser vor ihm hockte, waren ein paar Schamhaare, die der schmale Badeanzug nicht fassen konnte. Man entschied, die Nacht gemeinsam im Zelt zu schlafen, behielt natürlich die Jogginganzüge an und küsste und fummelte die ganze Nacht, mit einer kurzen Unterbrechung. Vom Zelt nebenan kam ein brummelig träges und gleichmäßiges Grunzen. Rayk Drösel lag dort mit Anja Deumling und es stellte sich unzweideutig heraus, dass es kein Schnarchen war, als man auch höhere Töne vernahm. Es war der idealtypisch dröge Akt. Das Gestöhne steigerte sich schnell, sie stimmte ein, plötzlich Ruhe. Als Rayk Drösel unmittelbar danach – und es war fast unglaublich, dass so was wirklich so schnell gehen kann – anfing, zu schnarchen, war ein Kichern unumgänglich. Sie wendeten sich wieder einander zu und müssen wohl selbst irgendwann eingeschlafen sein, denn es gab ein Erwachen am Morgen. Irgendwann später fabrizierte der Held dann einen Auffahrunfall auf einen polnischen Transporter, weil das Küssen während der Fahrt wichtiger war, als auf das Auto vor einem zu achten. Der linke Kotflügel von Vatis Skoda war jetzt doppelt so breit wie vorher und die sechs Polen, die plötzlich alle auf einmal und immer wieder auf ihn einsangen: „Junge, was hast du gemacht?", wurden ruhiger, als man sich wegen der ramponierten Steckdose ihrer Anhängerkupplung auf 20 Mark einigte. Egal! So was ist dem Verliebtsein nicht abträglich. Vati war traurig, das konnte man sehen, böse konnte er nicht sein, das ging schon seinem Vater ab und es fehlt auch heute noch dem Helden. Aber sein Skoda – eine Anmeldung seines Vaters in weiser Voraussicht irgendwann 14 Jahre vor Erhalt – bedeutete ihm viel und die

Reue kam von ganz allein. Derselbe Skoda gab dann auch die Kulisse für das erste Mal. Nach der Disko in Sternheidnitz fuhren sie an den See bei Neuwüst und an der Grenze von Beifahrersitz und Fußraum wollte er und kam, bevor er reinkam. Sie hat es sicher nicht gemerkt. Auf jeden Fall hat er es überspielt und noch mal von vorn begonnen, dann war er wirklich drin und wieder – ups. Na ja, das war der Anfang. Danach gab es kein Halten mehr und nicht selten wurde ihre Schwester aus dem gemeinsamen Zimmer verbannt, wenn sie aus der Schule und er zu ihr kam. Sie war wunderschön und sie taten es wieder und wieder. Wie glücklich er war, wurde ihm klar, als ihm Ronny Pscheida nach einer Party bei ihr eine Tube Erektionscreme mit den hämischen Worten überreichte: „Falls du Probleme hast ..." Er muss sich den Satz ewig zurechtgelegt und mit seinen Kumpels besprochen haben, denn anders ist das verschämte Lachen derselben und die offensichtlich gezwungene Ironie in seiner zwanghaft auf Sicherheit getrimmten Stimme nicht zu erklären gewesen. Es war herrlich, ihn im wohl überlegten und von langer Hand geplanten Angriff zu Boden gehen zu sehen. „Tschüss, Ronny." Er muss unendlich gekotzt haben, denn jetzt musste er gehen, wohl wissend, dass der Held bleiben würde. Es war herrlich, die Nacht auch. Marie kam nach etwa drei Monaten wieder mit ihrem ehemaligen Freund Patrick Giel zusammen und ist das wahrscheinlich noch immer, auch wenn sie Jahre später zum Arbeiten in den Westen gehen wollte und er zum Studieren hier blieb.

Christin Rieß trennte sich nach etwa drei Monaten mit den Worten vom Helden: „Der Queue stand schon immer zwischen uns ...", hatte ihn damit aber nicht wirklich berührt. Kurz bevor die Welt dann wenige Monate nach dieser Trennung vorübergehend richtig zusammenbrach, kam Christin mit Benedict zusammen und blieb das über ein Jahr, bis sie dann endlich den gefunden hatte, von dem sie aus unerfindlichen Gründen ein Kind wollte und es auch bekam. Es war nicht der Vierzehnte, wie sie so fest geglaubt hatte, sondern der Fünfzehnte, und natürlich ist sie heute auch mit dem nicht mehr zusammen. Wen wundert's, bei solchen Planungen.

18 BIS 21 | 2

Die Lehre spielte keine Rolle mehr, sie war lästiges Beiwerk, und genau wie das Abi würde der Held sie sowieso bestehen, das stand völlig unstrittig fest. In dem Chemiewerk stank es, es war staubig und der älteste Typ in der Werkstatt, in die der Held und Sandro Maltus zum praktischen Unterricht verdonnert worden waren, faselte irgendwas von: „... kein richtiger Junge ...“ und „... verachtenswert ...“, als der Held auf Nachfrage angab, er wolle später Zivildienst machen und auf keinen Fall zur Armee. Die meisten hier waren dumm und es war grausig. Beinahe jeder Morgen in der Elektrikerwerkstatt begann damit, dass irgendwo ein Erdkabel kaputt war und wieder mal ein Provisorium gelegt werden musste. Kabel zu ziehen, ist eine scheiß Arbeit. Besonders dann, wenn sie im zentimeterhohen Staub in einem knapp einen Meter hohen Raum unter dem Gitterboden irgendwelcher halbvergammelter Hallen stattfindet, ein Meter Kabel circa fünf Kilogramm wiegt und man das Kabel kriechend ziehen muss, um gut 200 Meter zu überbrücken. Hier war der Held nicht richtig, das stand fest. Von den Lehrern gab es nur zwei, die bemerkenswert waren, das aber wirklich. Herr Philbrunn – Englisch – kratzte öfter am Großen Ganzen, er sah das Gesamte, versuchte, das Allgemeine zu fassen und rüberzubringen, und freute sich über Seelenverwandte. Einer seiner ambitioniertesten Versuche war, die Schüler davon zu überzeugen, dass man doch die Bedeutung der meisten englischen Worte fast erahnen, heraushören, herauslauschen könnte. Er hatte Recht, aber die Einser-Riege der Klasse war ungläubig, konnte nicht zuhören, sondern nur blöd fragen und ihn in Lächerlichkeit ziehen, indem sie ihn nötigte, das im Detail und am drögen Beispiel vorzuführen, um ihn dann mit Gegenbeispielen zu überhäufen. Egal, er war ein Richtiger und man war sich offensichtlich sympathisch. Der Held hörte ihn gerne und auch wenn die Erinnerung kaum noch Worte von Philbrunn bereithält, ist unendlich viel mehr von ihm hängen geblieben. Frau Giebler – Russisch – war ebenso ambitioniert, aber auf eine andere Art als Philbrunn. Wollte er die Entfaltung des Genies, dann sie die Förderung des Willens und die Erkenntnis seiner Möglichkeiten. Sie band sich gern Extrastunden ans Bein und gab Nachhilfe, für die der Held dankbar war, als deutlich wurde, dass das Talent in Russisch nicht reichen würde. Man hatte bei ihr immer das Gefühl, dass man mehr können könnte, und schämte sich beinahe dafür, es nicht zu tun. Egal, wie schlecht man war oder warum, ihr Gesicht sagte irgendwie traurig wissend „schade" und sagte „Du kannst, ich weiß". Man glaubte ihr und sie zog einen förmlich mit ihrer Kraft. Die eigenen Erfolge waren ihr Glück. Das hat funktioniert. Neben dem Klassenlehrer im Abi gab es noch eine Klassenlehrerin für die Berufsausbildung. Ihr Name ging verloren, aber sie hatte mit Mitte dreißig eine Monchichi-Frisur mit grauen Strähnen und schien bei einem späteren Klassentreffen sichtlich erfreut darüber, sich in ihrer Meinung bestätigt zu finden, dass der Held noch immer von einem zum anderen springen und nichts richtiges machen würde. Man hätte ihr gut und gerne etwas Gehässigkeit unterstellen können, aber wie auch immer, die Meinung, in der der Held sie aus Trotz noch bestärkte, war ihr nicht zu verdenken. Zumindest nicht unter Rücksicht auf die Aufmerksamkeit, die er ihr und ihrem Tun während der Lehre entgegengebracht hatte, dem Interesse, das er fürs Fach hegte, und den Prioritäten, die er damals setzte.

Wie vor Jahren, nach der Offenbarung, unter welchen Bedingungen er Abitur machen könnte, ging sein Blick jetzt wieder aus dem Fenster in den Schulhof der Berufsschule, und die Gedanken kreisten ähnlich intensiv, wie nach irgendwelchen Aktionen damals in der Neuenburger Schule. Diesmal aber nicht um den Besuch des Direktors, sondern um die Konsequenzen von Autoschieberei. Die Ungewissheit darüber, ob die bereits verhafteten Fahrer irgendwas sagen würden oder nicht, war unerträglich und es nahm kein Ende. Erst als zwei, drei Wochen später immer noch nichts passiert war, fühlte man sich langsam wieder besser – sicherer. Irgendwie schien es beinahe, man hätte Glück damit gehabt, dass alles so gekommen war, wie es gekommen war, und man nun gar nicht erst in die Verlegenheit kommen konnte, nach dem ersten Erfolg mit weitaus größeren Taten fortzuschreiten. Das Geld war weg, das Sparbuch leer und versteckt und die Eltern fragten nur manchmal, ob es noch da sei, was man ja glücklicherweise bejahen konnte, in der Hoffnung, nicht weiter gefragt zu werden. Weder Mutti noch Vati haben das jemals getan. Auf jeden Fall war die kriminelle Karriere vorbei und Benedict und der Held waren sich einig darüber, die ganze Sache, inklusive dem Verlust des Geldes, auf sich beruhen zu lassen, sich auf das Hören von spannenden Geschichten aus der Szene zu beschränken und sich verstärkt dem Billardspielen zuzuwenden. Das konnten sie und die bisherige Zockerei war vielversprechend. Wie gesagt, wurde das „First Inn" nur noch vom „Club 7" in puncto Schäbigkeit der Ausstattung und Kriminalität des Publikums übertroffen. Vielleicht wurde auch im „Club 7" um Geld gespielt, aber als irgendwer irgendwann plötzlich eine Pistole zog, was auffiel, weil unter Geschrei sich einige auf den Boden legten, verabschiedeten sich Benedict und der Held endgültig von hier. Harry wiegelte später im „First Inn" mit einer Geschichte über die Flucht aus dem Toilettenfenster irgendeiner Bar im Westen ab. Er hatte gewonnen und sein Gegner war zahlungsunwillig und bewaffnet gewesen. Er erzählte auch irgendwas von illegalem Pokerspiel im Obergeschoss des „Club 7", aber egal wie interessant, das war mehrere Spuren zu heiß und es sollte reichen, mal da gewesen zu sein und das erzählen zu können.

Vielleicht war der Held immer noch 19, vielleicht schon 20, auf jeden Fall waren nur ein paar Monate vergangen, seit Benedict die Bank überfallen und sie gemeinsam einen gestohlenen Wagen gekauft hatten. Auch das erste Billardspiel um Geld war kaum länger her. Man gewann langsam etwas Beachtung und Anerkennung in der Spielothek, hatte die ersten Male Sex gehabt und sich gemeinsam mit Yves einen Stammplatz und etwas Aufmerksamkeit in der Disko in Sternheidnitz verschafft, als der erste große Billarderfolg Benedict und den Helden aus der kleinen Depression riss, die mit dem Scheitern des Autoprojekts einhergegangen war. Manni Großholz, der Chef des „First Inn", war von Jens Knopp als Patient anempfohlen worden und irgendwann ergab es sich, dass er mit den „Jungs" spielen wollte. Es heißt, man soll seinen Gegner beim Zocken immer in dem Glauben lassen, er könne gewinnen. Bei Manni Großholz brauchte man zu diesem Zweck nicht allzu viel tun. Es reichte, all die Fehler, die einem so oder so passierten, für sich im Stillen zu absichtlichen umzudeuten, um dieser Regel zu genügen, das Übrige erledigte Manni. Er war einer der Verseuchten. Sie hatten mit zehn Mark pro Spiel begonnen und als die „Jungs" gut hundert im Plus waren, wollte Manni um zwanzig spielen. Warum nicht? Ein, zwei Stunden später ging es um fünfzig, irgendwann um hundert und schließlich um dreihundert Mark pro Spiel. Vor der letzten Erhöhung hatten sich die „Jungs" – die mittlerweile 900 vorn waren – mit Manni darauf verständigt, dass es nur noch drei Spiele geben würde, damit er die Möglichkeit hätte, auf null zu kommen. Er gewann keins davon. Die Queues wurden zusammengeschraubt, er ging zur Kasse, holte 1800 Mark heraus und übergab sie etwas griesgrämig. Die Helden gingen und konnten es nicht unterdrücken, am Ende des langen Ganges, der das „First Inn" mit der Außenwelt verband, die Anspannung, die sich im Geschehen der letzten fünf Stunden aufgebaut hatte, in Schreien zu verabschieden. Es war irre und Freude war neu definiert. Man hatte gespielt, man hatte gewonnen – der neue Gott hieß Billard.

20

Den Erfolg mit der Bank hatte Benedict aus Gründen vorsichtiger Vernunft nicht öffentlich feiern können, bei dem Auto blieb er den beiden Helden ebenfalls verwehrt. Aber nun konnten es alle wissen und wie bei den Priestern färbte ein wenig Licht der Gottheit auf sie ab. 1800 Mark in einer Nacht, ehrlich verdient, 900 für jeden, das war beinahe so viel, wie Mutti oder Vati in einem Monat verdienten, und das mit Billard. Das Leben lag wieder im Sonnenschein, alles andere war vergessen. Es wurde eine Kasse eingeschoben, ein ordentliches Queue gekauft, in Sternheidnitz gefeiert, Billard gespielt, gelebt. Ein Wochenende später fand im „First Inn" ein kleines Turnier statt und Manni Großholz empfing die Helden, als die ihre neuen Queues auspackten, mit dem Satz: „Erst auf Loser machen, dann abzocken und sich sogar wieder hertrauen!" Es bedurfte einigen Aufwandes, ihn davon zu überzeugen, dass die Queues erst jetzt von seinem Geld gekauft worden waren. Dass die Helden erst etwa ein Jahr Billard spielten, glaubte er – obwohl es wahr war – sowieso nicht mehr, aber im Großen und Ganzen schien er die Niederlage verkraftet zu haben, ein anständiger Verlierer zu sein, und sein Gerede von Glück und so ließ man ihm gerne durchgehen. Dass ihm die 1800 Mark nicht wirklich wehtaten, schien glaubhaft, denn zu der Zeit gehörte ihm neben dem „First Inn" noch einer der schönsten Biergärten von Saal, die Soleterrassen, irgendwo auf einem Felsen direkt über dem Fluss, und außerdem kam er aus dem Westen. Harry, der Geschichtenerzähler, wollte nun erst recht nicht mehr mit ihnen zocken und das, obwohl er sie einmal mit einem Besenstiel besiegt und einen Kaffee gewonnen hatte. Auf jeden Fall war er der Sieger des Turniers. Egal, die Bauchschmerzen, die man vor dem Wiedereintritt ins „First Inn" verspürt hatte, waren weg und es sollte vorwärtsgehen. Ein weiteres Wochenende später verließen die beiden Helden Sternheidnitz gegen Mitternacht. Es war öde an diesem Abend und sie entschieden, noch mal ins „First Inn" zu fahren, vielleicht wäre Großholz ja da und man könnte noch mal gemütlich ein, zwei Scheine abzocken. Manni war da, es wurde gezockt und es ging vorwärts, weiter als man jemals zu träumen gewagt hatte, so weit, dass man es nicht mehr richtig glauben konnte. Als der unverwechselbar einmalige Geruch im Gang zum „First Inn" in die Nase stieg, überkam den Helden ein leichtes Kribbeln, man gedachte Fast Eddi Felson aus „Die

Farbe des Geldes" und mutierte langsam zu „Vincent", dem auf-
strebenden Billard-Talent, das in dem Film von Tom Cruise gespielt wurde. Manni ließ eine Stunde auf sich warten, dann begannen die Spiele. Zehn, zwanzig, fünfzig Mark – nach zwei Stunden war der Held 700 vorn und Manni Großholz, in Erinnerung an
seine letzte Niederlage, der Meinung, dass er jetzt nicht mehr
gegen ihn, sondern gegen Benedict spielen wollte. Dass die Chancen, die er sich ausrechnete, damit nicht wirklich besser wurden,
war dem Helden klar, der sich jetzt, da der Laden leer war, dem
Barkeeper – auch einer dieser Selbstdarsteller – zuwendete und
von ihm mit Darts und Billard in den nächsten zwei, drei Stunden
irgendwas in die 200 Mark erbeutete. Dann wurde er zum Be-
obachter des Schauspiels einer Niederlage: Mittlerweile ging es
um 200 pro Spiel und allen – außer Manni Großholz – war klar,
wer hier gewinnen musste, und es wurde immer wilder. Die Regeln änderten sich beinahe in jedem Spiel – geschenkt. Immer
wieder gab es Pausen, weil Manni sich einen Tee machen musste,
die Musik wurde mal unerträglich laut gemacht, dann wieder von
ihm ausgeschaltet. Er labert, was das Zeug hielt, lief seinem Gegner entweder während des Stoßes durchs Blickfeld oder stellte
sich nahe hinter ihn. Er wand sich durch alle möglichen Tricks, um
Benedict abzulenken, und wurde dabei selbst immer nervöser. Er
hatte nicht den Hauch einer Chance und bei 3000 stellten die
„Jungs" nach kurzer Beratung fest, dass es jetzt Zeit wäre, aufzuhören. Er wollte nicht. „Noch sechs Spiele um 500, Mitteltasche
doppelt." Die sechs Spiele waren vorbei, er war 5000 hinten und
die Queues wurden zusammengeschraubt. „Wir machen Schluss,
Manni", sagte der Held und Manni bettelte um weitere fünf Spiele zu 1000, dann sollte wirklich Schluss sein. Man beriet sich und
war sich schnell einig darüber, dass 5000 mehr als genug waren,
und egal, wie leicht er die 1800 aus der Kasse genommen und
bezahlt hatte, dass 5000 überhaupt drin waren, war zweifelhaft.
Er ließ nicht nach und zeigte sich gewillt, auszurasten, als sie die
Frage stellten, was passieren würde, wenn er danach 10 000 hinten liegen würde und bezahlen müsste. Es gab noch fünf Spiele,
er steigerte all seine Möchtegern-Psychotricks und versenkte

heimlich zwei Bälle mit der Hand, was man ihm in seinem Zustand besser nicht ankreidete. Egal, er verlor die ersten vier Spiele und im letzten – wie hätte es anders sein sollen – wendete sich sein Vorschlag, von wegen Mitteltasche doppelt, gegen ihn selbst, denn Benedict versenkte die Schwarze, der aufgestellten Regel zufolge, in einer angesagten Mitteltasche spektakulär über zwei Banden. 11 000 Mark! Die Rechnung, die in der Nacht aufgelaufen war, wurde von dem Geld bezahlt, das der Held dem Barkeeper abgenommen hatte, im Gang wurde nicht gefeiert und über den Abschiedssatz von Manni „Holt euch das Geld morgen ab!" wurde nicht viel geredet, als sie gegen Mittag das „First Inn" Richtung Heimat verließen. Am nächsten Tag war Manni nicht da, am übernächsten auch nicht. Gegenüber der Barfrau gab man sich so grimmig wie irgend möglich und sie meinte, man sollte es mal auf den Soleterrassen probieren. Dort die gleiche Show – böser Blick, eindringliche Stimme. Er ließ sich verleugnen. Dann hatte der Held ihn am Telefon und erhielt das Versprechen, dass es übermorgen was werden würde. In der Zwischenzeit hatte Benedict schon Kontakt mit Nimmrott aufgenommen und auch in der Friedrich-Wilhelm-Straße wurden, mit etwas zwiespältigem Gefühl, alle Kontakte bezüglich „Hilfe bei Zahlungsunwilligkeit" aktiviert. Nimmrott, der mittlerweile zum unumstrittenen Kriminellenkönig der Heimatstadt aufgestiegen war und damit zwangsläufig eher zur brutalen Seite neigen musste, hatte Benedict durch den Mittäter beim Banküberfall kennen gelernt. Er bot sich an, dafür zu sorgen, dass sie das Geld bekämen – das heißt 8000 von 11 000 Mark –, und würde zur Not eben eine Handgranate reinwerfen. Die meisten anderen, die sonst viel zu sagen hatten, waren plötzlich etwas zurückhaltender. Nimmrotts Vorschlag lehnten sie nach reiflicher Überlegung ab. Wo sollte das auch hinführen? Er holt die 11 000 mit einer Handgranate oder mit ein paar von den Jungs mit dem leeren Blick, gibt ihnen 8000 Mark und drei Wochen später kommt vielleicht ein Trupp von Manni Großholz und will 11 000 zurück. Nein, das schien nicht die Lösung zu sein. Am Ende blieb Ingo F. übrig, der groß und stark war, glaubwürdig und ehrlich schien und hilfsbereit seine Coolness rüber-

und eine Strategie mitbrachte: „Zuerst breche ich ihm die Finger."
Na ja, eigentlich sollte er nur mitkommen, um den Stimmen der
Helden glaubwürdigen Nachdruck zu verleihen, aber natürlich
kam alles ein klein wenig anders: Manni Großholz hatte die
Ernsthaftigkeit der Telefonstimme des Helden wahrscheinlich ein
wenig überbewertet und sich über die Maßen auf das Treffen
vorbereitet. Die drei Musketiere betraten den Raum und es wurde sofort offenbar, was hier lief. Ein paar mit Goldketten behäng-
te Typen stellten ihr Billardspiel ein, ein anderer, der genauso
breit wie Ingo F. war, aber unendlich viel brutaler und dümmer
aussah als er, stellte sich an Manni Großholz' Seite und Großholz
selbst fragte nun unglaublich selbstsicher: „Was wollt ihr denn
hier?" „Unser Geld." „Was für Geld?" „Die 11 000 Mark." „Ich lass
mich doch nicht von Kindern abzocken!" Das wurde sein Stan-
dardargument, während es noch eine Weile hin und her ging. Als
immer klarer wurde, dass er sich hier nicht rausquatschen konnte, kam ihm sein jugoslawischer Freund zu Hilfe: „Du spielen um
1000 Mark, hast du gehabt 1000 Mark?" Nicht schlecht, die Antwort würde etwas länger dauern, aber er legte gleich nach:
„Komm, lass uns spielen um 1000 Mark!" „Gerne, wenn Manni
uns das Geld gibt." Und wieder: „Du spielen um 1000 Mark, du
musst haben 1000 Mark." Der Held begann eine längere Erklärung darüber, dass es mit zehn Mark angefangen hatte, und als es
um 1000 ging, schon 5000 gewonnen waren, aber das wollte der
Typ nicht mehr hören und als er den Helden unwirsch am Arm
packte, war klar, dass die Unterhaltung vorbei war. Ingo hatte
sich schon ziemlich zu Beginn der Unterhaltung ausgeklinkt, als
ihn Manni mit einer Stimme, in der die Kraft von sechs Jugosla-
wen lag, hämisch angefahren hatte: „Und was willst du Kasper
hier? Bist wohl der Bodyguard?" „Nein, nein. Ich bin nur ein
Freund", hatte Ingo geantwortet und war damit raus. Egal, man
führte das dynamische Trio durch den Gang Richtung Tor zur
Oberwelt und machte kurz davor noch mal Halt. Manni fingerte
sein Portemonnaie heraus, drückte Ingo drei, vier Blaue in die
Hand, dann Benedict und dann dem Helden. Der gab es mit den

Worten zurück: „Das kannst du auch behalten!", und die anderen beiden schlossen sich an. Das war's.

20 und 21 | 1

Für Ingo F. muss es ganz schön aufregend gewesen sein, denn die Überlieferung der Geschehnisse in der Heimatstadt übernahm er. Dabei betonte er in den Erzählungen immer wieder, dass sie Glück gehabt hatten, dass ihnen kein Messer in die Hand gestochen wurde. Harry, den die Helden eine Woche später zur Überraschung von Manni Großholz im „First Inn" besuchten – fest entschlossen, sich nicht einschüchtern zu lassen –, erklärte immer wieder: „Erfahrung! Schublade auf im Kopf, rein damit und Schublade zu." Des Weiteren empfahl er noch, mal mit Lucky zu reden, dem er das Problem schildern würde und den sie im „Club 7" treffen könnten. Dann hatte Manni Großholz seine Aufregung überwunden, kam an ihren Tisch und erklärte – gar nicht mehr so sicher, wie noch vor ein paar Tagen – dass sie hier Hausverbot hätten. Egal, Harry sprach für uns, Manni lief ab und Benedict und der Held waren zum letzten Mal im „First Inn" gewesen. Tief drinnen war Harrys erster Rat schon längst befolgt und von den 11 000 Mark Abschied genommen worden. Trotzdem wollte man Lucky kennen lernen, vielleicht würde es Mannis Angst noch etwas steigern, davon zu hören. Immerhin wurde ja schon berichtet, dass ihn der Auftritt des jugoslawischen Sextetts um die 3000 Mark gekostet haben soll. Der Geschichte mit der Pistole gedenkend, klingelten sie tief in der Nacht an der Tür zum „Club 7". Dieser fette, fettige Typ, der aus irgendeinem Bikerfilm gekrochen zu sein schien, öffnete die Tür und verschloss sie zugleich mit seiner Masse: „Was wollt ihr denn hier?" „Billard spielen und zu Lucky." „Seid ihr die zwei, die Großholz 11 000 abgezockt haben?" „Ja." „Na, dann kommt mal rein!" Irre. Man war bekannt. Lucky konnte „im Moment nicht helfen", aber das war egal und wahrscheinlich auch besser so. Den Satz „Seid ihr nicht die zwei, die Großholz 11 000 abgezockt haben?" hörte man nun in beinahe jeder Spielhalle und, wen wundert's, niemand fand sich mehr zum Zocken, außer ein paar Vietnamesen, die gar nicht so schlecht waren, nur ungern verloren, immer zu mehreren um den Tisch sprangen und alles endlos in fremden Zungen kommentierten und diskutierten. Saal war billardtechnisch tot und die Helden zitierten sich oft Fast Eddi Felson aus „Die Farbe des Geldes": „Für mich hat es aufgehört, bevor es richtig begonnen hatte." Überhaupt wurde oft rekapituliert, was alles so geschehen war, seit was weiß ich nicht wann. Viel schien nun wirklich nicht gewonnen, außer ein wenig Bekanntheit vielleicht, eine Menge Erfahrung und ein paar zerplatzen Seifenblasen. Yves Wehler, der Dritte im jugendlichen Bund, der im „First Inn" noch nicht bekannt war, erbeutete dann noch mal 1000 Mark bei Manni Großholz, während der Held die ganze Nacht im Auto in der Nähe wartete, und von Manni hörte man, dass er angeblich nur noch mit einem Samuraischwert unterm Mantel rumlaufen würde – warum auch immer. Aber all das befriedigte nicht wirklich. Die Welt hatte sich ganz schön verdunkelt und neue Pläne waren nicht in Sicht. Ein wenig Genugtuung für die um das Geld Betrogenen gab es dann etwa ein Jahr später, als eine Tageszeitung folgenden Artikel veröffentlichte, für die „Jungs" aber wirklich alles vorbei war:

Ex-Soleterrassen-Wirt: der Kokain-Dealer, Frauenheld mit Rolls Royce – Saal – Er zeigte sich gerne mit Frauen und teuren Autos. Zuletzt vor einer Woche mit einem Rolls-Royce in Berlin – Jungunternehmer Manni Großholz (29) aus Hamburg. In den neuen Bundesländern wollte er das schnelle Geld machen ... Seit Freitag sitzt er in einer Einzelzelle der U-Haft-Anstalt am Bergring. Im Hotel Saturn schnappte die Polizei Großholz und sechs Komplizen mit zwei Kilo Kokain. Marktwert: eine Viertelmillion Mark. Der bisher größte Schlag gegen Drogendealer in der Region. Im 300-Seelen-Dorf Böhnitz, nördlich von Saal, trat Manni Großholz (29) ein Jahr nach der Wende als dynamischer Jungunternehmer und Gönner auf. Der smarte Blonde aus Hamburg kaufte die ehemalige Dorfschule, versprach: ‚Ich will hier Wohnungen bauen, ein großes Terrassen-Restaurant eröffnen.' Doch er ließ sich nur zwei teure bunte Glasfenster für 30 000 Mark in das Schulgebäude einbauen. Die Rechnung bezahlte er bis heute nicht. Ein Nachbar: ‚Ein richtiger Protz-Wessi. Nachts bekam er öfter Besuch. Immer von Leuten mit Luxus-Limousinen aus München oder Berlin.' Doch statt Gewinne, machte er Schulden. Allein bei Böhnitzer Handwerkern steht er mit 70 000 Mark in der Kreide. Dann kam die Idee mit dem Kokain. In Berlin mietete er eine Wohnung, nahm Kontakt zu italienischen und türkischen Dealern auf. Immer mit dabei, Andre S. (24) aus Saal, der das Kokain in der Stadt an Kleindealer verteilen sollte. Was Großholz nicht ahnte: Drogenfahnder hatten einen V-Mann in die Szene eingeschleust. Zwei Mal sollte der Kokain-Deal an einer Autobahnraststätte laufen, doch die Verkäufer waren misstrauisch. Der V-Mann lockte die Dealer schließlich ins Hotel Saturn ... Die Fahnder waren vorbereitet.

Die Erinnerung sagt, er ging dafür zwei Jahre in den Bau, und bei einem Gerichtstermin wurden die mitverhafteten italienischen Komplizen spektakulär befreit. Na ja, die Genugtuung hielt nicht allzu lange vor, die goldenen Zeiten schienen vorbei zu sein und obwohl man sich dauernd damit aufbaute, dass alles schon für irgendwas gut gewesen war und im Endeffekt doch nicht hätte besser laufen können – immerhin hätte man, und besonders Benedict, ja auch im Gefängnis landen können –, war man einfach etwas melancholisch. Billard wurde wieder zum Spiel, man suchte sein Heil bei den Frauen, fuhr ab und zu nach Prag oder sonst wohin und wechselte zum Zocken in eine andere Stadt. Aber irgendwie war die Luft raus und Geld zu verdienen, war hier etwas schwerer, denn es gab wirklich gute Leute und das waren die Einzigen, die zockten. Die anderen hatten wahrscheinlich ihre Lektion schon gelernt. Kurz: Das Leben wurde etwas lauer. Und als man sich gerade damit abgefunden hatte und beinahe zufrieden war, normal zu sein, klopfte die dunkle Vergangenheit dem Helden noch mal auf die Schulter, wie um ihn endgültig daran zu erinnern, dass irgendetwas schief gelaufen und alles doch nicht ganz so richtig gewesen war, wie es schien. Benedict Lindlaub schlug dieselbe Vergangenheit mitten ins Gesicht. Während der Sommer mit all seinen Hoffnungen vor der Tür stand, kam Benedict – was für ein Timing – gerade von seiner Abschlussprüfung zum Elektroniker aus Stanzfeld und wurde in der Spielothek mit dem Satz empfangen: „Die Bullen waren hier und haben dich gesucht!" Bei seinen Eltern waren sie zu der Zeit schon gewesen und hatten – glücklicherweise, ohne dass irgendwer im Haus Notiz davon nahm – die Wohnung durchsucht. Er wusste das nicht, aber es war klar, was passiert war. Das Unmögliche – fast ein Jahr später. Von der Spielothek lief er direkt die 200 Meter bis zum Polizeirevier und kam von dort erst nach zwei Tagen zurück. Und ein weiteres Jahr später – man sah sich in der Zwischenzeit wenig und redete kaum – wurde unter Ausschluss der Öffentlichkeit das Urteil verlesen. Er bekam eine Bewährungsstrafe – weiser hätte das Urteil nicht ausfallen können.

20 UND 21 | 2

Der Winter war vorbei, die Sonne schien und drei junge Männer hatten sich mit einer Decke und einer Flasche Jim Beam an den Badesee in Stüdnitz am See abgesetzt. Zwei von ihnen hatten mit einigen Dingen endgültig abgeschlossen und im Rahmen der verbleibenden Möglichkeiten war die Welt offen. Für Torben Sanft, den Dritten, galt diese Einschränkung noch nicht. Er entdeckte gerade das Spielfeld, auf dem die beiden anderen, mit unterschiedlich starken Blessuren, schon zwei, drei Spiele verloren hatten. Benedict, der in den letzten Monaten sicher zu einigen Einsichten gekommen war, die sich den beiden anderen vielleicht in ein paar Jahren, vielleicht nie erschließen würden, war ruhiger geworden. Seine Philosophie schien – natürlich unzulässig verallgemeinert – die geworden zu sein: Tue nichts, dann kannst du keine Fehler machen und nichts wird schief laufen! Wie weise das wirklich ist, sollte sich wahrscheinlich niemand anmaßen, letztgültig beurteilen zu können, auch wenn man ebenso gut für ein bisschen mehr Mut zum Leiden plädieren könnte, denn wo wäre die Freude ohne dasselbe? Dass Benedict über ein Jahrzehnt an einer Art Lähmung laborierte, steht fest. Aber was soll's, es scheint fast so, dass diese Art von Lähmung eine Begleiterscheinung der Zeit ist. Manche bemerken gar nicht, wie sie langsam davon überkommen werden, und wachen dann plötzlich in einer Midlifecrisis auf. Egal. Es gab einige Dinge, über die wurde nicht geredet, und es gab manchmal immer noch genug Ablenkung von dem Denken, das immer nur um sich selbst kreist. Heute zum Beispiel war so ein Tag. Für die Flasche Jim Beam brauchten die drei keine Stunde, dann war Ende und dieses Ende endete in der neu eröffneten Spielothek am Breiten-Plan – eines dieser wunderschönen neuen Einkaufszentren der Stadt. Wahrscheinlich hatte sich Torben Sanft verabschiedet und die beiden anderen nur dort abgesetzt, vielleicht war er noch kurz mit hochgekommen, wer weiß das schon noch genau. Jetzt lagen sie auf jeden Fall mit ausgestreckten Gliedern auf dem Boden irgendwo zwischen den Billardtischen und versanken in unendlicher Heiterkeit. Tage später wurden sie mit dem Vorwurf konfrontiert, die Damentoilette vollgekotzt zu haben, aber man erinnerte sich nicht an Details und stritt alles ab. Der Breiten-Plan war sauber, das heißt, im Großen und Ganzen frei von Freibeutern. Hier verkehrten eher normale Menschen, mit ziemlich fest vorgezeichneten Lebenswegen, aber natürlich waren auch sie auf der Suche. Ach so! Wenn eine Begleiterscheinung der Zeit die Lähmung ist, dann ist die Begleiterscheinung der Lähmung aus Läuterung die geringere Anfälligkeit gegen Blendung. Das ist der Vorteil der erlebten Erfahrung gegenüber der Erfahrung vom Hörensagen, der Vorteil der Praxis gegenüber der Theorie. Wie Torben eigentlich in diese Geschichte kam, ist beim besten Willen nicht mehr auffindbar. Er muss ein, zwei Jahre jünger gewesen sein als seine neuen Freunde, sah aber wesentlich reifer aus als sie. Er war groß, hatte lange glatte schwarze Haare, trug dezenten indianischen Schmuck und meistens einen fortgeschrittenen Drei-Tage-Bart. Er strahlte so etwas wie gütige Stärke und Frohsinn aus und war ein Warmherziger. Das hatte seine Wirkung nicht nur bei Frauen, aber da ganz besonders. In der Disko in Schwarzenfeld – die der Held und Benedict wegen des als kahlköpfig und roh verschrienen Publikums wohl nie allein besucht hätten – hatte er an einem dieser denkwürdig glückseligen Abende der Barfrau auf ihre Frage hin eine Flasche von irgendwo ganz oben im Regal heruntergeholt. Und diese kleine Gefälligkeit reichte, um die drei den ganzen Abend mit Whisky zu versorgen. Hängen gengeblieben war er bei Bianca Zedler, die gut aussah und dermaßen an den Zerwürfnissen des Lebens laborierte, dass sein großes Herz sich wahrscheinlich nur bei ihr wirklich wohlfühlen konnte. Durch die Stadt lief der Satz „Kumpel wie Sanft", und vielleicht war das sein Verhängnis. Er war immer für alle da, traf irgendwann die Falschen und hatte, als er seine Kraft am meisten gebraucht hätte, sie schon längst irgendwo in den Sümpfen der Gesellschaft vergeudet.

Das Leben war so normal, wie seit langem nicht mehr. In dem Jahr, als Benedict auf sein Urteil wartete, neigte sich die Lehre dem Ende zu und bis zum Abitur sollte es noch ein Jahr dauern. Der Held hatte sich einen Job in einem Eiscafé beschafft, war mit ein paar Leuten aus der Spielothek Stadtmitte für vierzehn Tage in den Urlaub nach Ungarn gefahren und tat das, eine Woche nachdem dieser Trip vorbei war, gemeinsam mit Patrick Giel, der nun wieder mit Marie zusammen war, noch einmal. Wenn es nach Ungarn ging, dann ging es immer auch und besonders um Frauen. Auf dem ersten Trip hatten die dahingehenden Bestrebungen dazu geführt, dass der Held am letzten Abend so verliebt war, dass er gar nicht merkte, dass die Geliebte eigentlich genau das wollte, weswegen er hierher gekommen war. In der letzten Nacht lagen sie irgendwo am Balaton, machten rum und als er sich an ihren Brüsten verlor, meinte sie: „So bringt mir das nicht viel." Dass sie eigentlich gesagt hatte: „Nun zieh mir doch endlich den Pullover aus!" – der wirklich unheimlich dick war –, kam ihm erst in den Sinn, als sie sich endgültig voneinander verabschiedet hatten. Egal, denn der Höhepunkt mit ihr war der Abend, den sie auf dieser Bank verbrachten und gemeinsam aufs Wasser und in die Nacht sahen. Sie hatte ihren Kopf in seinen Schoß gelegt und sie sahen sich an, während er ihr Gesicht und ihr Haar streichelte. Es war ruhig, keiner sprach – verloren im Sein, Stille. „Zuckersüß", flüsterte sie lächelnd und das war irre, hatte er doch einen Moment zuvor gedacht: Du bist so süß. Gedacht! Sie sahen sich an und ihre Blicke versicherten einander, dass das wirklich passiert war. Es gab also doch noch ein Dahinter. Wahnsinn! Bei dem Trip mit Patrick Giel lief all das ein wenig anders. Die Unwiderstehlichen flogen ein und schon am ersten Abend ergab sich was mit zwei Ungarinnen. Es bestand kein Zweifel, was geschehen würde, und so kauften sie am nächsten Morgen Kondome und machten einen Plan wegen der Zimmeraufteilung und dem Ablauf des Abends. Erst würde zu viert ein wenig getrunken und geschwatzt werden, dann würde sich Patrick mit der Dunkelhaarigen Richtung Strand verabschieden und nach zwei Stunden wiederkommen, um das Bett zu übernehmen. „Sieh zu, dass ich mich nicht in irgendwelche Flecken legen muss!" Dann waren sie weg. Die Blonde begann, unmittelbar nachdem die Tür ins Schloss gefallen war, dem Helden mit einen Stift und einem Blatt Papier zu erklären, dass sie keine Pille nehmen würde, beruhigte sich aber, als er mit den Kondomen herausrückte, und schaltete sofort das Licht aus. Dass es so schnell vorwärtsgehen sollte, verunsicherte fast ein wenig, aber was soll's, es gab nichts zu verlieren. Sie küsste komisch, machte das aber mit ihrem Aussehen und dem, was sie sagte, wieder wett. „You sweet. You superboy!" Das zweite Kondom flog hinters Bett und die beiden anderen kamen zurück. Vier strahlende Gesichter. Patrick wollte das Zimmer, warum auch immer, nicht mehr für sich und seine Begleiterin haben, und so gingen sie zu viert noch ein wenig spazieren und verabredeten sich für die nächste Nacht. Bei der Verabredung blieb es. Den letzten Urlaub in Ungarn gab es dann nach bestandenem Abitur mit Benedict. Die Woche war ruhig und zur körperlichen Ertüchtigung spielte man Tennis.

22

Es bleibt nichts anderes, als es kurz heraus zu sagen: Torben Sanft ging zu der Zeit, als der Held langsam seinen Zivildienst beendete und als Versicherungsvertreter im Strukturvertrieb einer Versicherungsgesellschaft ebenso gescheitert war, wie mit dem Projekt Go-Kart-Bahn, als der erste Drogentote von Saal in die Geschichte derer ein, die ihn kannten. Und dieses Ereignis scheint all die tausend glückseligen Einzelheiten, die man mit ihm erlebte und leider immer am schnellsten vergisst, zusätzlich zu überdecken. Wo sonst sollten sie sein? Bianca Zedler kam niedergeschlagen und leidenden Schrittes die Straße herunter. Man war das von ihr gewöhnt, denn eigentlich nur, wenn sie mit Torben zusammen war, war sie sich ihrer selbst bewusst und sicher, ansonsten aufgesetzt oder in Zweifel. Wie auch immer, man fragte eher höflich, was los sei. „Torben ist tot." Sie sagte es auf Nachfrage noch mal, dann ging sie weiter. Es gab in dem Moment nichts Ungläubiges, keinen Schock. In der Stadt war schon viel passiert. Irgendwer hatte irgendjemandem eine Handgranate unter den Mülltonnendeckel gelegt, und zwar so, dass der Zünder ausgelöst würde, wenn man den Deckel hebt. Den Deckel hob irgendwer anders und noch irgendwer hat dann den besagten Irgendjemand mit einer Schrotflinte erschossen und noch irgendwer anders – so wurde erzählt – ging dafür in den Knast. Torben Sanft war tot. Die Brutalität, mit der man in solchen Momenten über sich selbst kommt, liegt darin, mit seinen eigenen Gedanken in aller Rohheit konfrontiert zu werden und dort nichts von all dem zu treffen, was man vom Hörensagen, aus Kinofilmen oder anderen heroischen Geschichten kennt. Es schnürte dem Helden nicht den Hals zu oder zerquetschte ihm das Herz, und dass da ein gequältes „Warum?" war, ist auch zu bezweifeln. Es war einfach nur Stille und irgendwer musste sie durchbrechen. „Wir sollten heute Abend trinken." Man traf sich ein paar Stunden später im Schlosspark und es brauchte – nach ein, zwei Schlucken aus der Whiskyflasche – keine fünf Minuten, und allen war klar: Das war es nicht. Es gab nichts zu sagen, nichts „zu betrauern" und es gab kein Verlangen, zu trinken. Man trennte sich und ging in die Stille. Der Niederschlag setzte sich langsam und in den nächsten Wochen und Monaten erzählte man sich dann doch all die Geschichten oder dachte gemeinsam mit denen, die sie wirklich erlebt hatten, oder allein daran. Unerträglich war es aber, irgendwelche Geschichten von anderen zu hören, und noch schlimmer war es, wenn man vermutete, dass die sie nur vom Hörensagen kannten. Das Schlimmste aber war dieses „Auf Torben!", obwohl sie es sicher so meinten. Er hat wahrscheinlich bis heute keinen Grabstein, seine Mutter konnte ihn sich nicht leisten, wurde erzählt. Wie auch immer.

Sie lagen mit ausgestreckten Gliedern auf dem Boden der Spielothek am Breiten-Plan. Torben stoppte das Auto seiner Eltern spontan, als er ahnte, dass Benedict so weit wäre. Doch der stieg nicht mehr aus, um sich zu übergeben. Dann drängelt sich Torbens Pit Bull hinter dem Rücken des Helden in den Sessel und hechelt ihm unheimlich beruhigend ins Ohr. Er hat sich immer so gefreut, wenn egal wer kam, bellte wild und sprang vor Freude immer auch die an, die eigentlich Angst vor Hunden hatten. Der Held hatte ihn herausgefordert mit einem starrem Blick direkt in die Augen, der von der Sicherheit getragen wurde, dass Torben schneller sein würde als der Hund, was er dann glücklicherweise auch war, als der sich ungestüm erhob. Ansonsten war es natürlich eine Sache zwischen Held und Hund und der Held war eigentlich ein Schisser. Die Stimme des zornig drohenden Nimmrott klang gar nicht komisch auf dem Anrufbeantworter, den Torben dem Helden vorgespielt hatte. Er hatte ihm aus seiner Kneipe, wo er mal Türsteher war, zwei Spielautomaten geklaut. Jetzt hatte er Angst, aber alles im Griff, und aus dem Fenster des Hochhauses in Saal sah man ganz klein Bianca gebeugt: „Komm rauf!" Er war aus Berlin zurück und über die Tage verstreut ergab sich von seiner Zeit in Berlin das Bild einer großen sonnigen Dachwohnung. Viel Raum und der, der da zwischen den eng am Ohr stehenden Standboxen saß und sich bedröhnen ließ, war man beinahe selbst. Grün. In Torbens Erzählungen war es einer von denen, die dort mit ihm zusammen wohnten, manchmal er selbst gewesen. Nachts mussten sie Schutzgeld eintreiben und die Meisten waren wohl ständig auf irgendwas drauf. Dass auch Torben schon mal gekifft haben musste, war klar, aber die Typen, von denen er erzählte, waren nicht er und nahmen sicherlich Sachen, von denen der Held noch nicht mal wusste, dass es sie gibt. Auf jeden Fall ist Torben irgendwann von Berlin abgehauen und dass er wieder in der Nähe der Heimatstadt war, durfte auch keiner wissen. Er war böse reingerutscht. Wie und wie tief wirklich, wusste nur er. Aber blöd, das stand fest, waren die anderen. Auf der Rückfahrt von Sternheidnitz hörten sie Bon Jovi. „I'm a cowboy, on a steel horse I ride. I'm wanted, dead or alive." Es war absolut seins und er lächelte in seinem weißen Blazer. Als der Held ihn eines Abend verließ, schlug sein Herz wieder in dem Takt, den es immer haben sollte, der gleiche, wie an dem Tag, als der Held, nachdem Marie nackt auf ihm zusammengebrochen war, in die Spielothek schwebte und dort alle vom Tisch fegte. Der gleiche Takt, der manchmal beim Billardspielen auftauchte und später auch mit Sophie oder Mia, und dem es lohnt, hinterherzulaufen. In diesem Takt kann dir nichts etwas anhaben, DU BIST. Und so war es kein Problem für den 63-Kilo-Hänfling, den drei finsteren Gestalten an der Tankstelle so, wie damals Manni Großholz, zu begegnen, als sie ihn, förmlich nach Streit stinkend, wegen seiner vielleicht etwas forschen Einfahrt in die Tankstelle anmachten. Egal! Geraden Schritt! Bla, Bla, Bla, Adrenalin. „Was würdest du machen, wenn ich dir auf die Fresse haue?" „Dann hätte ich wohl ganz schön Pech", antwortete die ruhige Stimme und der Held wusste – froh, dass es seine war –, dass das genau der richtige Satz gewesen war. Die Aufgeregten fingen an, miteinander zu reden und sich gegenseitig zurückzuhalten. Er fuhr. Alles war einfach richtig. Der Takt machte es und Torben Sanft konnte ihn anstoßen.

Torben Sanft war an seiner Kotze erstickt. Die anderen auf der Party hatten nicht den Arzt gerufen. Er war tot und der Winter begann.

20 BIS 23

Seit den 11 000 Mark gegen Großholz war auch beim Billard nicht viel Aufregendes passiert. Man nahm sich ab und zu gegenseitig ein paar Mark ab und besonders Yves Wehler wusste meist nicht, wann er besser hätte Schluss machen sollen. Dennoch, er war es, der dem Helden Beispiel für die Musik des Spiels gewesen war und mit dem er in dem Puff in Mornau gezockt hatte. Irgendein langhaariger großer, angetrunkener Typ wollte hier unbedingt verlieren und es wurde ziemlich flau im Bauch, als der Zufall es so wollte, dass die weiße Kugel, als der Held anstieß, so unglücklich von den aufgebauten Kugeln absprang, dass sie diesen Typen direkt zwischen den Augen traf. Er taumelte ein paar Schritte zurück, dann ging er forsch auf den Helden los und fing sich erst kurz vor ihm wieder – wahrscheinlich langsam klar werdend und einsehend, dass das nicht Absicht gewesen sein kann. Spiele nie betrunken! Spiele nie mit Betrunkenen um Geld! Auch Benedict Lindlaub lernte diese Lektion, als er in Sternheidnitz Yves aushalf, der gerade im Begriff war, gegen irgendeine betrunkene Nülle sturzbetrunken zu verlieren. Er übernahm das Spiel und erspielte wohl, außer dem Ausgleich des Minus, noch einen kleinen Gewinn, bis ihn einer der Rausschmeißer bis vor die Tür begleitete. Yves fiel das erst nach etwa einer Stunde auf, der Held war am tanzen und Benedict stand draußen und wartete. Sieht man beim Billard mal vom Geld ab, was man vielleicht öfter tun sollte, gab es besonders in der nahe liegenden Großstadt viel zu lernen und es gab hier, wie überall, am Anfang ein paar Niederlagen, aber immer noch jede Menge Ehrgeiz und genug Selbstvertrauen, um an den Niederlagen wachsen zu können. Robert Stock war der absolute Härtefall und spätestens als man auf ihn traf, stand fest, entweder man schießt das Spiel von der ersten bis zur letzten Kugel aus, legt einen Safe und hat Glück oder man verliert. So einfach war das und die Aufgabe stand. Zur Psychologie beim Billard ist so viel zu sagen, als dass ihre Kenntnis den Gewinn – nach Punkten oder Geld – steigern kann, das aber nur gegen diejenigen, die selbst zu sehr mit der Psychologie, das heißt, ihren eigenen Gedanken über Sieg oder Niederlage, beschäftigt sind und in allem irgendwelche Zeichen suchen und finden. Ansonsten gilt: Kümmere dich nicht um das Spiel oder die Spielchen deines Gegners! Der Verzicht auf Emotionen ist deswegen nicht unwichtig. Leute, die dazu neigen, eher über das Spiel ihres Gegners nachzudenken als über ihr eigenes, oder über dieses zu sehr, versetzen sich damit in dauernde geistige Bewegung. Auf der Suche nach Zeichen schwanken sie ständig zwischen „Zufall!" und „Absicht?" und merken kaum, dass das für den Ausgang des Spiels letzten Endes keinen Bedeutung hat, denn gewinnen muss man selbst, und ob der andere mit Glück gewinnt oder mit Pech verliert, ist höchstens noch ein Gradmesser für die Meisterschaft des eigenen Könnens. Spielentscheidend aber ist ausschließlich Letzteres. Ja, Billard ist schon eine kleine Schule des Lebens. Kenne dich selbst! Robert Stock hatte es auf jeden Fall drauf, den Gegner in Zweifel zu stürzen. Er spielte einfach sein Spiel und das war so gut, wie es war, hatte er Glück, war das genauso uninteressant wie das so genannte Pech. Im Übrigen sind beide lediglich die Konsequenzen von Risiko und Meisterschaft oder deren Mangel. Es läuft also immer darauf hinaus: „Spiele, lerne, kümmere dich nur um die Sache, den Tisch. Du bist es, der sein Spiel gewinnen muss, dein Gegner ist höchstens pausenfüllende Inspiration." All die anderen kleinen Weisheiten des Zockens, wie zum Beispiel „Lasse deinen Gegner immer in dem Glauben, er könnte gewinnen!", fallen lediglich in die Kategorie „Verstärke den Selbstbetrug deines Gegners" und bringen dich und dein Spiel nicht vorwärts. Abgesehen von diesen kleinen Wahrheiten, ist es nicht zu leugnen, dass man gute und schlechte Tage haben kann. Manchmal klappt alles, manchmal nichts. Was aber das Höchste ist, sind die Momente, in denen die Zeit nicht existiert, alles irgendwie im Fluss ist und alles eins. Du stehst nicht mehr neben dir in permanenter Selbstbeobachtung. Den Winkel so oder so? Rückläufer, Ablage? Wie läuft die Weiße aus der Bande? Man hört nichts mehr, merkt nicht, wie man um den Tisch läuft, und eigentlich sieht man auch nichts mehr, zumindest nicht so, wie man sonst sieht. Man ist eins mit dem Spiel, man ist das Spiel und irgendwann richtet man sich auf, geht vom Tisch und fragt sich, wo man gerade war und wie man dorthin gekommen ist. Es passiert nicht oft, aber es passiert, und das nicht nur beim Billard. Die Krönung dessen, was der Held im Halbernst seine „Billardkarriere" nennen könnte, war, neben der Erfahrung solcher Momente der Einheit, der Sieg gegen Robert Stock auf diesem Turnier. Hier kam alles zusammen, was einem das Leuchten in die Augen treiben kann. Wie auch immer, es ging auf fünf gewonnene Spiele und Robert hatte das erste, zweite, dritte und auch noch das vierte gewonnen. Keine Ahnung, wie, aber es gab für den Helden nur noch eins: entweder ausschießen, Safe legen und Glück haben oder verlieren. Und genau das passierte, obwohl es schon nach dem dritten Spiel wahrscheinlich keiner der Zuschauer mehr für möglich gehalten hatte. Egal! Es ging nur so. Im fünften Spiel machte Robert einen Fehler und verlor. 4:1, Anstoß, ausgeschossen, 4:2, Anstoß, Safe gelegt, Glück gehabt, ausgeschossen, 4:3, Anstoß, ausgeschossen, 4:4, Anstoß, ausgeschossen. 4:5 Sieg, erwachen, atmen. Man war gut und für kurze Zeit war man der Beste.

Irgendwann zwischen Benedicts Verhaftung und dem Tod von Torben muss es auch gewesen sein, dass sich Yves und der Held einen neuen Patienten teilten – Uwe Liebrandt. Er war irgendwo Ende dreißig und aus dem Westen gekommen, um in Sohlstedt eine kleine Billardbar zu eröffnen. Im Gegensatz zu Manni Großholz war er wirklich einer der Besseren, die aber meist dazu verdammt sind, an ihren guten Absichten zu scheitern. Er war der geborene Entertainer und richtete ab und zu kleine Turniere aus, an denen lediglich die Sohlstedter Lokalmatadore teilnahmen und auf denen sich Yves, der Held und manchmal auch Benedict so lange die ersten Plätze teilten, bis niemand mehr Lust hatte, an den Turnieren teilzunehmen. Uwe Liebrandt spielte wahrscheinlich eher mit den Jungs, weil er sie mochte, nicht, weil er gegen sie gewinnen wollte, und meinte immer: „Ich bezahl' gerne dafür, dass ich mit euch spielen kann! Ich lern' ja auch was dabei." Er verlor nie mehr als 100 Mark am

Tag, zu den Hochzeiten aber jeden Tag. Warum auch immer er es getan hat, man war gerne bei ihm, und zu der Zeit, als der übliche Tagesablauf war: Lehre, Geld holen bei Uwe, mal sehen, was kommt, hatte man manchmal beinahe ein schlechtes Gewissen. Vielleicht musste Uwe seinen Laden schließen, weil irgendwer zu viel Schutzgeld wollte, vielleicht, weil er ein paar Jungs fürs Billardspielen zu viel Geld geschenkt hatte, vielleicht, weil sein immer lustiger Barkeeper Henne zu viel getrunken hatte? Wer weiß. Henne war auf jeden Fall ein Urgestein mit langen Haaren und Vollbart, der sich öfter selbst damit charakterisierte, dass er direkt an seinem Fernseher eine Literflasche Cognac wie in einer Bar angebracht hatte und so zapfen konnte, ohne aufzustehen. Vielleicht musste Uwe auch schließen, weil sich die Schublade mit den Anschreibezetteln bis zum Überquellen gefüllt hatte? Auf jeden Fall hat er dem Helden, als es so weit war, angeboten, sich doch die beiden Billardtische irgendwann nachts mal abzuholen, wenn die Alarmanlage zufällig nicht scharf geschaltet wäre. Man dachte gemeinsam mit den Freunden darüber nach, tat es nicht und ärgerte sich später manchmal darüber.

21 UND 22

Das Abitur war bald vorbei. Zur Matheprüfung sollte der unerschütterliche Glaube des Helden daran, dass er sowieso bestehen würde, noch mal auf eine schwere Probe gestellt werden. Am Ende hatte es haarscharf gereicht. Vornote vier, Prüfung vier, durch, und ein paar nette Erinnerungen an die wirklich großartig aussehende Lehrerin. Man hatte oft überlegt und diskutiert, ob sie nun einen BH trug oder nicht, und hätte vielleicht doch nicht im Unterricht schlafen sollen. In Englisch lag die Sache anders. Vornote zwei, schriftliche Prüfung eins. Herr Philbrunn meinte: „Mach mal noch die Mündliche!", aber der Held war sich wegen des guten Verhältnisses zu ihm sicher, dass die Chancen für Endnote eins gut standen, und gab sich gleichgültig. Es wurde eine zwei und nach ein wenig Groll und etwas mehr Nachdenken war klar, warum Philbrunn das getan hatte, ja, tun musste. Der Rest ist Geschichte und mit einem Durchschnitt von 2,6 konnte man zwar nicht Medizin studieren, aber es war okay. Die Klasse trennte sich und was blieb, war die Verbundenheit zu Torsten Liener, der irgendwann mit Frau und Kind zum BA-Studium nach Brandenburg zog, und Sandro Maltus, mit dem den Helden unter anderem der Ansatz zur ersten Geschäftsgründung verband. In der Spielothek in der Friedrich-Wilhelm-Straße war immer noch alles beim Alten, nun aber älter, gealtert und nicht nur im Bezug auf das Mobiliar heruntergekommen. Der Fußboden löste sich langsam auf und während des laufenden Geschäftsbetriebs plünderte irgendwer irgendwann den Zigarettenautomaten, das heißt, er wurde einfach auf den Kopf gestellt. Die Aufsicht war zufällig auf Toilette, während all das geschah, und hatte natürlich nichts gehört. Auch die drei Überfälle auf die Spielothek gingen offensichtlich auf das Konto irgendwelcher Stammgäste. Mit Motorradhelm maskiert, kam zu ruhiger Stunde jemand herein und forderte die Aufsicht auf: „Gib mir das Geld!" Als er dann aber ihrer Panik gewahr wurde, meinte er, wahrscheinlich vom Schock angesteckt: „Bleib ruhig, Andrea! Ich will dir nichts tun." Die Stimme hat sie selbstverständlich nicht erkannt. Wie auch immer, nach dem dritten Mal war dann wohl endgültig auch damit Schluss. Man kam immer seltener hierher und auch Springer, Sunny und Knopp machten sich rarer. Sie wendeten sich in Richtung des mehr oder weniger Legalen. Es gab zwar Pläne für ein paar Versicherungsbetrügereien und irgendwelche Pyramidenspielchen, in deren Planung der Held eingebunden war, aber all das war schon im Ansatz zum Scheitern verurteilt, ebenso wie die ausgiebig geplante Bestellung diverser Computer auf eine Briefkastenadresse. Den Namen, der an die leere Wohnung geschrieben wurde, hatte sich der Held ausgedacht – „Gerricht". Als Wochen später tatsächlich das Lieferdatum und einige Formalitäten per Post gemeldet wurden, brach kurz Panik aus. Niemand hatte mehr an den Namen gedacht und das Erste, was Knopp sagte, als der den Umschlag aus dem Briefkasten holte, war: „Gericht! Scheiße, die ham uns!"

Die Aufregung legte sich, als man sich an den gewählten Namen erinnerte, und sie schütteten sich noch oft gemeinsam darüber aus. Dass auch das Projekt „Toilettenwerbung" glorios scheitern würde, war dem Helden nach der großen Eröffnungsveranstaltung, zu der die gesamte Spielothekenkumpanei geladen war, ziemlich schnell klar. Der Großteil der Zeit ging dafür drauf, das sich der erste, zweite und dritte Geschäftsführer und ein paar andere Postenträger vorstellten, die dann den Rest der Zeit damit verbrachten, die etwa zehn Zuhörer davon zu überzeugen, dass sie Werbeflächen in Stoppschildform an Toiletteninnentüren verklingeln sollten, natürlich im Strukturvertrieb und hier brachte das Führungskomitee – Springer, Sunny, Knopp – seine gesamte Erfahrung aus Versicherungszeiten und Drückerkolonnen ein. Die Idee begeisterte schon und war zu allem Vorherigen – besonders in Bezug auf Legalität – ein Quantensprung. Aber für die Umsetzung hatte der Held andere Pläne und die besprach er nach reiflicher Überlegung mit Sandro Maltus. Beide waren in der Lehrklasse schnell aufeinander aufmerksam geworden und hatten öfter gemeinsam im Chemiewerk Praxiserfahrungen gesammelt. Spätestens aber, als sich herausstellte, dass ungefähr zur gleichen Zeit, als der Held mit Marie zusammen war, Sandro öfter deren allein stehende Mutter zu diversen Aktivitäten traf, war jedem der beiden klar, dass hier eine Freundschaft begonnen hatte. Sandros Vater, selbst allein stehend, hatte schon länger was mit Maries Mutter gehabt und übergab sozusagen irgendwann an seinen Sohn. Natürlich wurde nichts aus den gemeinsamen Toilettenwerbeplänen. Man plante und plante und plante und als dann eigentlich die Durchführung dran gewesen wäre, fanden sich immer irgendwelche Gründe zur Verzögerung. Vor allem die Frage, wer macht was, wurde so lange heiß diskutiert, bis gar nichts mehr zu tun übrig blieb. Ein Hefter voller Entwürfe, Adressen, Rechenbeispiele und Argumentationsfragmente war das endgültige und abschließende Resultat. Aber sowohl für Sandro als auch für den Helden stand fest, dass es wohl irgendwie in Richtung Selbstständigkeit zu gehen hatte, in welcher Branche auch immer. Der zweite Versuch ergab sich aus einer Billardbe-

kanntschaft. Mittlerweile zum Spielen wieder nach Saal zurückge-
kehrt, tauchte irgendwann Jan auf. Er spielte nicht schlecht und
verlor einige Male ganz angenehme Summen. Irgendwann brachte er seinen Freund Gabor mit und auch der schien keine Probleme damit zu haben, ein paar Scheine zu lassen. Dass sie in Wirklichkeit etwas vom Helden wollten, sagten sie nie so richtig, deu-
teten aber oft an, dass man mal einen Gesprächstermin vereinba-
ren müsste. Bis es so weit war, hielten sie den Helden mit zocken
bei Laune. Irgendwann trafen sie sich dann in ihrem Büro und er
ließ sich das mit den Versicherungen und dem Strukturvertrieb
erklären. Die zu erwartenden Ergebnisse präsentierten sie mit
ihren Autos. Es war klar, worauf es hinauslief: Verkauf ein paar
Versicherungen – „Geht ganz schnell!", such dir ein paar Leute,
die Versicherungen verkaufen – „Kein Problem, du kennst doch
'ne Menge Leute!", werde reich – „Alles prima, alles schön!", fahr
zum Grundseminar – „Hör's dir mal an, ist interessant ... Ja, ja,
auch Psychologie!", denn das war das Einzige, was ihn, mal abgesehen vom Geld, wirklich daran interessierte. Das Wort „Gehirn-
wäsche" war dem Helden in diesem Zusammenhang schon unter-
gekommen, natürlich nicht aus dem Mund von Jan oder Gabor.
Vielleicht war es Yves gewesen, der schon einschlägige Erfahrungen in einer Drückerkolonne gesammelt hatte, und wusste, dass
das scheiße ist, vielleicht waren es die Eltern, die warnten und
immer noch so taten, als gäbe es das Sparbuch überhaupt nicht.
Egal! Was auch immer auf diesem Seminar erzählt werden würde,
einem Typen wie dem Helden das Hirn zu waschen – unmöglich.
Man gab sich also cool, kaufte ein Sakko und eine Krawatte und
fuhr mit Jan in seinem kleinen Sportwagen zu einem netten Wochenende in ein hübsches Hotel. Gabor kam mit seinem 5er BMW
und lernte an dem Wochenende die hübscheste Frau ever kennen, die er zwei Jahre später auch noch ab und zu mit seinem
Trabant besuchte und wahrscheinlich das letzte Mal gemeinsam
mit dem Helden sah, als beide sie fragten, ob sie für ein, zwei
Wochen bei ihr unterkommen könnten. So weit man das absehen
kann, war er wirklich schwer in sie verliebt. Im Moment war die
Welt für alle in Ordnung. Jan und Gabor hatten einen Hoffnungs-

träger auf Seminar sitzen, der bald für sie Geld verdienen würde, und derselbe war bereit, die Chance, falls sich wirklich eine bieten würde, zu nutzen. Denn wenn man selbst keine Antwort auf die Frage hatte „Wie komme ich schnell an viel Geld?", konnte man ja ruhig auch mal auf andere und deren Plan hören. Das Hotel war schön und es war lustig, so viele wichtige Menschen zu sehen. Der Held war einer von ihnen und nach zwei Tagen Information, Motivation und Isolation schwebte er, wie alle anderen, aus dem Aufzug und verabschiedete sich von den Mitlernenden mit dem Satz: „Wir sehen uns in New York!" Die Reise war für Verkaufs- oder Strukturerfolge ausgeschrieben und es zweifelte wahrscheinlich keiner der Seminarteilnehmer daran, sie zu gewinnen. Die Wochen danach waren aufregend. Ein Büro, ein Haufen Großverdiener, die Wände voller Zielprojektionen, jede Menge Bewegung und die ersten Einsichten in die Zerwürfnisse des goldenen Strukturvertriebs. Natürlich! So riesig und so leicht, wie es auf dem Grundseminar geschildert wurde, konnte es nicht sein, das war schnell klar. Aber was soll's, selbstverständlich muss man was für den Erfolg tun. Zu lernen gab es genug und man war bereit, die Sache ernst zu nehmen, sein eigener Chef zu werden, und war froh darüber, endlich (man könnte auch sagen „mal wieder") eine Möglichkeit gefunden zu haben, die einen vor dem ach so normalen Weg retten konnte. Der Wille war da und spätestens nach den Abiturprüfungen in zwei Monaten hätte man genug Zeit, um bis zum Beginn des Zivildienstes den Grundstein unermesslichen Reichtums zu legen. Der Zivi-Antrag war nach der entwürdigenden Musterungsprozedur – „Drehen Sie sich mal auf die Seite und heben Sie Ihre Pobacke hoch! ... Ziehen Sie mal Ihre Vorhaut zurück!" – etwas glücklich, aber problemlos durchgegangen.

21 BIS 23

Sandro Maltus wurde schnell mit ins Versicherungs-Boot geholt und man verzeichnete erste Erfolge. Jan liebte die beiden Neuen, verhalfen sie ihm doch dazu, endlich mit Gabor auf der Erfolgsleiter der Struktur gleichzuziehen und ein paar Mark zu schnappen. Für Gabor hatte das jedoch zur Folge, dass er nun nichts mehr an den Leuten unter Jan verdiente, und andere hatte er nicht. Von Monat zu Monat wurden die Probleme deutlicher und es wurde klarer, dass das hier eher ein Sammelbecken für die war, die nichts wussten und trotzdem was werden wollten, oder die, die nichts geworden waren und jetzt was sein mussten. Es dauert eine Weile, bis man das wirklich begriffen hatte. Und jeden Monat aufs Neue von den Hotelwochenenden und Schulungen berauscht, tat man vieles, was damals Herausforderung zu sein schien, und dessen Absurdität unter dem gängigen Erklärungsmuster „Außergewöhnliche Leute tun Außergewöhnliches und werden dadurch außergewöhnlich erfolgreich" begraben wurde. Die krönendste Nummer war Drücken im Neubaugebiet. Maik Säbel, der Häuptling der Struktur in Saal, dessen Freundin irgendwann gegen Ende dieses Kapitels das Bedürfnis hatte, den Helden näher kennen zu lernen, hatte aufgeschnappt, dass die Wohnungen verschiedener Plattenbauten an die Mieter verkauft werden sollten. Was lag da näher, als denen klarzumachen, dass das mit einer Lebensversicherung prima zu finanzieren sei, und so machten sich Gabor, Sandro, der Held und noch ein paar andere auf, um Klingeln zu putzen und ein wenig Spaß im Neubaugebiet zu haben. Die Erfolge waren mäßig, das heißt, neben den Beschimpfungen einer älteren Frau, die zwar zuhören wollte, es aber nicht konnte, weil sie eben nichts hörte, und dem ständigen Herzklopfen an jeder Tür gab es nur einen, der Sandro und den Helden hereinließ. Während die beiden „Finanzberater" sich aus Mangel an Wissen um Kopf und Kragen zu reden begannen und sich mehr und mehr in Improvisationen verloren, schraubte er die ganze Zeit so nervös an seinem Kuli rum, dass man wirklich den Eindruck haben konnte, er hätte Angst vor der geballten Argumentationsgewalt, die ihn irgendwann zu etwas bringen könnte, was er doch gar nicht wollte. Natürlich kam es nicht zum Vertragsabschluss, aber solche und ähnliche Aktionen waren es, die immer klarer werden ließen, dass hier von Grund auf etwas nicht stimmte. In der Nachbetrachtung ist es leicht, zu sehen, wo das Problem lag. Es wurde zwar dauernd vom unschlagbar tollen Produkt geredet und darüber, wie wichtig eine Renten- oder Lebensversicherung ist, aber den Schwerpunkt der ganzen Schulungen und Motivationsveranstaltungen bildete eben nicht der Kundennutzen, sondern das Kundenbeschwatzen – zumindest ging es immer um Verkaufserfolg. All die psychologischen Kniffe des Verkaufens, angefangen bei Maslows Bedürfnispyramide und endend beim Standardsatz zum Thema Glaubwürdigkeit: „Wer von Geld redet, muss aussehen, als hätte er welches.", drehten sich nur um die Unterschrift. Natürlich konnte man auch alles von der anderen Seite sehen, aber dann schien Schluss zu sein mit der schnellen Mark. Egal, letzten Endes hatte man immer das Gefühl, sich jemandem aufzudrängen, und mal ehrlich, verkaufen wollte eigentlich niemand wirklich, es war das lästige Nebenbei, das man so schnell wie möglich hinter sich bringen wollte, um endlich mit dem Strukturbau beginnen zu können, obwohl immer klarer wurde, dass das auf den gleichen Scheiß hinauslief. Dennoch, man nahm die Sache ernst und auch wenn die Zielstellungen immer wieder korrigiert wurden, es gab Dümmere, die es zu etwas gebracht hatten. Loose war so ein Beispiel. Innerhalb von zwei Monaten hatte er ungefähr 30 000 Mark an Provision kassiert und so nicht unwesentlich dazu beigetragen, dass sein „Strucki" sich für gottgleich hielt und sich mal eben einen neuen BMW M3 für um die 100 000 Mark bestellte. So was geht nicht spurlos an einem vorüber. Als dann aber nach etwa drei Monaten die ersten Stornos kamen und nach weiteren drei Monaten feststand, dass alle Verträge getürkt waren – im Klartext heißt das, es waren Namen und Adressen von Toten oder sie waren einfach frei erfunden –, zeigte sich mal wieder, dass alles heiße Luft war. Auch wenn man sich selbst noch mal sechs Monate gab, um noch eine Stufe auf der Strukturleiter höher zu kommen, stand spätestens jetzt fest, dass mit Ende des Zivildienstes Schluss mit Strukturvertrieb wäre. Es war nicht das Richtige. Wie schlau auch immer man im Nachhinein darüber reden kann, in der Hochzeit war die Versicherung alles und das merkten auch die besten Freunde. Yves drohte dem Helden irgendwann an, dass er ihm auf die Fresse hauen würde, wenn der ihm noch mal „mit dem Scheiß" käme, und obwohl auch Benedict mal mit auf Grundseminar war, war klar, dass er verachtete, was da lief. Yves hatte Recht und irgendwann kurz vor Ende des Zivildienstes verkaufte der Held seine Büroeinrichtung, die ihm die Eltern gesponsert hatten, an einen Typen aus der Kategorie der Looses und verließ gemeinsam mit Gabor den Strukturvertrieb. Gabor hatte, wie der Held, im letzten Jahr wenig bis nichts mit dem Verkauf von Versicherungen verdient, muss aber am Anfang mal dicke dabei gewesen sein und war zu ähnlichen Einsichten gekommen, wie der Held. Auch wenn sie sich oft gemeinsam die Dinge schön geredet und mit Zukunftsprojektionen die Gegenwart übertüncht hatten, arbeiteten sie doch schon während der Versicherungszeit gemeinsam an anderen, besseren Projekten. Immerhin hatten sie ja ein Büro, auch wenn das, mit der ganzen Struktur, alle drei Monate umzog. Projekt eins hieß „Go-Kart-Bahn". Der Held war voller Begeisterung, nachdem er auf dem Parkplatz des Großen Einkaufszentrums an der Autobahn so einen kleinen Wagen dermaßen hart am Limit gefahren hatte, dass man ihn von der Strecke warf. Chef der Freiluftbahn war der mittlerweile ex-ober-brutalo-kriminelle Pomerenko, der beim Platzverweis unerwartet umgänglich war, und was der kann, das kann nicht so schwer sein, als dass es der Held nicht auch hinkriegen sollte. Es dauerte nicht lange, bis Gabor ebenso begeistert war, und feststand, dass man gemeinsam das Gleiche in der Stadt tun würde, in der die Grundseminare stattgefunden hatten. Dort gab's so was noch nicht. Der Plan stand und auch die Ausführung ließ sich gut an. Auf der Stadtverwaltung bekamen sie problemlos die Zusage für einen Teil des Parkplatzes am Stadtstadion für angenehme 50 Pfennig pro Quadratmeter und Monat. Quartier sollte bei Gabors Ex, der hübschesten Frau ever, genommen werden, die die Eroberer jedoch abblitzen ließ. Von solchen Kleinigkeiten ließ man sich aber nicht abhalten. Das Geld für die Go-Karts wollten sie über Sponsoren auftreiben. Mit geballter Verkaufserfahrung im Rücken wurden dafür vier Wochen angesetzt und als nach drei Wochen und vielleicht 70 Firmenbesuchen irgendwas um die 5000 Mark in der Kasse waren, war klar, dass es diesen Sommer wohl nichts mehr werden würde. Sie dachten noch kurz darüber nach, ob sie das Geld trotzdem behalten sollten, entschieden aber, es zurückzugeben. Projekt eins war gescheitert. Die übrigen Projekte sind kaum der Rede wert und wurden nur in Ansätzen angegangen. Eins davon war Spielplätze für die Stadt zu bauen und das Ganze mit einer kleinen Gewinnspanne über Sponsoren zu finanzieren. Na ja, zumindest hätte hier die Zielsetzung gestimmt, die eher eine logische Konsequenz aus den Erfahrungen mit dem Versicherungsvertrieb war, als ein genialer Einfall.

Am Ende war alles zumindest aufregend gewesen und schien wenigstens in der Hinsicht nicht wirklich von Bedeutung, als dass man ja vorschützen konnte, dass man anfangs noch das Abitur zu Ende bringen musste und danach Zivildienst zu leisten hatte. Also war alles nur nebenbei und wenn nicht, dann eben nicht. Aber so leicht war es nicht. Immerhin ist einem ja auch mit 22 schon klar, dass es eine Zukunft gibt, und um die war es bei all den Projekten immer gegangen. Es ging darum, etwas zu machen, etwas selbst zu machen, um ja dem normalen Lebenslauf und dem, was man abschätzig „gewöhnliche Arbeit" nannte, zu entgehen. Aber nichts hatte geklappt und alles, was gewonnen war, waren Unmengen an Erfahrungen. Gelernt hatte man schon was und das machte man sich, da es das Einzige war, was blieb, immer wieder klar. Es konnte nur noch aufwärts gehen, so, wie es eigentlich – das wurde oft gemeinsam mit Gabor festgestellt – dem Trend nach schon immer aufwärts gegangen war.

Nichts hatte geklappt. Die kriminelle Karriere war gescheitert, beim Zocken war man betrogen worden, Torben war gestorben, der Zivildienst war in zwei Monaten zu Ende und es gab immer noch keinen Plan für das, was man so „Leben" nennt. Man würde sich wohl irgendwo bewerben müssen – was für eine Tragödie. Der Held ließ sich die Haare wachsen, holte seine Boots wieder aus dem Schrank und versuchte, mal wieder mit Billard anzufangen.

22 UND 23

Irgendetwas war zu Ende. Die Kreise, die das Denken beschreibt, waren sicher mit den Jahren immer größer geworden, hatten sich mehr und mehr vom Hier und Jetzt verabschiedet. Das Denken, gefangen im Erleben der Gegenwart, dem die kindliche Seele allein gewidmet ist, hatte sich, spätestens seit den Erlebnissen rund um Alexander Knopf, zu Fragen an diese Gegenwart aufgeschwungen und diese, mit den ersten wirklichen Entscheidungen um die Zukunft, zu etwas, das zu bewältigen war, erhoben. Unschuld ist Sein ohne Fragen und Gegenwart ohne Zukunft und Vergangenheit. Doch dauernd holt den wachsenden Geist die Zukunft ein und schnell meint er, abgeleitet aus den Erfahrungen über die eigene Vergangenheit und Gegenwart sowie die der anderen, auch seine Zukunft bestimmen zu können. Er wird zum Schaffenden, zum Bildner, begreift sich als aktiven Teil in einer völlig neuen Qualität und berauscht sich an den Erfolgen seiner Voraussicht. Alles scheint möglich, auch wenn es allzu oft nur das Mögliche selbst ist, das ihm zur Bearbeitung zur Verfügung steht. Die Göttlichkeit der Jugend, die freie Konstruktion der Zukunft hat keinen Sinn für Grenzen, kann sie maximal erleben. Die Kosten der Nichtbeachtung der Grenzen des Möglichen fangen langsam an, durchzuschlagen, und mit dem Virulentwerden dieser Kosten schleicht sich das Warum ins Leben. Völlig unverständig, zuerst nur auf das Wie bezogen, das aller Konstruktionen Anfang ist, gewinnt es sich mehr und mehr einen eigenen Platz und hilft im Anfang dem Wie auf die Sprünge. Dennoch scheint das Warum beinahe dazu verurteilt, irgendwann nur noch um sich selbst zu kreisen. Vom um sich selbst kreisenden Warum gab es bisher nur Vorzeichen, vereinzelte Spuren, aber in keiner Weise eine auch nur vage Ahnung davon, wie weit sich so etwas auswachsen kann. Das Wie war immer noch der entscheidende Punkt, das Warum nur seine Krücke, aber die Kosten aus der Nichtanerkennung von Grenzen wurden, obwohl im Großen von den Eltern abgefangen, immer drückender. Aus der unendlichen Weite des Lebens war ein Gewirr von Straßen geworden, irgendwann stand man dann, trotz aller Schüsse in das Weite und Leere, in einer von diesen Straßen und die schien nun, immer enger zu werden und immer weniger Abzweigungen zu haben. Was auch immer die Zeit bei der Versicherung gebracht hatte, geblieben sind auf jeden Fall ein paar Bücher. Die Frage nach Möglichkeiten war immer drängender geworden und es ist nicht verwunderlich, dass man gerade über die Versicherung auf Bücher stieß, die letztendlich ein „Alles ist möglich!" verfochten und eher in die esoterische Ecke gehören. Die Weite im Kopf wurde größer und größer, die Enge des Lebens immer bedrückender und das Handeln schien mehr und mehr fehlgeleitet. Einen Begriff vom sinnvollen Handeln brachte dagegen der Zivildienst. Nicht etwa so, dass man sich bei dem, was man da tat, dauernd selbst auf die Schulter klopfte und sich sicher war, etwas wirklich Wichtiges zu tun. Nein. Es war eher ein Gefühl einfacher Zufriedenheit, das mit den meisten Tätigkeiten dort verbunden war. Nichts Heroisches, sondern etwas Einfaches. Die Herausforderungen waren im Allgemeinen nicht übermäßig, es gab nichts Kompliziertes, dessen Bewältigung einen vor größere Probleme gestellt hätte, nichts dergleichen. Man fuhr morgens mehr oder weniger behinderte Kinder zur Schule, holte sie nachmittags ab, karrte alte Leute zum Tanzabend, erledigte Einkäufe, brachte den Müll raus, ging den Schwestern zur Hand, fuhr Essen aus. Alles nichts Besonderes, aber eben – und das war der große Unterschied zu allen bisherigen Aktivitäten – notwendig, und zwar in dem Sinne, dass es immer einen Menschen gab, der genau das, was man selbst tat, eben nicht tun konnte. Man half und verkaufte nicht. Der Tod ließ auch hier von sich hören. Näher als damals, als man hörte, dass eine ehemalige Klassenkameradin bei einem Autounfall gestorben war, näher auch als der Krebs- oder Wendeschock-Tod von Berthold Ritter, dem Klassenlehrer aus der Neuenburger Schule, aber nicht so nah wie die Geschichte mit Torben. Das mit dem Tod war gewöhnlicher hier, natürlich, wenn auch manchmal unverständlich. Dass die über 80-jährige Frau irgendwann sterben musste, die auf den Urlaubsfahrten in ihren Geburtsort oder bei den üblichen Besuchen zum Kohlen holen und Medikamente verabreichen immer die Geschichten vom Krieg, den Juden, der korrupten Kirche und der russischen Prinzessin erzählte, mit der sie gemeinsam in Russland im Internierungslager gesessen hatte, war traurig, aber hinnehmbar. Dass diese dicke Frau Mitte vierzig aber sterben musste, weil sie einen vereiterten Zehennagel hatte, war schwer zu begreifen. Von einigen anderen nahm man es nur am Rande wahr. Manche der Kinder, die man zur Schule fuhr, brachte man mit eher gemischten Gefühlen nach Hause zurück, weil man wusste, dass ihre Eltern abgrundtief anders waren, als die eigenen. Auch das Wort von „geistiger Behinderung" verlor seine Klarheit, die Meisten sind eben doch Personen mit eigenem, durchaus bewusstem Willen, auch wenn das schwer zu begreifen ist in Momenten, in denen sie ihre Lehrer anfallen oder ihren Kopf beinahe bis zur Bewusstlosigkeit gegen die Wand schlagen und nur schwer zu beruhigen sind. Man kann dennoch mit ihnen reden, sich beinahe unterhalten. Es war kaum zu glauben, was alles möglich ist. Frau Bach und ihre Wohnung zum Beispiel: Bei ihr gab es keine Tür, sondern nur einen schweren versifften Vorhang, der die Wohnung vom Hausflur trennte. Es war dunkel, es stank und von Chaos in dem Raum zu reden, den man eigentlich nicht Wohnung nennen konnte, ist untertrieben. Es war eine Müllhalde. Sie war Alkoholikerin und in der einen Ecke des Raumes sah es so aus, als würde dort ab und zu mit offenem Feuer geheizt. Hier lebte also mitten in den Neunzigern in Deutschland eine Frau, deren Alter nicht schätzbar war und die immer irgendwas aus dem ganzen Müll hervorkramte, um es demjenigen zu schenken, der ihr das Essen brachte. Manches konnte man ertragen, manches nicht. Das eingefallene Mütterchen auf dem Küchenstuhl mit Rollen sollte gewaschen werden, so hatte es die Schwester, zu deren Begleitung der Held eingeteilt war, angewiesen. Wie konnte sie das verlangen? Augen zu und durch. Beim Ausziehen musste man ihr glücklicherweise nur ein wenig helfen, aber um sie in die Badewanne zu legen, musste man sie aus ihrem Stuhl heben. Das Waschen übernahm die Schwester, rausheben und abtrocknen blieb für den Zivi. Was dabei alles im Kopf bewegt wurde, ist nicht zu sagen, nur dass das Mütterchen wohl merkte, wie unangenehm es dem Helden war, und ihm irgendwann zu verstehen gab, dass es schon okay sei – sie verstand. Das war hart an seiner Grenze und überschritten wurde sie auf der Essenrunde im Nachbarort. Auf das Klingeln an dem verfallenen Häuschen meldete sich irgendwann eine Stimme. Was sie sagte, war nicht auszumachen, nur dass sie von oben kommen musste, war klar. Die Tür stand offen. Dann bringt man das Essen halt rein, vielleicht kann sie sich ja nicht mehr bewegen, wie einige andere auch. Im Obergeschoss nach der Stimme suchend, kam sie dann auf den Helden zu, am Stock. Alles klar! „Ihr Essen", sagte er immer wieder und immer lauter werdend und dachte erheitert, ihr Haarnetz ist verrutscht und sie trägt den Dutt an der Seite. Falsch! Faustgroßes rohes Fleisch wuchs aus ihrer Stirn. Das war alles, was er sah, bevor er fluchtartig die Wohnung verließ und auf dem Weg, mit dem Rücken zu ihr, noch schnell, hastig und würgend die Assiette auffingerte. Das war zu viel, hier konnte er nicht noch mal her. Und so stellte er die nächsten Male das Essen immer unten in den Flur und hoffte inständig, dass sie sich nicht zeigen würde. Die Welt ist brutal.

23

Auch der Zivildienst ging zu Ende und die Brutalität der Welt klopfte, wie vermutet, immer vehementer beim Helden an. Auf die Schnelle und vorsorglich hatte er sich bei einer Versicherungsgesellschaft und einem Steuerberater für ein BA-Studium beworben. Beide wollten ihn nicht und er war nicht unbedingt traurig darüber. Als der Zivildienst dann vorbei war, musste es schnell gehen, und was blieb, war ein Verkäuferjob im Autohaus. Hier hatte er beim Vorstellungsgespräch mit seiner Verkaufserfahrungen punkten können. Es war ein scheiß Job. Jeden Tag von früh um acht bis abends um sechs. Er las ein wenig und verkaufte ein paar Autos. Als es dann aber im zweiten Monat nur 500 Mark Gehalt gab – er hatte zwar über zehn Autos verkauft, davon im laufenden Monat aber nur drei ausgeliefert, und das war für das Gehalt entscheidend – kündigte er zum Ende des dritten Monats und ging als Bauhelfer zu einer italienischen Firma, die gerade in der Nähe eine größere Chemieanlage baute. Hier gab es immerhin knapp 2000 Mark im Monat und 16 Uhr war Feierabend. Die freie Zeit verbrachte man wie üblich mit Billard und zunehmend mit einigen neuen Freunden. Ingomar kannte der Held noch aus der kurzen Zeit, in der er mal Karate lernen wollte. Chris war über Yves, der ihn beim Zocken kennen gelernt hatte, neu dazu gekommen und hatte schon eine eigene Wohnung, in der man sich nun öfter traf, trank, kiffte und feierte. Eine dieser Feiern wurde im „Paradise City", einer Disko in Saal, fortgesetzt und Gabor, der hier unvermittelt auftauchte, konnte weder von Chris noch vom Helden, die beide ganz schön dicht gewesen sein müssen, ernst genommen werden. Wie auch immer, man hatte sich wieder getroffen, beinahe ein Jahr nachdem sich die Wege nach dem gescheiterten Kartbahn-Projekt getrennt hatten. Die Haare des Helden waren schon ziemlich lang und man hätte über ihn sagen können, dass ihn ein gewisser Gleichmut überfallen hatte. Gabor war immer noch bissig und es dauerte nicht lange, bis er den Helden davon überzeugt hatte, es noch mal mit einer Kartbahn zu versuchen. Die Karts wollten sie diesmal nicht kaufen, sondern von einer größeren Karthalle in Saal mieten. Sie steckten an Geld ein, was sie hatten, und machten sich auf die Suche nach einem geeigneten Standort. Mutti meinte, dass sie es doch mal auf der Insel versuchen sollten, auf der sie Vati kennen gelernt hatte. Aber wer hört schon auf Mutti ... Nach drei, vier Tagen und ein-, zweitausend Kilometern Deutschlandrundfahrt starteten sie dann doch den letzten Versuch auf dieser Ferieninsel und – oh Wunder – auf einem alten Militärflugplatz bekamen sie eine geeignete Fläche. Die Karts wurden zu einem Preis gemietet, der mächtig hoch klang, aber was sollte man machen, für Alternativen war keine Zeit mehr, die Sommerferien sollten in Kürze beginnen. Wie auch immer sie es gemacht hatten, innerhalb von drei Wochen stand alles, die Werbeplakate hingen und im Ordner lagen Verträge und Rechnungen, über deren Summe man nicht wirklich nachdenken wollte – die knapp 2000 Mark Bargeld waren längst aufgebraucht. Am ausgeschriebenen Eröffnungstag war die Stimmung sicher mehr als gespannt und das Gefühl unbeschreiblich, als sie diese riesige Menschentraube sahen, die kaum noch die zur Begrenzung der Fahrstrecke aufgebauten Reifen durchscheinen ließen. Erfolg! Man könnte beruhigt sagen, dass sie in den folgenden acht Wochen ein wenig abhoben. Sie machten jeden Tag so viel Geld, wie sonst nicht im Monat, surften auf dem Autodach, fuhren mit den Go-Karts kreuz und quer über den Flugplatz und auf der Straße bis in den nächsten Ort, fingen sich dafür zwei Anzeigen wegen Verletzung der StVO und der Flugsicherheitsbestimmungen ein, arbeiteten, feierten, arbeiteten, feierten, feierten und es kam nicht selten vor, dass sie dazu über Nacht die gut 400 Kilometer zur Disko ins „Paradise City" fuhren. Das hinterließ Spuren und so sehnten sie nach nicht allzu langer Zeit die Regentage herbei, um die Kartbahn nicht aufmachen zu müssen und schlafen zu können. Nach zwei Monaten war alles vorbei, die Sommerferien waren zu Ende, die Urlauber weg, der Mietvertrag beendet und alle Rechnungen bezahlt. Sie waren durch und hatten zum ersten Mal wirklich gewonnen. Sogar eine Perspektive gab es. Der Chef der Kartbahn, von der sie die Karts gemietet hatten, kündigte an, eine Karthalle in Prag eröffnen zu wollen, und ließ durchblicken, dass sie dort die Geschäftsführung übernehmen könnten. Ob er das vielleicht nur tat, um den Zahlungswillen für die eindeutig überhöhte Kartmiete zu befördern – es war beinahe die Hälfte des gesamten Umsatzes gewesen –, diskutierten sie schon auf der Insel. Und die Vermutung schien sich mehr und mehr zu bestätigen, als sie wieder in der Heimat waren und die irdischen Probleme, von wegen Job und Zukunft, schnell wieder an die Tür klopften. Man hatte sich wieder um alles und nichts zu kümmern – sich eine Zukunft aufzubauen. Aber das interessierte den Helden nicht wirklich, es war, weil es sein musste, oder besser sein sollte. Es war höchstens noch „um zu ...", das scheinbar Notwendige. Was wirklich zählte und immer bestimmender werden sollte, brach sich eher unbemerkt Platz. Es brach aus und es macht, wenn er es im Nachhinein betrachtet, wenig Sinn, noch einen „Sinn" hineinzulegen, es zu erklären oder eine „richtige Geschichte" daraus zu machen. Es bleibt nur, im Folgenden das zu geben, was ihn nun bewegte und einnahm, im Wesentlichen so, wie es ihn bewegte; das, was von dieser Zeit übrig blieb, im Großen und Ganzen, so, wie es übrig blieb, im Moment.

ZWEITER TEIL

TAUSEND FRAGEN

Platon. Symposion.
Bericht des Sokrates über eine Rede
der Diotima.

Da sprach ich: Wie meinst du aber, Diotima, ist also Eros hässlich und schlecht? – Und sie: Willst du dich nicht des Frevels enthalten? Oder meinst du, was nicht schön ist, das sei notwendig hässlich? – Allerdings wohl. – Auch was nicht weise, das töricht? Oder hast du nicht gemerkt, dass es etwas mitteninne gibt zwischen Weisheit und Torheit? – Was wäre das? – Wenn man richtig vorstellt, ohne jedoch Rechenschaft davon geben zu können, weißt du nicht, dass das weder Wissen ist – denn wie könnte etwas Grundloses eine Erkenntnis sein? – noch auch Unverstand, denn da sie doch das Wahre enthält, wie könnte sie Unverstand sein? Also ist offenbar die richtige Vorstellung so etwas zwischen Einsicht und Unverstand. – Richtig, sprach ich. – Folgere also nicht, was nicht schön ist, sei hässlich, noch was nicht gut sei, schlecht. Ebenso auch vom Eros, da du doch selbst eingestehst, er sei weder

gut noch schön, glaube deshalb noch nicht, dass
er hässlich und schlecht sein müsse, sondern etwas, sagte sie, zwischen beiden. –

Aber das, sprach ich, wird doch von allen
eingestanden, dass er ein großer Gott ist. – Von
allen Nichtwissenden, sprach sie, meinst du, oder
auch von den Wissenden? – Von allen insgesamt. –
Da lachte sie und sagte: Und wie, Sokrates, könnte wohl von denen eingestanden werden, dass er
ein großer Gott ist, welche behaupten, er sei
überhaupt kein Gott? – Wer sind doch die? Fragte
ich. – Einer davon bist du, sagte sie, und eine
ich. Da sprach ich: Wie meinst du doch dies? –
Und sie antwortete: Ganz natürlich. Denn sage mir
nur, meinst du nicht, dass alle Götter glückselig
und schön sind? Oder hättest du das Herz, zu sagen, dass irgendein Gott nicht schön und glückselig sei? – Beim Zeus, ich gewiss nicht, sprach
ich. – Und glückselig nennst du doch, die das
Schöne und Gute besitzen? – Freilich. – Vom Eros
aber hast du doch eingestanden, dass er aus Bedürfnis nach dem Schönen und Guten eben das begehre, dessen er bedürftig ist? – Das habe ich
eingestanden. – Wie könnte also ein Gott sein,
der unbegabt ist mit Schönem und Gutem? – Auf
keine Weise, wie es scheint. – Siehst du nun,
sagte sie, dass auch du den Eros für keinen Gott
hältst? –

Was wäre also, sprach ich, Eros? Etwa
sterblich? – Keineswegs. – Aber was denn? – Wie
oben, sagte sie, zwischen dem Sterblichen und
Unsterblichen. – Was also, o Diotima? – Ein großer Dämon, o Sokrates. Denn alles Dämonische ist
zwischen Gott und dem Sterblichen. – Und was für
eine Verrichtung, sprach ich, hat es? – Zu ver-
dolmetschen und zu überbringen den Göttern, was
von den Menschen, und den Menschen, was von den
Göttern kommt, der einen Gebete und Opfer und der
anderen Befehle und Vergeltung der Opfer. In der
Mitte zwischen beiden ist es also die Ergänzung,
so dass nun das Ganze in sich selbst verbunden
ist. Und durch dies Dämonische geht auch alle
Weissagung und die Kunst der Priester in Bezug

auf Opfer, Weihungen und Besprechungen und alle
Wahrsagung und Bezauberung. Denn Gott verkehrt
nicht mit Menschen, sondern aller Umgang und Gespräch der Götter mit den Menschen geschieht
durch dieses, sowohl im Wachen als im Schlaf. Wer
sich nun hierauf versteht, der ist ein dämoni-
scher Mann, wer aber nur auf andere Dinge oder
irgend Künste und Handarbeiten, der ist ein ge-
meiner. Solcher Dämonen oder Geister gibt es viele und von vielerlei Art, einer aber von ihnen
ist auch Eros.

Wer aber, fragte ich, ist sein Vater und
seine Mutter? – Weitläufiger, sprach sie, ist
dies zwar zu erzählen; doch will ich es dir sagen. Als nämlich Aphrodite geboren war, schmaus-
ten die Götter, und unter den übrigen auch Poros,
der Sohn der Metis. Als sie nun abgespeist, kam,
um sich etwas zu erbetteln, da es doch festlich
herging, auch Penia und stand an der Tür. Poros
nun, berauscht vom Nektar, denn Wein gab es noch
nicht, ging in den Garten des Zeus hinaus, und
schwer und müde wie er war, schlief er ein; Penia
nun, die ihrer Dürftigkeit wegen den Anschlag
fasste, ein Kind mit Poros zu erzeugen, legte
sich zu ihm und empfing den Eros. Deshalb ist
auch Eros der Aphrodite Begleiter und Diener geworden, wegen seiner Empfängnis an ihrem Geburts-
fest, und weil er von Natur ein Liebhaber des
Schönen ist und Aphrodite schön ist. Als des Poros und der Penia Sohn aber befindet sich Eros in
solcherlei Umständen: Zuerst ist er immer arm und
bei weitem nicht fein und schön, wie die meisten
glauben, vielmehr rau, unansehnlich, unbeschuht,
ohne Behausung, auf dem Boden immer umherliegend
und unbedeckt, schläft vor den Türen und auf den
Straßen im Freien und ist der Natur seiner Mutter
gemäß immer der Dürftigkeit Genosse. Und nach
seinem Vater wiederum stellt er dem Guten und
Schönen nach, ist tapfer, keck und rüstig, ein
gewaltiger Jäger, allezeit irgend Ränke schmie-
dend, nach Einsicht strebend, sinnreich, sein
ganzes Leben lang philosophierend, ein arger Zau-
berer, Giftmischer und Sophist, und weder wie ein

Unsterblicher geartet noch wie ein Sterblicher, bald an demselben Tage blühend und gedeihend, wenn es ihm gut geht, bald auch hinsterbend, doch aber wieder auflebend nach seines Vaters Natur. Was er sich aber schafft, geht ihm immer wieder fort, so dass Eros nie weder arm ist noch reich und auch zwischen Weisheit und Unverstand immer in der Mitte steht.

Dies verhält sich nämlich so: Kein Gott philosophiert oder begehrt, weise zu werden, sondern er ist es, noch auch, wenn sonst jemand weise ist, philosophiert dieser. Ebenso wenig philosophieren auch die Unverständigen oder bestreben sich, weise zu werden. Denn das ist eben das Arge am Unverstande, dass er, ohne schön und gut und vernünftig zu sein, doch sich selbst ganz genug zu sein dünkt. Wer nun nicht glaubt, bedürftig zu sein, der begehrt auch das nicht, dessen er nicht zu bedürfen glaubt. – Wer also, sprach ich, Diotima, sind denn die Philosophierenden, wenn es weder die Weisen sind noch die Unverständigen? – Das muss ja schon, sagte sie, jedem Kinde deutlich sein, dass es die zwischen beiden sind, zu denen auch Eros gehören wird. Denn die Weisheit gehört zu dem Schönsten und Eros ist Liebe zu dem Schönen, so dass Eros notwendig weisheitsliebend ist und also als philosophisch zwischen den Weisen und Unverständigen mitteninne steht. Und auch davon ist seine Herkunft Ursache; denn er ist von einem weisen und wohlbegabten Vater, aber von einer unverständigen und dürftigen Mutter. Dies also, lieber Sokrates, ist die Natur dieses Dämons. Was du aber glaubtest, dass Eros sei, ist nicht zu verwundern. Du glaubtest nämlich, wie ich aus dem, was du sagst, vermuten muss, Eros sei das Geliebte, nicht das Liebende. Daher meine ich, erschien dir Eros so wunderschön. Denn das Liebenswerte ist auch in der Tat das Schöne, Zarte, Vollendete, Seligzupreisende. Das Liebende aber hat ein anderes Wesen, so, wie ich es beschrieben habe.

24

Viel war bisher passiert und viel hätte passieren können. Fakt war: gelernt viel, verdient nichts und damit wieder zurück in Abhängigkeiten und wieder ein paar Träume verloren. Aus dieser Welt des Nichts flüchtet er in die Welt seiner Gedanken. Was er wollte und suchte, war leicht zu beschreiben. Er wollte wieder fühlen, sich fühlen. Nach unentwegter stumpfsinniger Arbeit wollte er wieder in die Augen einer Frau sehen, in die Augen, die ihm sagen, dass sie weiß, was in ihm vorgeht, und auch weiß, dass ihre Augen sie verraten. Jeder weiß, dass seine Gedanken auch die Gedanken des anderen sind, und dass der andere das weiß. Kurz, totale Harmonie, unterlegt mit ein wenig Selbstunsicherheit, die das Kribbeln bringt. Das Kribbeln bis zu dem Punkt, an dem man wissen will und handelt. Und dann das überwältigende Gefühl, Recht gehabt zu haben, wenn sich die Lippen warm berühren. Das war es, was er wollte, doch er bekam es nicht. Er glaubte irgendwann nicht mehr, dass Liebe nicht nur Schmerz sein kann, denn so, wie er es sah, konnte das, was er wollte, nicht existieren. Liebe bedeutete für ihn Schmerz, weil sie für ihn das grenzenlose Wollen war. Er wollte sich opfern, auf dass ihm geopfert werde. Doch es gab niemanden, bei dem er bereit war, das Risiko einzugehen. Eigentlich ging es ihm gut, zumindest hatte er recht viel, aber bis auf eines gehörte ihm gar nichts. Da waren genug Leute, mit denen er sich treffen und unterhalten konnte, und die sich, glaubte er, freuten, ihn zusehen. Warum auch immer. Es gab Frauen, die ihn wollten. Warum auch immer. Und er sollte in Prag eine Karthalle übernehmen. Doch etwas sagte ihm, es würde nicht so kommen. Er hatte noch genug Geld, um eine Zeit lang in den Tag hineinleben zu können, doch das befriedigte ihn nicht, all das war für ihn wertlos, weil die Zukunft inhaltslos war. Und weil die Zukunft auf den derzeitigen Grundlagen inhaltslos war, suchte er zwangsläufig nach dem größeren Inhalt, dem Sinn, und zermarterte sich über allen Unsinn den Kopf. Das war das Einzige, was ihm wirklich gehörte, seine Hoffnung auf den

Sinn und seine Sicherheit, ihn zu finden. Es keimten kleine Einsichten auf und bald sollte er nur noch um sie kreisen.

Trenne zwischen Verliebtsein, Sex und Liebe. Verliebtsein – Das erste Mal, dass dir ihre Augen sagen, dass sie weiß, was deine Augen sagen, wohlwissend, dass du das weißt. Und jeder denkt, seine Gedanken wären beider Gedanken, doch gleich ist nur das Ziel – der erste Kuss. Dieses innere Aufbäumen und Erleichtert-sein. Deine Gefühle haben dich (noch) nicht belogen. Sex – Du weißt, du willst, aber traust deinem Trieb nicht so recht, du verdrängst es in der eitlen Annahme, du könntest die Gefühle des anderen verletzen, aber die wahre Angst ist nicht die vorm Schmerz des anderen. Es ist die Angst vor deinem Gewissen, das aus der „moralischen" Erziehung entsteht. Es ist die Angst vor deinem Verhältnis zur Welt. Liebe – So wie die Liebe beschrieben wird, existiert sie nicht. Liebe kann nie zweiseitig sein, es gibt immer nur einen Liebenden. Liebe bedeutet und ist Schmerz. Und man quält sich gerne. Liebe ist das grenzenlose Wollen. Und was wir wollen, ist, dass man uns so will, wie wir das umgekehrt tun. Sobald das jedoch eintritt, ist der Schmerz weg. Wir wollen uns opfern, auf dass uns geopfert werde. Der Selbsterhaltungstrieb aber verdirbt uns die Liebe.

Ich mag keine Blumen auf meinem Grab! So spricht nur der Tote wahrhaft.

Stille Wasser sind tief und tief wollen immer mehr sein. Deswegen schweigen zu viele. Von Zeit zu Zeit sollte man lieber schreien.

Irgendwann lernte er dann Monique kennen. Eigentlich aber lernte nicht er sie kennen, sondern vielmehr Ingomar, und da der Held während dieser Zeit recht häufig mit ihm zusammen war, trafen sie sich irgendwann. Das heißt, sie, Ingomar und er. Ingomar hatte ihn gefragt, ob er die beiden nicht zu einer Modenschau begleiten wollte, denn Monique modelte damals nebenbei. Warum er fragte? Keine Ahnung. Wahrscheinlich wusste er, wie das Ganze abläuft, und wusste somit auch, dass es eigentlich langweilig war, und hoffte, dass sie sich während ihres Auftritts zu zweit die Zeit vertreiben könnten. Irgendwie kam es dann auch so. Man traf sich danach noch ein, zwei Mal im „Paradise City", ab und zu gemeinsam mit Ingomar bei ihr und irgendwann war der Held dann allein bei ihr. Das war, als Ingomar, der bisher mit Monique zusammen war, beziehungsweise mit ihr schlief und ab und zu bei ihr aß, wieder mit Sophie zusammengekommen war. Der Held hatte gehört, dass sich Sophie und Ingomar innerhalb der letzten beiden Jahre nun schon drei Mal getrennt hatten und nach kürzester Zeit wieder zusammen kamen. Wie auch immer, jetzt war er bei Monique und Ingomar war bei Sophie. Man brauchte sich keine Gedanken darüber zu machen, dass er ihm das übel nehmen könnte. Sicherlich hätte er gekonnt, aber er hatte kein Recht dazu, und das wusste er. Also war alles schön, abgesehen von ein paar nächtlichen Anrufen Ingomars. Der Held gab sich bei ihr, wie er war, oder besser wie er glaubte, zu sein, und es schien ihm recht gut zu gelingen und ihr schien es zu gefallen. Außerdem war er, da er ja glaubte, sich wirklich in sie verlieben zu können, auch noch unheimlich nett und so, wie es, seiner Meinung nach, einer Frau gefallen müsste: etwas forsch, etwas ruhig, etwas romantisch etwas überzeugt und, und, und. Und irgendwann fragte sie ihn dann, als er sie nach einem ereignisreichen Tag zu Hause absetzte – sie waren in Dresden spazieren –, ob er sie nicht noch zur Tür bringen wolle. Er fragte, bis zu welcher, sie schwieg und am nächsten Morgen frühstückten sie gemeinsam. Er hatte nun, was er wollte. Sie. Und doch war alles anders, als er gehofft hatte, denn er war nicht zufrieden. Sie schien nett, intelligent, häuslich, treu, fast anhänglich – oder kurz, sie hätte eine tolle Mutti abgegeben. Und das meinte er, so blöd es auch klang, nicht ironisch. Offen gelegt war keine Spur von tatsächlichem Egoismus an ihr, nicht mal im Bett. Da war alles, was sich der normale „Blitz Illu"-Leser so vorstellt, möglich. Sie schien geben zu wollen. Sie zeigte sich von der Seite, von der sie glaubte, dass man sie als ihre beste bezeichnen oder zumindest stark gewichten würde. Das sollte doch eigentlich ein Zeichen wahrer Aufopferung sein und damit ein gutes Zeichen. Aber es war keine Aufopferung in dem Sinne, wie er sie wollte, es war vielmehr Angst. Angst, anderen nicht gerecht zu werden, also ein mangelndes Selbst. Dass es ihm genauso ging wie ihr, wurde ihm erst später klar. Am Ende waren sie nicht sehr lange zusammen. Sie hatte dauernd zu tun, er konnte sich nicht ewig verstellen oder wollte nicht mehr, und außerdem waren da noch so viele andere Sachen, wie zum Beispiel, als sie eines Nachts zu ihm sagte: „Los, wir machen's wie im Fernsehen!", und er sich einfach nicht einreden konnte, dass sie einen Witz gemacht hatte. Sie hatte auch keinen gemacht. Woran es wirklich lag? Bei wem? Bei ihm! Egal – es tat nicht mal weh.

Wenn die Welt so ist, wie sie Nietzsche beschreibt, ist sie für mich beschissen. Ich glaube nicht, dass ich stark genug bin, sie als einer unter wenigen, vielleicht als Einziger, wahrhaftig zu leben.

Ist es nicht besser, wieder Heuchler zu werden, als Kleiner unter Kleinen zu leben und sich am einstigen Glanz seines Geistes zu berauschen? Schweigend über den Dingen zu stehen, ist herrlich, da es keiner Rechtfertigung bedarf und die Gedanken und ihre Wertung nur mir zustehen.

Hat bekehren Sinn? Nein, denn es ist unmöglich. So wenig, wie man einen Baum wachsen lassen kann. Er wächst. Warum bin ich hier, ist die falsche Frage. Ich bin hier, was will ich erreichen, scheint mir besser. Will ich überhaupt etwas erreichen? Was ist es, das zu erreichen wäre, in tiefster Ehrlichkeit? Und, kommt eigentlich jeder an diesen Punkt?

Vielleicht haben wir die Frage nur erfunden, um unsere Eitelkeit befriedigen zu können, indem wir durch die Frage denken. Hat man schon jemals DIE Wahrheit gefunden? Die einzige Wahrheit, die ich kenne, ist der Orgasmus.

Ich glaube, ich habe den Punkt erreicht, an dem ich mich neu orientieren sollte, und bin damit gleichzeitig wieder bei der alten Frage: Was will ich? Starker Start!

Momentan bin ich auf totaler Leere. Eigentlich ist alles gut so, denn ich lebe nur Tageseinheiten. Das einzig Schlechte, das mit mir schwimmt, ist diese Hoffnung darauf – Glaube ist es schon lange nicht mehr –, dass sich bezüglich der Kartbahn, in Prag, doch noch was tut, beziehungsweise darauf, dass Täubner, ihr Besitzer, was tut. Doch das ist es, was mich sehr nachdenklich macht. Bestimme ich mein Leben nicht selbst? Natürlich! Aber momentan gebe ich Täubner zu viel Macht. Ich bin mir bewusst, dass ich sie ihm nehmen könnte. Das einzige Hindernis ist meine Entscheidung, mein Anruf, nur ein Anruf. Doch das, was ich entscheiden kann, ist nicht Prag oder Nicht-Prag. Die einzige Befreiung, die mir möglich ist, ist Nicht-Prag. Und dann ...? Toll! Studium, rumwürgen und gegen Windmühlen kämpfen mit Gabor. Arbeiten, Wohnung, Frau, Kind, Rente, Arbeit mit Ziel, vielleicht Ausland, Punkt. Alles irgendwie Scheiße. „Erkenne dich selbst" soll die ganze Wissenschaft sein? Warum hilft uns dabei keiner? Hat sich je einer selbst erkannt. Selbst Zarathustra weicht am Ende vor sich selbst, er wird zu durchsichtig. Zurück zu mir. Ich weiß zumindest schon, was ich nicht will. Ich will mich nie zufrieden stellen lassen. Ich weiß, gewöhnliche Arbeit will ich nicht. Ich ziehe sie dennoch in Betracht. Aber das ist nur der leichteste Schritt, auf keinen Fall der beste. Klein Gewordener unter ewig Kleinen zu sein, erfüllt nicht.

Oktober – In den letzten Tagen sehne ich mich mehr denn je nach einer liebenden Frau oder wie man das sonst sagen soll. Ich suche wieder Erfüllung. Kann eine Frau meine Leere füllen? Sie wäre sicherlich ein guter Airbag. Aber meinen

Unfall hebt sie nicht auf. Sie bewahrt mich nur vorm Schlimmsten. Was aber könnte eigentlich schlimmes passieren? Das Schlimmste, was passieren kann, ist ewige Ungewissheit. Ich will bezüglich Prag, oder besser Nicht-Prag am 2. November entscheiden. Was tue ich, wenn es mir wieder entgleitet? Und ich merke, dass ich ohne Prag ganz schön am Ende wäre. Die Hoffnung ist verdammt hart und die einzige Möglichkeit, oder eher die beste Alternative scheint immer mehr das Studium zu sein. Aber das wäre nur ein weiterer Aufschub der größten Entscheidung. Genau wie es die Lehre, das Abi, der Zivildienst waren, denn immer wollte ich am Ende dieser Abschnitte endlich gehandelt haben, aus tiefster, innerster, wahrster Überzeugung sagen können: Das will ich tun! Wodurch wird man erleuchtet? Durch kiffen jedenfalls nicht, das steht fest. In diesem Zustand glaubt man zwar, man könnte die tiefsten Tiefen finden, aber in Wahrheit berauscht einen nur dieses „Man könnte". Ich glaube, so findet man nicht. Aber vielleicht ist es das? „Ich könnte" ist immer wahr, denn ich tue nichts wirklich, ich kann nicht versagen. Das Manko aller zu Positiven. Man sollte besser willentlicher Selbstmörder sein. Man lebt vielleicht nicht lange, hat aber in stummen Stunden keine Zweifel. Ich habe mich weggegeben und der, der mich hat, weiß es nicht einmal. Wäre ich klein, hätte ich jetzt meine Erfüllung. Doch ich bin groß. Ich werde. Ich weiß bloß noch nicht was. Der Weg ist das Ziel. Meiner ist noch lang und es ist zu hell, als dass ich etwas sehen könnte. Ich wünsche mir Dunkelheit, eine Dunkelheit, in der ICH das Feuerzeug anzünden kann, um zu sehen, wohin ich gehe, und so den Weg selbst bestimme. Gehen-lassen werde ich mich nicht. Nachdem ich pinkeln war, glaube ich, dass das noch keine richtige Entscheidung war, aber ich betrachte es als Zeichen. Es ist doch schon was, dass ich so schwere Fragen zumindest ernsthaft erwäge und lösen will. Was ich jetzt noch brauche, ist das Selbstmörderblut.

Will man „kapitalistischen Erfolg", muss man dem Sinnieren entsagen.

Ein sehr widerlicher Gedanke ist auch der an den Preis für all die „anderen" Gedanken, die man sucht, und all die „fremden" Wege, die man geht. Resignierend möchte ich gegenwärtig behaupten, um Glück in dem Sinne zu erfahren, wie ihn die Gesellschaft vorgibt, sollte man den konventionellen Weg einschlagen. Geld verdienen, mehr Geld verdienen, falsches Lob einheimsen, ein bisschen wahres Glück im eigenen Kinde suchen, alt werden und seine Entbehrlichkeit beweisen, indem man stirbt. Man könnte natürlich auch komplett aussteigen und Einsiedler werden, aber das widerspricht meiner Natur und im Tiefsten sicher auch aller Menschen Natur. Denn man will ja vorwärts und um vorwärts zu kommen, braucht man Kreativität. Kreativität aber existiert nur im Dialog und Schizophrenie ist nicht mein Ziel. Ich hoffe, ich finde noch einen dritten Weg!

4. November – Es gibt selten Zeiten, in denen ich nur auf eine Sache fixiert bin. Meist gibt es Alternativen. Heute aber, Sonntagabend, ich höre „Father Figure", ist es anders. Alles, was ich will, ist Liebe. Ich will jemanden, der da ist, nur für mich. Ich wünsche mir jemanden, der zuhört, nur, weil er mich verstehen will. Es gibt wenige Frauen, mit denen ich mir so etwas vorstellen könnte. Ich habe mit Sophie gesprochen und ich glaube, ihr geht es genauso. Sie ist in solchen Momenten sicher genauso egoistisch wie ich und will alle Aufmerksamkeit nur für sich. Genauso würde es auch funktionieren. Da ich mich für sie und ihre Seele interessiere, will ich alles über sie wissen, um mich zu finden und damit den tiefsten Grund, und genauso würde es im Idealfall ihr gehen. Wahrscheinlich existiert Liebe doch, sie wurde nur falsch definiert und der Großteil der Menschen hinterfragt nicht. „Liebe", das stimmt, ist für-einander-da-sein, bloß im umgekehrten Sinne, sie (die Liebe) ist die Freundschaft zwischen den verschiedenen Geschlechtern, und wegen des Höhepunktes Sex wird sie immer über der Freundschaft stehen. Was sie unter die Freundschaft drängt, ist die Vergänglichkeit. Wenn die Frau zum Freund wird, ist die Liebe vorbei und jeder hat sich selbst verloren. – „Father Figure" läuft zum sechsten Mal. Sex ist wahr, aber Sex kann nur wahr sein über eine gewisse Zeit. Deswegen wäre es das Beste, wir alle kehrten zurück zum Ursprung. Würden uns gegenseitig lieben, bis es für einen vorbei ist. Die Zeit nach dem Bruch? Der eine überbrückt sie mit Schmerz – und jeder liebt ihn irgendwo –, der andere mit Genugtuung, nämlich der, den Schmerz zugefügt zu haben. Damit sind wir wieder beim ewigen Krieg und Frieden...

Die Sprache ist der Spiegel des Geistes und es gibt immer ein Gegenteil.

Prag? Zwänge? – Normaler Scheiß! Löst sich von selbst und ist eh nicht – das Leben.

Das Hochhalten der Urmoral, die Liebe sei das Wichtigste, ist richtig – sie bringt Glück und nur darum geht es. Nun ist es sicherlich möglich, Glück auch auf andere Weise zu erreichen. In Momenten, in denen das nicht über Liebe und Sex im weitesten Sinne geschieht, scheint die Liebe zur Ersatzbefriedigung zu verkommen, und umgekehrt ist es genauso. Man will immer das, was man nicht hat. Deswegen vergeht wahre Liebe – ein besseres Wort ist hier „Begierde" oder „Gier" – in dem Moment, wo man alles hatte. Für schwache Naturen endet sie meist eher, weil sie etwas für unerreichbar halten. Was ich will, ist beschrieben. Im Moment suche ich nach der Personifizierung und mir scheint, ich bin nicht leicht zufrieden zu stellen. Wer ist mir gewachsen, im Sinne der „alten Liebe", im umgekehrten Sinne? Nicht geben, sondern nehmen, und nur des Nehmens wegen geben. Es ist kaum vorstellbar, dass eine Frau sich selbst so weit hinterfragt hat. Monique war nichts für mich. Wer ist es? Wo treffe ich sie? Erkennt sie mich? Irgendwie scheint es mir der leichteste Weg, damit aufzuhören, nachzudenken, und alles zu ficken, was sich anbietet, ohne Rücksicht auf morgen, ohne Rücksicht auf

Konsequenzen. Aber ich bin noch nicht stark genug. Selbst bei Maria würde ich einen Rückzieher machen. Warum? Die Anziehung, die sie auf mich wirken lässt, ist eine rein körperlich sexuelle. Ich will sie ficken. Ich will nicht mit ihr schlafen und sie kennen lernen. Und ich glaube, deshalb würde ich auf Erstes verzichten. Ist das blöd?! Nein, das bin ich, das ist meine Weisheit. Ich sehe die Zeit danach, in der eitlen Annahme, ich könnte sie verletzen. Aber ich bin mir sicher, auch sie will nicht mehr als ich. Nach meiner eigenen Logik müsste ich sie also dazu bewegen, mit mir zu schlafen, was sicher möglich wäre. Was sicher möglich wäre ... Da ist der Punkt, warum ich es nicht will, weil ich es im Geiste schon verwirklicht habe. Genau das ist der Unterschied zu Sophie. Dort gibt es so viele unlösbare Hindernisse und das macht mich so nach ihr streben. In diesem Streben kann ich mich immer wieder selbst beeindrucken, denn noch halte ich mich zurück. Wenn ich das aufgebe und alles raus lasse oder sie das liest, würde die gesamte Situation noch eine kurze Steigerung erfahren, dann passiert es und wenn nicht, ist danach alles vorbei. Weil es ihr dann geht, wie mir mit Maria jetzt, es wäre im Geiste verwirklicht.

Eine weitere Frage, die mich stark beschäftigt, ist die nach dem Verhältnis zwischen Benedict und Sophie. Mag sie ihn? Außerdem frage ich mich, warum Ingomar nichts bemerkt. Aber wahrscheinlich weiß er irgendwie alles und verdrängt es aus den gleichen Gründen, aus denen heraus ich es vermeide, mit ihm darüber zu sprechen. Ich würde es gern tun, er sicher auch, aber was nicht sein darf, darf nicht sein. Es ist scheiße, wegen Sophie verstelle ich mich schon vor ihm.

Fakt ist, ich will eine Welt, in der das mit Sophie genau so ist, wie jetzt. Aber ohne alle Begleitumstände. Dann wäre sie jetzt bei mir – ich könnte mich leeren und sie sich. Wir beide würden in wunderschönem Schmerz baden und die Depression im Sex überwinden. Eine optimale Nacht. Die Nacktheit des anderen zu spüren, ist das Größte. Es ist der Moment, in dem die Welt verschwimmt und Moral verschwindet. Kein Zurück, neue Situation, neue Wege! Danach sollte man immer leben. Aber leider können wir ja immer wählen zwischen leicht und schwer, schmerzlos und schmerzlich und wir alle, Männer und Frauen, sind zur Weichheit erzogen. Nimm Rücksicht, alles rächt sich, denk an die Konsequenzen! Alles scheiße!!! Die Angst regiert mich – und dich –, aber irgendwann werden wir daran ersticken. Spätestens beim Jüngsten Gericht und hoffentlich ist danach wirklich alles vorbei. Nein! Nein! Nein! Ich sterbe als Starker. Ich werde einer der Stärksten in unserer Zeit werden. Ich werde mir nehmen, was ich will, und Konsequenz betrifft nur die anderen. Ich werde zu meinem Glück vernichten und aufhalten wird mich nur können, wer mich tötet. Ich werde bestimmen. *Ich werde das sein, was es zu überwinden gilt.*

Wenn Zeit sich verliert, *wenn nur noch zählt, was wirklich ist, Konsequenzen verblassen und Musik dich trägt /
Denkst du, sie ist es*

Existieren Gestern und Morgen nicht nur, um andere belügen zu können, und um sich selbst etwas vorzumachen? Gestern habe ich jene Tat vollbracht und morgen werde ich noch Größeres schaffen. Heute warte ich auf morgen. Sieh dich um, es sind zu viele, die warten. Experten finden auch in diesen Worten Glück. Aber sie leben nicht, sie existieren nur in ihrem Gestern und Morgen. Zähl' nicht auf sie.

Eigentlich ist es schade, dass man seine Erinnerungen nur noch so sieht, wie man sie aufgrund seines jetzigen Geisteszustandes beurteilt. In letzter Zeit lächle ich dauernd. Ich würde mich gern noch mal in die aufregenden Augenblicke mit all den Frauen zurückversetzen.

Es war einer dieser beklemmend spannenden Momente in Chris' Wohnung. Ingomar und die anderen schliefen endlich und die zwei, die in den letzten Wochen irgendetwas Gemeinsames gefunden hatten, unterhielten sich. Um die anderen aber nicht zu wecken, schrieben sie, anstatt zu sprechen.

Nikeas: Die Atmosphäre ist nicht die richtige.

Sophie: Wieso nicht? Welche Atmosphäre?

Nikeas: Wir sitzen ungünstig.

Sophie: Ich find's schön. Wieso?

Nikeas: Ich werde nicht nur antworten. Ich kenne ein Buch, das heißt „Warum – von der Obszönität des Fragens". Kurz, ab jetzt keine Fragen mehr. Warum hast du dir über meine Schrift Gedanken gemacht?

Sophie: Weil ... 1.) deine Zettel gestern auf dem Tisch dort lagen (und ich wahnsinnsneugierig bin) und 2.) habe ich mir heute ziemlich viele Gedanken „darüber" gemacht.

Nikeas: Auf Dauer ist das nicht gut.

Sophie: Ich weiß!!! Was willst du dagegen tun?

Nikeas: a) Eine vierte Person wäre das Optimum.

Sophie: Ich weiß!!!

Nikeas: b) Ich werde ewig cool wie Clint bleiben.

Sophie: Was genau meinst du damit?

Nikeas: Dass die Spannung sich nie entladen wird.

Sophie: Irgendwie reden bzw. schreiben wir die ganze Zeit über ETWAS – Aber über was? Analysiere DAS doch mal – BITTE.

Nikeas: Ich bin mir sicher, wir schreiben vom Gleichen, wenn nicht, gibt es keine Probleme. Ist doch ein starkes Level, oder?

Sophie: Sicher schreiben wir über das GLEICHE. Ist das jetzt ein Problem?

Nikeas: Wir sollten das abbrechen und bei passender Gelegenheit reden. Besser wäre, ewig zu schweigen. Persönlich drängt es mich zu Ersterem.

Sophie: 1.) Ich will nicht „abbrechen"! 2.) Wann sollte sich eine günstige Gelegenheit bieten? 3.) Empfinde ich das jetzt mehr als Ernst oder als Spaß?

Nikeas: Zu 1.) Harald fängt gleich an. Zu 2.) Richtig, wahrscheinlich nie. Zu 3.) Ich denke, keines von beiden, aber Spaß ist näher dran. Nach einer Woche, ohne sich zu sehen, wäre alles vergessen?

Sophie: Zu 1.) Du weißt, dass man mit mir keinen „Film" sehen kann. Warum solltest du jetzt also dazu kommen? Zu 2.) Wieso bist du dir da so sicher? Zu 3.) Als was siehst du das denn an? (Ich würde mich über etwas Konkreteres schon freuen.) Eigentlich will ich DAS gar nicht richtig konkretisieren. Also lassen wir dies. Trotzdem heißt das nicht „abbrechen". Ich würde gern noch etwas von dir darüber erfahren, weil's mich ein bisschen beschäftigt.

Nikeas: Geht mir genauso. Zitat aus „Pretty Woman". Er zu ihr: „Ich gerate immer in komplizierte Beziehungen, ohne Ausweg." Wir beide wissen das. Bin also (eigentlich nicht) dafür, dass wir uns einfach aus dem Weg gehen. Harald lenkt ab! SCHLECHT.

Sophie: Um dem zuzustimmen, habe ich mir schon VIEL ZU VIELE Gedanken darüber gemacht. (Was sagst (schreibst) du nun?)

Nikeas: Meine Eitelkeit findet das toll, meine Vernunft scheiße. Gesamt tendiere ich zu toll. So, wie du Ingomar ansiehst, wirst du keinen anderen ansehen. „Wie ein Baby", hast du gesagt

Sophie: Das hast du „falsch" interpretiert! „Pretty Woman" war treffender! Ich kenne solche Situationen, glaube ich, schon sehr gut. Du auch?

Nikeas: Diesmal ist es so schwer, wie nie zuvor. Leider! Das beunruhigt mich sehr!

Sophie: Ich glaube nicht, dass es mit sich-nicht-mehr-sehen abgetan ist. Na ja, ich meine, ich mache mir des-

halb einfach zu viele Gedanken! Das gefällt mir einfach
nicht. VERSTEHST DU?
Nikeas: Zwei schmieden an der gleichen Situation, aber
wirklich erreichen will sie keiner. Deswegen musste ich
lachen.

Ein paar Tage oder Wochen nach diesem „Gespräch"
hatte sie ihn dann, wie schon einige Male zuvor, irgendwann gegen 1 Uhr nachts angerufen. Und wie schon viele Nächte zuvor,
hatte er darauf gewartet, dass sie das tun würde. Und so wie
jedes Mal zuvor, waren sie jetzt wieder eins im Denken, Fühlen
und Handeln. Alles war schön. Er konnte für sie da sein und was
entscheidend war, er war es. Darin lag seine Erfüllung, als er begann, ihr aus Klaus Kinskis „Ich brauche Liebe" vorzulesen. Er las
und sie hörte zu. Sie lag zu Hause in ihrem Bett und er saß im
Wohnzimmer seiner Eltern und konnte sie durch den Hörer atmen hören. Doch das war nicht alles. Er konnte jeden ihrer Gedanken spüren, er war ganz und gar bei ihr. Stunden waren vergangen. Zwischendurch hatte er sich ein Decke geholt, denn
nachts, wenn die Heizungen aus waren, reichte auch die Wärme,
die durch den Hörer kam, nicht, um ihn vom Zittern abzuhalten.
In die Decke gehüllt und noch immer nach einer Position suchend, die bequem war und in der er dann auch noch Buch und
Hörer halten konnte, schlug er dann gegen 5 Uhr morgens die
letzten Seiten auf. Diese letzten Seiten, die alles sagten und mit
deren Worten er ihr sagen konnte, was er für sie empfand. Später
hatte er dann diese letzten Seiten abgeschrieben. Nie wollte er
vergessen, was in dieser Nacht geschah. Und dass er alles richtig
gemacht hatte, bewiesen ihm nun die Seiten, die er in Händen
hielt, und die ihm die Erinnerung zurückbrachten. Die Erinnerung
an das, was war, und die Hoffnung auf das, was werden könnte.
Es waren wunderschöne, einfache Worte der Liebe, der Aufopferung und des Todes, die Kinski seinem Sohn gewidmet hatte:

        Ich bin sehr einsam. Nicht, weil ich meist
keine Gesellschaft habe (ich könnte so viel Ge-

sellschaft haben, wie ich will), sondern weil ich
nicht mit meinem Sohn zusammen bin. Ich rede immerzu mit ihm, wenn ich mit mir selbst rede. Das
heißt, ich rede nicht mit mir selbst, sondern mit
meinem Babyboy, auch wenn er nicht bei mir ist.
Ich spreche zu ihm, wenn ich zu den Sternen rede
und zu den Wolken, zum Wind, der Luft, dem Licht
und der Dunkelheit, tags und nachts, zu den
Pflanzen, den Bäumen und den Tieren. Ich spreche
mit Blumen, mit Vögeln, den Rehen, den Eichhörn-
chen, sogar mit den Mäusen, mit Schmetterlingen
und mit Wildkatzen ..., und wenn ich mit ihnen
rede, dann fühle ich mein eigenes Herz in ihnen
schlagen und mein Blut in ihren Adern pulsieren,
und ich fühle das ihre in mir – denn überall und
immerzu ist es mein Sohn, mein Babyboy, mein Nan-
hoi. Mein über alles Irdische und alles Überirdische geliebter Sohn, meine einzige Liebe: Ich
weiß, dass ich viele Fehler habe, und dass ich
weit davon entfernt bin, perfekt zu sein. Alles
Wesentliche, was zu wissen für mich von Bedeutung
ist, habe ich durch dich erfahren und verdanke
ich dir. Verzeih mir, wenn ich so vieles falsch
gemacht habe. Ich weiß, ich hätte vieles besser
machen sollen. Aber glaube mir, ich war und bin
in alle Ewigkeit von nichts anderem durchdrungen
und erfüllt, als von deiner Liebe und meiner Liebe zu dir. Ich wollte und will nichts anderes,
als dir meine Liebe geben, immerzu. Ich bewunde-
re, ich vergöttere dich! Ich will nichts anderes,
als dich beschützen. Als dich glücklich machen.
Dich zum Lachen bringen und niemals zum Weinen.
Dir jeden deiner Wünsche erfüllen. Alles, alles
für dich hinzugeben, auch mein Leben. Ich weiß –
deine Seele weiß alles, was ich sagen will, bevor
ich es ausgesprochen habe. Aber du bist noch so
klein und dein Herz ist so weich, und ich will
verhüten, dass du erschrickst. Deswegen will ich
dir etwas erzählen, mein Liebling, was ich selbst
erst durch dich, erst seit du geboren bist, ent-
deckt habe: Ich bin zwar in Menschengestalt auf
die Welt gekommen – aber die Wildnis: die Sterne,
die Sonnen, die Winde, die Feuer, die Wüsten, die

Wälder, die Berge, die Himmel, die Wolken, die Meere waren in mir eingekerkert – auch die Wildnis der Seelen. Es war wie in „Die Schöne und das Ungeheuer". Nur, dass es umgekehrt war. Dort ist ein Mensch dazu verbannt, ein wildes Tier zu sein, und der Bann kann nur durch die Liebe eines Menschen gelöst werden, durch die der Verbannte wieder zum Menschen zurück verwandelt wird. Ich hingegen wurde durch deine Liebe vom Menschen erlöst, wieder Wildnis zu sein. Du hast Sterne und Winde, Sonnen, Wälder, Wüsten und Berge, Himmel und Wolken, die Feuer und die Meere in mir befreit. Du hast die Kerker meines Menschseins gesprengt und die Vögel aus mir aufsteigen lassen ... Ich erzähle dir das alles, falls mir etwas zustoßen sollte. Die Menschen werden von mir sagen, dass ich tot bin. Glaube ihnen nicht! Sie lügen! (So wie alles andere Lüge sein wird, was sie über mich reden. Du allein kennst die Wahrheit.) Ich kann niemals sterben. Ich konnte nur erlöst werden durch dich! Denn du bist Wildnis und Himmel und Wolken und Sterne und Wind und Sonne und Wälder und Wüsten und Berge und Feuer und Eis und Meer. Du bist das Licht. Du bist in Menschengestalt gekommen, um mich aus der Gefangenschaft zu befreien. Deswegen sei nicht traurig, auch wenn ich als Mensch nicht sichtbar bin. Es bedeutet nur, dass du und ich für immer vereint sind. Dann bin ich wieder Wind und Meer und Sterne und Feuer und Steine und Sand und Schnee und Eis und das Auge des Panters, das sich mit den Blumen mischt. Du selbst wirst von mir aufgehoben werden, wie du mich aufgehoben hast: Ein riesiger Vogel, der dich in seinen starken Krallen hält und sich mit dir aufschwingt. Ich spüre dich, seit ich geboren bin und die Vibrationen in meiner Seele deine Geburt ankündigten. Ich habe dich seit ewig in allem erkannt – noch ohne zu wissen, dass du es bist – erst seit du geboren bist, hat alles dein Gesicht. So werde auch ich in allem sein und dich aus allem ansehen und über dir wachen: Ich bin dein Spiegelbild im Wasser eines Bergsees. Ich bin dein Schatten und das

Licht, das ihn verursacht. Ich bin ihre Erfüllung. Ich bin dein Durst und dein Hunger und dein
Essen und dein Getränk. Ich bin die Aufhebung der
Schwerkraft und dein Fliegen. Ich bin deine Zärt-
lichkeit und die Härte und die Kraft deiner Fäuste und Füße. Ich bin der sanfte Lufthauch, der
deine Augen streichelt. Und ich bin der Eiswind,
der deine Wangen rötet. Ich bin das Kopfwenden
des Pumas, der dich lange ansieht. Ich bin der
abgestürzte tote Vogel – der nicht tot ist, sondern nur auf der Reise – den du in ein Nest aus
Blätterzweigen auf dem höchsten Ast eines Baumes
bettest. Ich bin die Pusteblume, deren winzige
schwebende Fallschirme dich so entzücken. Ich bin
die Sternschnuppe, die aufflammt und verlischt.
Ich bin das süße Fleisch der Mangofrucht, das
deine Zähne zerbeißen. Und die Beere, deren Saft
du saugst. Ich bin das Laub, auf das du trittst.
Und das Moos, auf das du deine Lippen legst. Ich
bin das Spinnweb im Morgentau, das, quer über den
Weg gespannt, sich an dich klammert und dich umarmt. Ich bin die Wolken, die durch deine Blicke
ziehen. Ich bin das Feuer, das dich wärmt. Und
die Kühle, die dich erfrischt. Ich bin die
Schneeflocken, die dich mit winzigen Mündern küssen. Und die schweren Regentropfen, die dich mit
ihren geschwollenen Lippen bedecken. Ich bin deine Witterung. Dein Gefühl. Dein Geruch. Dein Ge-
schmack. Dein Gehör. Deine Stimme. Dein Wille und
deine Tat. Wir können nie wieder getrennt sein.
Denn wir sind wieder eins geworden: Licht, Luft,
Feuer, Wasser, Himmel, Wind...

11. November – Es ist ziemlich problematisch. Ich
bewege mich in einem zu flachem Gewässer mit zu vielen
Sandbänken. Wie ich hineingeraten bin? Ich habe das Ruder zu
lange aus den Augen gelassen. Es gab Besseres zu tun, ich ließ
mich treiben in ein Spiel, von dem ich mir nicht mehr sicher
bin, ob es eins ist. Das mit Sophie fing harmlos an. Grund war
eine ziemlich gleichgültige Grundhaltung. Was wusste ich
schon von ihr? Ingomar zufolge, war das Auskommen mit ihr

schwer, aber der Sex fantastisch. Nach den ersten zwei, drei Begegnungen war es klar: Der sexuelle Reiz, der zweifellos bestand und aus den Schilderungen Ingomars herrührte, konnte meinerseits leicht mit Gleichgültigkeit übertüncht werden, denn es bestand keine intellektuelle Bindung, und deren Aufbau hielt ich für unmöglich. An einem Abend im „Paradise City" änderte sich dann aber alles. Wir führten im Diskolärm ein etwas ausgedehnteres Gespräch über den Sinn des Lebens, die Menschen, uns selbst und über die Sinnlosigkeit, die alles zu erfüllen schien. Bekanntlich kann man über diese tiefen Erkenntnisse nur sprechen, wenn der Gesprächspartner halb in der eigenen Seele liest und man selbst in seiner. Außer uns beiden hätte wahrscheinlich niemand unserem Kauderwelsch folgen können, aber wir verstanden uns. An alle Einzelheiten kann ich mich nicht erinnern, aber irgendwie eskalierte es immer mehr. Wir sahen uns zwar nie – oder nur selten – in die Augen und vermieden jeden Körperkontakt, aber irgendwie schwang in allem, was wir taten, gegenseitige Zuneigung mit. Jeder von uns merkte das, äußerte es aber nie, und dennoch, ich wusste, dass sie weiß, und umgekehrt. Das Spiel war herrlich, ein Wort genügte für jeden von uns, um die Gefühls- und Gedankenwelt des anderen zu erkennen. Aber mit dem Wort an sich konnte kein anderer etwas anfangen. Wenn wir sprachen oder schrieben, geschah das auf einem anderen, optimaleren, höheren Kommunikationslevel. Das ging so weit, dass man sich einander Nachrichten zukommen ließ, indem man mit Dritten über irgendein Thema sprach und in den Sätzen Botschaften für den anderen mitfliegen ließ. Sie kamen immer an und der Dritte wusste von allem nichts – wir hielten uns für unantastbar. Auch vor Ingomar, der überhaupt keine Chance hatte und auch nicht haben konnte, denn er hatte mit all dem nichts zu tun. Obwohl er wahrscheinlich alles ahnte, konnte er nichts tun, und wir, die Spieler, waren schuld daran. Das war das Ekligste und eins ist mir heute klar geworden (ihr übrigens auch), die Situation, wie sie jetzt existiert, ist nicht mehr haltbar. Sie würde sich schleichend ausdehnen und die Spannung zwischen uns dreien würde unerträglich groß werden, bis zu dem Punkt, an dem wir alle alles verlieren. Mögliche Lösungen: a) Ich nehme Sophie. b) Ich sehe sie nicht mehr. c) Ich suche Ersatz. d) Ingomar stirbt (wurde nie ernsthaft in Betracht gezogen). e) Noch zu findendes Optimum. a) Würde bedeuten, ich verliere Ingomar und alles, was damit zusammenhängt – meine Freunde. Meine Heimatstadt wäre dann nicht nur eine tote Stadt, sondern eine, die schon verwest, denn ich glaube, ich könnte dann keinem mehr in die Augen sehen. Ich würde mich selbst verlieren. Natürlich würde meine neue Beziehung einiges davon egalisieren, ich bin mir aber nicht sicher, ob dieser Tausch mich befriedigen würde. Das heißt, ich weiß nicht, ob ich sie so sehr lieben würde, dass alles andere unwichtig wird. b) Gute Lösung – erfordert nur etwas Geschick, denn wo Ingomar ist, ist auch sie. Nicht mehr sehen, kann aber auch heißen, nicht mehr beachten. Das wird zwar schwer, halte ich aber für realisierbar. Die Krönung dieser Sache und das Optimum wäre, sie zu enttäuschen, sie richtig vor den Kopf zu stoßen, so dass sie mich widerlich, abstoßend, blöd findet und sich nicht mehr für mich interessiert. Puh, das braucht Courage. c) Ich finde Ersatz. Wann? Kommt oder kommt nicht. Dauert auf jeden Fall zu lange und ist wahrscheinlich eh nicht zu beeinflussen. d) Absoluter Blödsinn! Wir sind doch nicht bei „Legenden der Leidenschaft". e) Ist sicherlich der zweite Teil von b). Gut. Ich werde jetzt einfach wieder ans Steuer gehen und aufs offene Meer hinaussegeln. Das Spiel ist vorbei, weil ich aussteige. Meine Konsequenzfähigkeit werde ich demnächst auswerten!

Wir haben Mitte November und ich habe keine Ahnung, wie ich die Zeit bis Februar oder März überbrücken könnte. Natürlich könnte ich wieder aktiv werden und handeln, aber ich habe weder Lust, mich ums Studium zu kümmern, noch mir Arbeit zu suchen. Der Job auf dem Bau, der mir bevorsteht, widert mich jetzt schon an, obwohl ich ihn noch nicht einmal habe. Das Einzige, worauf ich Lust habe, ist Auto zu fahren – möglichst weit weg. Dabei Musik hören, rauchen und trinken. Ich könnte herrlich in tiefsten Depressionen schwelgen und hätte bestimmt eine Menge Ideen, warum alles sinnlos ist. Glück? Ich hab nicht mal mehr Bock, zu Jana zu gehen! Das macht mich sehr nachdenklich. Man kommt zwar immer befriedigt von ihr zurück, aber...? Mit Sophie zu telefonieren, war fantastisch. Heute jedoch erscheint es mir sinnlos. Es ändert nichts. Trotzdem würde ich es am liebsten sofort wieder tun. Die Probleme werden kommen. Denn wenn das so weitergeht, wird sie sich bald von Ingomar trennen. Irgendwo will ich das nicht. Ich habe Angst vor der Verantwortung. Ich denke, ich bin an allem schuld. Habe ich sie manipuliert? War ich wahrhaftig ihr gegenüber? War ich so, wie ich bin? Gelogen habe ich jedenfalls nie. Vielleicht habe ich mich unbewusst verstellt? Quatsch! Sind wir wirklich füreinander geschaffen oder lügt das Schicksal? Es wäre schön, wenn sie hier wäre, und ich ihre Nähe, ihre Wärme und all das unbeschreiblich Schöne spüren könnte. Ich weiß nicht, wohin! Ich weiß nur, ich muss raus aus dieser scheiß Stadt. Alles widert mich an. Alles stinkt. Alles stört. Ich muss das mit Sophie abbrechen. Sonst zerbricht alles, sonst zerbreche ich. Ich werde ihr morgen sagen, dass sie mich nicht mehr anrufen soll und dass wir nie wieder miteinander reden werden! Am besten werde ich bis Februar schlafen.

20.November – Ich habe gestern Nacht wieder erst um 5 Uhr schlafen können. So tief unten war ich noch nie. Alles brach über mich herein, mein Herumgehänge, meine unklare Zukunft, die ausweglose „Beziehung" zu Sophie, der ganze Scheiß. Gestern wurde mir wirklich klar, was passieren würde, wenn das mit Sophie so weitergeht, und im Moment hätte ich nicht die Kraft, die Konsequenzen zu tragen. Also traf ich aus purer Angst und Feigheit vor dem, was kommen wird, die endgültige Entscheidung, mit ihr zu brechen. Ich hoffe inständig, sie wird mit Ingomar glücklich. Er hat sie verdient, er ist der großherzigste Mensch, den ich kenne, und so gutmütig und liebevoll kann nur er zu ihr sein. Außerdem liebt sie ihn, vielleicht auf eine andere Art als mich, aber sie liebt ihn. Ihre Augen verraten das. Als sie mich heute anrief, hab ich ihr gesagt, dass es so das Beste ist. Am liebsten hätte ich ihr aufrichtig gesagt, was ich für sie empfinde, dass ich mir sicher bin, dass sie Licht in meine Dunkelheit gebracht hätte. Sie hätte mich bereichert. Ich bin sicher, sie war die erste Frau, mit der für mich ein gemeinsames Leben, ein Sohn und volle Harmonie vorstellbar gewesen wären. (Nimm den emotionalen Wert dieser Worte und multipliziere ihn mit ∞, dann hast du meine wahren Gefühle für sie.) Fakt ist, mehr als andeuten, was ich empfinde, konnte ich nicht. Ich hatte Angst, es würde ihr noch schwerer fallen, es zu akzeptieren, wenn sie sich meiner Gefühle im Klaren wäre. Okay, es ist getan, ich sollte mich jetzt besser fühlen, aber ich bedaure schon fast, aufgelegt zu haben. Ich habe tatsächlich gehofft, sie ruft noch einmal an oder kommt in der Spielothek vorbei, und ich glaube, sie war da und hat sich nicht reingetraut. Aber trotzdem war es besser, dass all das nicht passiert ist. Ich lasse das Telefon heute Nacht trotzdem an und ich weiß nicht, was ich tue, wenn sie sich meldet. Ich liebe sie! Gott, ist das grausam! Wenn ich durchhalten will, darf ich sie nie wieder sehen. Ich wünschte, ich hätte ein Foto von ihrem Gesicht, besser, dass ich es nicht habe. Ich will sie vergessen und mich erst dann wieder an sie und all die Gefühle, die mit ihr verbunden sind, erinnern, wenn wir uns das zweite Mal sehen, unter anderen Umständen. Vielleicht passiert das in einem halben Jahr, vielleicht in einem oder erst in fünf. Egal, auch dann werde ich sie wieder lieben und sie mich, und wir werden zusammen sein und alles, was wir uns jetzt wünschen, wird dann in Erfüllung gehen. Woher ich weiß, dass es so kommen wird? Man trifft sich immer zwei Mal im Leben und erst recht, wenn man daran glaubt! Ich glaube!!!

21. November – Über den Tag ging es wieder. Das heißt, über die Stunden der leichten Ablenkung von 16 bis 1 Uhr. Das ist die einzige Zeitspanne, in der man Leute treffen kann, ohne Geld auszugeben, das ich nicht habe, und das Fernsehprogramm ist halbwegs erträglich, solange man seinen Geist abschaltet. Außerdem lese ich wieder mehr. Vorhin las ich, dass es sich durchaus positiv auf die Gesundheit auswirken kann, wenn man über das, was einen beschäftigt, schreibt. Das lässt mich hoffen ... Ich soll meinen Führerschein abgeben, auf der Insel, wie lächerlich. Trotzdem werde ich es tun müssen, genau, wie ich langsam beginnen muss, meine Außenstände zu decken. ... Auf jeden Fall ist jetzt wieder tiefste Nacht, etwa 4 Uhr. Das Buch habe ich gerade weggelegt. Nach den ersten zwei Zeilen habe ich gemerkt, dass ich nur lesen, aber nichts aufnehmen würde. Zu den Nachtzeiten der Einsamkeit beginnt in meinem Kopf täglich das Geschrei. Wahrscheinlich will sich alles, was den „tollen" Tag über verdrängt wurde, jetzt artikulieren. Es ist ein Chaos, es ist nicht konstruktiv, es belastet mich und ich kann es nicht abstellen und es sind immer wieder die gleichen antwortlosen Fragen und Kreise. In einem entscheidenden Punkt kenne ich mich selbst nicht wieder. Ich bin nicht in der Lage, mich irgendwie dazu durchzuringen, eine Lösung zu finden und umzusetzen. Ich glaube, ich bin momentan einer von den Spezialisten, die auf morgen warten, und das nicht erst seit gestern. Zumindest, und das ist mein Vorteil gegenüber den Spezialisten des Gestern und Morgen, weiß ich, dass das nichts ändert. Ich brauche dich, Sophie! Ich will dich, doch ich kann dich nicht nehmen. Du könntest mich bewegen. Durch dich würde ich das Leben wieder spüren. Und jeder Tag mit dir wird in meinen Erinnerungen bleiben, wie es nur die Momente des größten Glücks tun. Sie verblassen zwar mit der Zeit, aber kehrst du später zurück an den Ort des Geschehens, bricht alles wieder über dich herein und dein Körper ist überflutet von zeitlosem Glück. Ich weiß nicht, wie oft ich es noch schreiben oder sagen oder denken werde: Ich will dich hier, bei mir! Wir beide, getrennt von allem, nur du und ich. Das ist alles. Das ist Glück. Das ist Leben. Das ist Liebe.

27. November – Ich bin heute schon 19 Uhr nach Hause gegangen. 12 Uhr aufstehen, bis 14 Uhr Spielothek, letztes Kapitel von Kinski abgeschrieben, ab 17.30 Uhr wieder Spielothek. Und jetzt? Die Stimmung, die ich für überwunden hielt, ist zurück. Stille. Einsamkeit. Allein mit mir selbst und ich bin mir keine große Hilfe. Warum? Gestern war Maria hier. Es war herrlich. Jemand, mit dem ich reden konnte, oder besser jemand, dem man alles erzählen konnte. Was denkt Sophie in diesem Moment? Sie war in der ersten Hälfte unser Hauptgesprächsthema. Es scheint, als koche es in ihr noch genau wie in mir, aber auch sie sucht Zerstreuung und findet sie sicherlich. Das Höchste allerdings und wahrscheinlich auch das, was den Rückfall auslöste, war, dass Maria bei mir lag, ganz nah, verschlungen in mich. Ich konnte sie spüren. Die Wärme, den Duft, ihr Herz, sie. Alles war okay in diesem Moment. Frieden, Ruhe, Harmonie, Geborgenheit. Ich wollte nicht, dass sie geht. Mir wurde klar, dass das genau das war, was ich die ganze Zeit suchte. Da war jemand bei mir, ganz bei mir und nur für mich da. Ihr ging es wahrscheinlich genauso. Wir lieben uns nicht. Wir beide wissen das. Wir gaben oder nahmen uns nur, was wir beide brauchten. Alle Wunden waren geschlossen. Doch jetzt sind die Verbände weg und ich blute wieder.

9. Dezember – Ich warte! Mich selbst habe ich wieder auf die Reihe bekommen, das finanzielle Nichts überwunden. Aussichten positiv, Scheinperspektive aufgebaut. Meinen Platz in der Welt habe ich zwar immer noch nicht gefunden, aber ich bin wieder da, wo ich schon so oft war. Am Anfang! Mal sehen, wie weit ich diesmal komme. Richtig schwer im Magen liegt nur noch eine Sache und all die damit verbundenen Fragen – Sophie. Sophie hat wieder angerufen. Glücklicherweise oder leider. Auf jeden Fall haben wir uns zwei Mal nachts getroffen. Auf ihre eigene Art und Weise waren beide Treffen fantastisch. Ihre Stimme, ihre weiche Haut, alles. Der Beigeschmack aber war jedes Mal ein anderer und diese Zwiespältigkeit in den Ereignissen spiegelt auch mein Inneres. Einmal kamen wir uns auf dem Rücksitz näher, aber nicht zu nah. Das andere Mal verbrachten wir den Abend wie „Freunde". Wohler fühlte ich mich bei Letzterem, aufregender war Ersteres. Was nun? Eine Frage wie ein ewiges Déjà-vu. Dauernd hoffe ich, dass sie anruft, aber ich habe Angst vor dem, was passieren wird. Ich tendiere immer mehr dazu, jetzt alle Konsequenzen außer Acht zu lassen, um mit ihr zusammen zu sein. Aber irgendwo, tief drinnen, gibt es auch eine Verbindung zur Angst. Und zwar der, ihre Liebe zu verlieren, wenn wir weiterhin auf low level fahren. Aber nähme ich sie jetzt, was könnte ich ihr bieten. Mich! Das ist viel! Aber genug für eine Frau wie sie? Für Ingomar ist sie nichts, gesetzt, er ist wirklich sooo weich, wie sie sagt, dann ist ihre Kraft und Energie verschwendet, denn sie absorbiert seine Schwäche nur bis zum Durchschnittslevel. Sie und ich! Ich glaube, wir würden uns nicht nur ergänzen, wir würden uns aufwerten und gemeinsam alles erreichen. Wir wären nicht Summe von ein paar Plus und einigen Minus, sondern einer würde das Plus des anderen mit seinem potenzieren. Wir könnten wirklich groß sein! Es ist schön, sich am Was-wäre-wenn zu ergötzen. Ich sollte besser darüber nachdenken, wie ich das erreichen kann. Irgendwie ist es traurig, dass ich den Glauben an Nietzsche und Zarathustra etwas aufgeweicht habe. Aber ich bin momentan etwas unsicher, ob es wirklich diese HÄRTE ist, die es anzustreben gilt.

10. Dezember – Kleine Entschuldigung für Folgendes: Ich war mit Rui, meinem ehemaligen portugiesischen Kollegen von der Raffineriebaustelle etwas trinken. Sophie, ich will dich! Warum bist du nicht hier? Warum bin ich nicht bei dir? Warum kann ich mich und meine Gefühle nicht erklären? Komm! Ruf mich an! Sag mir, dass du mich brauchst! Sag mir, ich bin das Wichtigste für dich! Sag, du willst wirklich! Nimm deine Last auf mich! Bitte, mach allem ein Ende! Lass mich los oder tu alles für mich! Sei mit mir!

Vielleicht bist du die letzte Reifeprüfung zum wahren Mann! Bin ich Mann? Was ist Mann? Ich will jetzt mit dir in einer neuen Welt aufwachen. Ich bedaure, nicht mehr Worte zu finden, als „Ich liebe dich", ohne ins Kitschige abzurutschen.

```
Und dies über alles, sei dir selber treu
und daraus folgt, wie die Nacht dem Tage folgt,
du kannst nicht falsch sein gegen irgendwen.
```

So schrieb Shakespeare. Lebe den Moment! Sei du selbst! Was soll das? Ich kenne die Wahrheiten und betrüge mich selbst. Geht es dir genauso? Tu es! Lass uns weggehen! So weit wie möglich! Ich weiß, dass ich die wichtigste Person im Universum bin. Warum orientiert es sich an anderen. (Oder umgekehrt, ist auch egal ...) Ich dreh' durch. Es will weg, aber ich muss hier bleiben. Schizophrenie wäre die Lösung. Es für dich und ich für den Rest der Welt. Warum kann ich nicht zwei Mal sein? Warum bin ich die Marionette und nicht der, der sie spielt. Wer spielt mich? Ich weiß, wer Gott ist! Gott ist die Masse. Denn die Masse orientiert uns, mich! Ich will Gott sein. Deine Haut ist so weich. Wenn wir uns umarmen, lebe ich, fühle ich, bin ich. Ich will dich – jetzt spüren!

Eine Insel, du und ich, nur du und ich, Frieden und Ruhe. Nimm den Pflugschar aus meinem Geist. Nimm meinen Geist.

Ohne Angst wäre das Leben zwar kürzer, aber bestimmt erfüllter!

Nur die Gier nach Glück lässt uns das Glück als etwas Greifbares sehen. Man weiß immer, was Glück seien könnte, merkt aber nie, wenn es einem widerfährt.

Alles ist ein Kreis. Ich benenne es, beschreibe es, um es dann wieder zu benennen, usw. ...

Ich bin müde! Ich hoffe jede Nacht, dass ich dir im Traum begegne. Dich dann wirklich vor mir zu sehen und alles zu erleben, was ich mir wünsche, ist Erfüllung, Füllung, Ruhe, Frieden. Manche Nacht erfahre ich Liebe und Glück. „I look at you and I see myself. As long as we are together, time can't touch us." (CK-Werbung) Wir werden zusammen sein. Heute Nacht!

14. Dezember – Wo bist du? Zehn lange Tage des Bittens und Sträubens! Du verblasst! Bin ich für dich schon bleich? Hast du mich verloren oder ich dich? Oder hast du aufgegeben; den Traum, das Später, das immer währende Irgendwann? Wenn ja, hielt ich dich für stärker als du bist. Oder haben wir uns die ganze Zeit etwas vorgeheuchelt, uns an fremden verbotenen Früchten ergötzt? Suchtest du nur das Abenteuer, das nie wirklich eins wurde, und bist jetzt des Kampfes mit meiner Moral müde? Vielleicht willst du mich auch mit Passivität locken? Ich hatte den Hörer schon in der Hand, aber ich habe mich zurückgehalten. Ich bin mir jedoch sicher, dass ES noch einen Versuch startet! Ich weiß nicht. Unschlüssig. Weiter warten.

Unsere Brücke brennt! Haben wir genug Tränen des Verlangens, sie zu löschen?

Ich will nicht in Hitze schmelzend untergehen, verlieren allen festen Halt. /
Eisberg muss ich sein. /
Kälte und Dunkelheit suchend, will ich den langsam, stetig tauenden Strahlen entgehen, /
muss ich Einsamkeit erfahren, im weiten Meer von Nichts. /

Um deine Wärme zu verwandeln, in strahlende Kraft vernichtender Hitze, bleibt mir nur, dein Feuer anzufachen, mit eisig-klarem Atem.

Mensch existiert nicht mehr /
das Denken verschwindet /
Zügellose Ausbrüche primitivster Handlungen lösen vom
Jetzt /

Ein Drang, sich wehzutun /
von allem zu viel /
machtlos dennoch /
Gelähmt durch Gefangenschaft in sich selbst /
Kein Drang nach Offenbarung /
Alleine in sich schreien /
Verzweiflung der Ohnmacht.

30. Dezember – Plötzlich ist wieder alles neu. Ich hatte mich letzten Endes tatsächlich auf die Kartbahn in Prag eingeschossen, Täubner geglaubt und gedacht, alles würde enden. Von einem Tag auf den anderen könnte ich alles konsequenzlos zurücklassen; Sophie, meine Eltern und vor allem das, was ich bisher war. Aber diese Chance wurde mir nun endgültig genommen. Die Träume vom glorreichen Heimkehrer, vom neuen Menschen sind dahin, Entwicklung jetzt wieder zwanghaft. Das birgt natürlich auch die Chance, das hier in den letzten Monaten zaghaft Begonnene jetzt endlich zu vertiefen und auszubauen, mich in dem Umfeld zu entwickeln, das ich bis jetzt distanziert betrachtete. Sophie sah phantastisch aus. Mir ist bewusst, dass für mich die große Wunde wieder aufbrach, aber das, was sich bei ihr auftat, scheint nur ein kleiner Riss, aus dem ein klein wenig unbeholfener Hass fließt, gegen jeden und alles. Allein wird sie nie etwas Bewegendes tun. Wenn etwas geschehen soll, dann müssen das Dritte verursachen. Egal. Ich habe mich nun wirklich abgekühlt und was das Verhältnis zu ihr betrifft, alle Zeit und Erhabenheit gegenüber dem, was geschehen wird. Ich habe das zwanghafte Einwegdenken diesbezüglich abgelegt. Ob nun was aus der Übernahme von Täubners Karthalle in der Nachbarstadt wird, vermag ich nicht zu sagen, in puncto Täubner weiß ich eh nichts mehr. Und das spätestens seitdem ich mit Gabor und seiner Freundin Mia in Prag war, um die Kartbahn zu suchen, die wir für ihn leiten sollten, die es aber offensichtlich nicht einmal gibt. – Na ja, vielleicht bin ich am zweiten oder dritten Januar schlauer. Vielleicht auch nicht.

Was fehlt? Die Aufgabe! Ich habe keine und warte, dass man mir eine gibt. Ich hoffe nur, dass ich nicht schon zu lange gewartet habe und die kleine Seifenblase, die entstand, als die große plötzlich zerplatzte, nicht auch noch verschwindet, und alles, was mir dann bleibt, die Erinnerung an deren Anblick ist. Erinnerung, die sich im Abruf auf Sekunden komprimiert und nur zwei Gefühle wiederspiegelt: Euphorie und Enttäuschung. Aber das ist nichts gegen fünf verschwendete Monate! Ich glaube, ich zöge nicht einmal eine Lehre aus dem Geschehenen. Und doch hoffe ich, im Falle des Fehlschlagens die Erinnerung und Erfurcht an die totale Leere zu behalten. Dann könnte man es zumindest als Erfahrung abtun. Sicherlich eine, auf die ich verzichten könnte.

Was soll ich mir wünschen, wenn kein Wunsch in Erfüllung geht? Was soll ich tun, wenn nichts einen Sinn hat? Was soll ich denken, wenn jeder Gedanke ein Kreis ist? Es ist das Nichts, von dem ich umgeben bin und das mich ausfüllt. Jeder Schritt nach vorn endet vor einer Mauer. Schlafen ist das Vernünftigste, was mir einfällt. Ich weiß nichts! Vielleicht ist es besser, nicht mehr nachzudenken und Augenblicke zu genießen, sich von Moment zu Moment der Zukunft entgegen zu schleichen. Ich muss weg, ich brauche Ablenkung von mir selbst. Bald ist alles überstanden, dann existiert zumindest die Gegenwart wieder, denn selbst sie ist momentan nur Schatten, ungreifbar und unbegreifbar.

Dass die Lust nach der Wärme einer Frau wieder so stark ist, was bedeutet das? War es Sophie, ist es die Einsamkeit oder die Hoffnung auf letzte Zuflucht in der Glückseligkeit?

Es scheint mir, dass ich mit Sophie und dem Geschehen umher noch ganz gut bedient war. Ich hatte zumindest noch die Möglichkeit, über etwas Sinnvolles nachzudenken. Doch seitdem ich mich für Kälte entschied, gab es nur noch eine wichtige Sache – Prag. Jetzt ist auch die weg. Das ist der Grund für das Nichts. Ich habe leichte Kopfschmerzen, möglicherweise von dem Bierabend mit Ingomar, Chris, Yves und den anderen. Es gibt Leute, die mich mögen. Ich hoffe, ich enttäusche sie nicht, ich hoffe, Täubner (das Schicksal) enttäuscht sie nicht. Ich versuche, hinter meine Gedanken zu steigen, tiefer zu gehen, aus Angst, ich sei flach, aber es gelingt mir nicht – vielleicht schreibe ja doch wirklich ich! Okay. Egal. Ende. Ich such' wieder Ablenkung, diesmal mit „Prodigy", vielleicht habe ich ein paar tolle Gedanken während des geilen Beats! Ich verspüre wieder Lust, irgendwohin zu fahren, alles zu verlassen, alles hinter mir zu lassen. Nur Musik und niemand, der mir in meine Gedanken reden kann. Oder Sex wäre auch nicht schlecht, ich könnte kurz zu Jana gehen. Einen Joint bauen, auch okay. Hauptsache, nicht hier sein und dieses Zimmer sehen, seit Jahren das Gleiche, nichts Neues. Jetzt musste ich auch noch das Licht anmachen, wegen des Schreibens, und mir wird noch mehr gewahr, dass ich nicht allein bin und nicht machen kann, was ich will, ohne mich eventuell vor meinen Eltern erklären zu müssen. Ich glaube zumindest, dass ich ihnen das schuldig wäre. Oder was sollte ich machen, wenn sie plötzlich hereinkommen würden und ich grad in der Stube 'ne Tüte rauche. Sollte ich einfach nichts tun und sie ignorieren? Das hätten sie nicht verdient. Heißt das, sie hätten nicht verdient, ihren wahren Sohn zu sehen? Irgendwie will ich ihnen doch nur mein Idealbild von mir selber zeigen. Außerdem rauchen sie nicht einmal. Die einzige Fluchtmöglichkeit ist mein

Auto, aber das will ich mir, wegen der Kälte, selbst nicht antun. Die Optimalvorstellung für genau jetzt ist, dass ich und Sophie allein in einer Wohnung sind, wir basteln 'ne kleine Tüte, hören den geilsten Beat und philosophieren sinnlos, verstehen uns. Wir sehen uns völlig hingebungsvoll in die Augen. Aber irgendwie ist da eine Scheibe zwischen uns, ich kann alles sehen und spüren, alles kann ich mir gut vorstellen, bloß eine Berührung nicht, die eventuell in Sex münden würde. Irgendwie ist es wie beim ersten Mal – du denkst, du musst jetzt, und willst eigentlich nicht. Ich will wirklich nicht mit ihr schlafen, nur bei ihr sein, ihre Nähe spüren! Ist das unnormal? Angst vor ihrem Sex ist es nicht. Angst, ihr nicht zu genügen, auch nicht! Es wäre nun wirklich egal, denn wenn sie den Sex tatsächlich primär werten würde, was ich nicht glaube, würde sie mich nicht wirklich lieben, sie liebt(e) mich aber. Ich glaube nicht, dass sie mich mit so etwas enttäuschen würde. Ich bin mir ziemlich sicher, dass es absolut fantastisch mit ihr wird, wenn es so weit ist. Aber dahin richtet mein Gedanke sich momentan überhaupt nicht. „Firestarter" (Prodigy). Ich fahre Auto und rauche!

3. Januar – Es ist sehr erstaunlich, wie viele Frauen man von einem Tag auf den anderen haben kann, die sich nett und vorsichtig nahezu aufdrängen, wenn man nur mit den Ansprüchen an ihr Äußeres nicht zu hoch ansetzt. Das, was ich nicht vorhatte, habe ich getan. Und ich muss mit Erstaunen feststellen, dass ich nicht die geringsten Anzeichen von Reue spüre. Im Gegenteil, ich bin zufrieden und frei, wie lange nicht. Und das alles nur wegen ein bisschen Ehrlichkeit. Ich war so, wie ich bin, und sie so, wie sie ist, und jeder stand dazu. Man sagt natürlich nicht alles, eine gewisse Distanz bleibt. Aber das, was man sagt, meint oder sagt man so, dass der andere versteht, was man meint. Offenheit, ohne dass die Neugierde zu kurz kommt. Die Neugierde setzt bloß einen längeren Hebel, will tiefer, will mehr entdecken. Schön. Seit wer weiß wie lange schlief wieder eine Frau in meinem Arm ein. Sie fühlte sich geborgen, was heißt, dass ich war, was ich sein will, das, was ich bin, der nehmende Geber. Mir wird klar, dass Offenheit keine Probleme schaffen, sondern nur lösen kann, auch wenn man manchmal kräftig schlucken muss. Falschheit, auch, und gerade im Kleinsten, ist und bleibt Hinterlist gegen sich selbst. Man betrügt nie die anderen, nur sich selbst. Jeder aber hat ein Gespür für Betrug und wenn er ihn nicht „beweisen" kann, setzt er sich mit den gleichen Mitteln zur Wehr. So überlistet jeder jeden und vergisst sich selbst dabei. Und das alles passiert täglich, stündlich, minütlich – mit Billigung von ganz oben. Wie sollte auch die Masse gegen sich selbst kämpfen in ihrem Sumpf? Es gibt wenige wie mich, die das erkennen, und es gibt noch wenigere, die sich mit aller Konsequenz dagegen entscheiden und Zeichen setzen, die doch nur feige und heuchlerisch übersehen werden. Arme Welt, armes Volk. Wie viele wahrhafte Momente hat der Mensch? Wäre das nicht ein Maß für vollkommen und unvollkommen und all die Variationen dazwischen? Ich hatte heute einen dieser wahrhaften Momente. Und jetzt liegt sie hier und Ideale wie Schönheit, Intellekt und all das andere Zeug zählen nicht. Sie schläft, sie schläft ruhig, sicher, geborgen, zufrieden und so fest, dass sie nicht wach wurde, als ich mich aus ihren Fängen befreite. Sie klammerte sich im Schlaf wirklich so an mich, dass ihre Fingernägel fast in meine Haut drangen, und ich glaubte, sie wollte meine Oberschenkel zwischen ihren zerquetschen. Nur das zählt!

11. Januar – Es ist wieder Samstag und wie schon viele, zu viele Samstage zuvor ist es der Samstag vor der Entscheidung, die sich dann eh wieder verschiebt. Drei Tage bis Dienstag, bis zur Stunde null und dem Wissen, ob es mit der Kartbahn in der Nachbarstadt nun was wird. Es ist wieder viel Scheiße aufgelaufen. Versicherung, Telefon, Leben. Es wird wirklich langsam Zeit. Der Gedanke Studium wird wieder tragbarer, nur wenn ich ihn weiter denke, wird mir übel. Noch mal fünf Jahre und höchstwahrscheinlich wohne ich mit 28 immer noch hier. Aber ich kriege ja ein anderes Zimmer, was für ein

Lichtblick! Maria ruft nicht an. Sie wollte es schon gestern tun. Ein versauter Abend mehr oder weniger. Im Hinblick auf Dienstag kann man das schon ertragen. Ich bin sehr unzufrieden. Eigentlich könnte alles schön sein. Aber wahrscheinlich wehre ich mich selbst gegen alles Schöne. Ausgenommen ein paar Momente voll Lachen oder Sex. Ich hoffe, all das Leiden lohnt sich.

Übrigens glaube ich, dass wir vor uns selbst doch alle ziemlich ehrlich sind, wir tarnen die Wahrheit nur als Lüge, um uns alle Wege offen zu lassen, werden damit im Ende aber doch zu Verrätern. So feige. Selbst wenn man mal Anlauf nimmt und jede Verstellung der Stimme vermeidet, sich und die anderen nicht belügt, ist niemand bereit, einem zu glauben. Lügst du nicht wahr, wird dir die wahre Lüge angedichtet. Ich weiß nicht, wohin mit mir. Der Grund: Ich denke nur noch an die Zukunft und projiziere die Ergebnisse einer fiktiven Zukunft auf mein Sein in der Gegenwart, aber wie soll ich nach so vielen „Ruft mich dann und dann noch mal an" Täubners positiv über die Zukunft denken und damit heute glücklich sein? Nicht mal die vergangenen schönen Momente bleiben mir in Erinnerung. Das Schlimmste daran ist, dass das geschieht, weil sie von der fiktiven Zukunftsvision überlagert werden, und nicht, wie normal, von anderen realen Ereignissen. Mein Weg – ein falscher Weg –, lahme Momente der Gegenwart zu überwinden, ist der, sie durch eine schöne Zukunft zu rechtfertigen, zu übertünchen, zu begründen. Dabei endet auch noch jeder Satz, der eine „schöne" Zukunft zeichnet, mit „aber" oder „Was, wenn nicht?", und damit wird diese Art Bewältigung zum noch sinnloseren Unterfangen.

> ***Ich wollte mich nicht an dir zerstören*** *und so verließ ich dich /*
> *Das heißt, ich verschob das Leiden um dich, um uns, um unsere Situation auf mich /*
> *nur auf mich /*

und nun verliere ich mich, in meinem Leiden um mich /
und vergesse das Gefühl für dich.

Ich bin mir nicht mehr sicher, ob du meine Erfüllung bist? Die Fakten sagen hundertprozentig ja und ich will
dich immer noch. But what about you? Sie reden draußen über
mich und meine allzu irdischen Probleme. Zeit, zu gehen! Der
Abend ist endgültig versaut. Ich weiß nicht, was ich tun soll!
Und dieser so abgedroschene Satz ist so ernst zu nehmen, wie
der Tod.

26. Januar – Die Ereignisse überschlugen sich in den
letzten Tagen. Doch kurz zur Vorgeschichte: Von Ingomar
erfuhr ich, dass mit Sophie Schluss ist. Vierzehn Tage später
ruft Sophie an. Wir verabreden uns. Im Laufe des Abends wird
klar, dass tatsächlich, wie vermutet, alles wieder aufflammt, und
wir sehen an diesem Abend in die leuchtende Glut, ohne sie zu
berühren. Auf dem Heimweg treffen wir Ingomar. Er folgt uns
zu ihrem Haus und es folgt eine kurze verbale Auseinanderset-
zung zwischen mir und ihm – er erinnert mich an die Sache mit
Monique. Danach sprechen Sophie und Ingomar miteinander,
während ich in meinem Auto warte. Dann ein Gespräch zwischen ihr und mir. Abfahrt. Nach diesem aufregenden Abend
trennen wir uns im stillen Einvernehmen, noch etwas zu warten. In den Tagen danach höre ich immer wieder, wie aufge-
bracht Ingomar ist. Aber ich würde alles in Kauf nehmen.
Heute erfahre ich dann, dass, wie erwartet, andere, insbesondere Ike, die Gunst der Stunde nutzen, und sich, aus Antipathie
zu mir, sehr klar zu Ingomar bekennen, dabei aber sicherlich
sehr viel Anteil an seinem Gemütszustand nehmen. Das ist
gerade für Ike sehr günstig, denn er ist bei Sophie abgelaufen,
habe ich gehört! Davon weiß Ingomar natürlich nichts! Okay,
das ist alles noch erträglich, zu verkraften und zu belächeln.
Schlimm ist nur, dass Sophie gestern im „Paradise City" war
und eine erneute Versöhnung mit Ingomar nahe ist. Eigentlich
kann ich das nicht glauben, nach dem, was sie mir erzählt hat,

von wegen Mitleid und so. Dennoch ist mein grenzenloses Vertrauen in uns schwer auf die Probe gestellt. Selbst wenn es nach außen nur so scheint, macht sich Ingomar jetzt wieder mehr Hoffnung, und das erleichtert die Sache auf keinen Fall. Eigentlich will ich sogar mit Sophie nicht mehr reden, fühle mich ihr aber dennoch irgendwie verpflichtet. Hoffentlich geht es ihr nicht genauso. Denn auferlegte Verpflichtung ist nicht die gewünschte Basis. Ganz schlimm für mich ist auch, dass ich jetzt keinen Plan mehr habe. Egal! Irgendwie hab ich manchmal den Eindruck, ich schreibe mein Alibi. Ich warte ab und will mich in jeglichen Handlungen auf meine Instinktsicherheit verlassen.

Das Einzige, was wirklich befreit und glücklich macht, sind Sachen wie gute Musik, gute Bilder, gutes Essen, also das, was direkt auf den Instinkt wirkt – ohne Umwege der Wertung. Glück resultiert also aus Handlungen, die nicht bis ins grenzenlos Unabsehbare abgewogen werden. Vertrauen in Triebe und Instinkte – Selbstsicherheit aus Ursprünglichkeit. Man braucht bloß Kinder zu fragen, warum sie mit Feuer spielen, obwohl man es ihnen (im schlimmsten Fall unter Androhung von Strafe) verboten hat. Sie haben keine Antwort, wirklich nicht. Es ist der Wille zum Glück. Der wahre Antrieb ist nicht Macht, sondern Glück.

5. Februar – Es ist wieder so weit. Der Abend, oder besser die Nacht bricht über mich herein. Und mit ihr kommen allabendlich die gleichen Gefühle der Schwere und Ausweglosigkeit und die übliche Frage: Warum und wozu das alles? Zur Erklärung hier die letzten „unglaublich bewegenden" Ereignisse: Ich habe mich, was das Kartgeschäft betrifft, endgültig von Gabor getrennt. Nachdem sich mit Täubner alles erledigt hatte, bleibt nur, noch mal auf die Insel zu gehen, und Ludwig Rösler, der irgendwann in einer seiner Spielotheken aufgetaucht war und den ich vom Billard her kannte, hatte angedeutet, dass er die finanzielle Seite übernehmen würde. Ich habe entschieden, es allein zu machen – ohne Gabor. Ich hab mich mit Benedict getroffen, meinen Führerschein nun doch abgegeben, die Zahlen der Kartbahn vom Vorjahr für Rösler aufgearbeitet und mit Jette telefoniert, obwohl es mich etwas verwirrt hat, dass sie beim letzten Mal unmittelbar danach was essen wollte. Ich war in der Spielothek, etc., etc. Was ich doch für eine bewegtes Leben führe. Na gut, eigentlich ist das alles nicht so schlecht, wenn die Abende nicht so einsam wären!

Ihr seht das Wesentliche nicht /
Musst dich nur fallen lassen /
in dich hinein /
In dir ist mehr /
Sieh dein eigenes Licht und auch sein Gegenteil / /

Wie sieht der tiefste Grund aus, wenn er da ist /
Er ist nicht da, du fällst in einem Ring /
fällst ohne Anfang, ohne Ende /
und du /
im Ring fallend /
bist die Ewigkeit / /

Tauch mit mir ins wahre Ich, ins wahre Du /
In dir /
in Ewigkeit versinken /
In Ewigkeit versinken.

Doch wenn da nichts ist, woran soll ich glauben? Wenn es keine Antwort auf das große Warum gibt, warum fragt dann jeder? Sag mir, wo finde ich die Antwort? Was ändert sich, wenn ich sie habe? Verliert sich dann nicht aller Sinn? Ist der Sinn des Lebens die Suche nach der Antwort auf die Frage nach dem Warum?

Das Individuum, infolge der Trennung eines Einzelnen von der Masse, ist nicht existent. Die Masse existiert nicht.

Es existiert nichts, es ist nichts, nichts real, außer der Fall, der Aufbruch, der Untergang, der Fall im Ring. Ich, ich oder du. Jeder für sich, tief, tiefer, die Exzellenz liegt in der Tiefe. Das ist Mensch. Wahrheit im Abgrund. Nicht die Spitze. Das Zentrum des Grundes bist du. Aus dir entsteht. *Du bist, was du Gott nanntest.* Und der Drang ist der, vom Rest als Zentrum des Grundes erkannt zu werden. Die Wahrheit ist die, dass Wahrheit nicht existiert, wie die Masse nicht existiert, es fühlt jeder für sich.

Mein kleiner namenloser Hass. – So schwer eure Weichheit doch zu übertreffen ist, ihr schlimmsten aller Heuchler. Ihr seid die Künstler der Selbstüberlistung. Ihr seid die wahrhaft Schizophrenen. Ihr wisst wirklich nicht, wer und wie ihr seid. Nur euer Ego denkt, zu wissen, wie ihr seid, und ihr seid so perfekt im Lügen. Ihr belügt euch selbst so verschärft und ausschließlich und haltet euch für echt, für wahr. Keine Grundfesten, keine Meinung. Für euch steht vielleicht noch, dass ihr Suchende seid, aber scheinbar wisst ihr noch nicht einmal, dass ihr sucht, geschweige denn, was. Ihr hintergeht so tief und denkt so oberflächlich. „Und erwarte nicht, dass jemand für dich da ist." Du bist so sinnlos und so abartig, du bist der Hässlichste von allen, die ich kenne. Ich meine, gut, jeder ist auf seine Art hässlich. Aber du versuchst, so wie jeder zu sein und dabei du selbst, du machst aus der Imitation eine Kreation. Anzuerkennen ist, dass dich, außer mir, keiner durchschaut. Sie sehen in dir zwar den Spiegel, anstatt das Spiegelbild, aber ich, ich sehe hinter den Spiegel, und das Einzige, was ich dir zu Gute halte, ist, dass du selbst nicht mal weißt, was und wie du bist. Falls ich herausfinden sollte, dass ich damit Unrecht habe, wird dir mein ganzer Hass gehören. Heuchler, Heuchler, Heuchler. Du bist dem Untergang geweiht! Gott, du wirst so tief fallen! Obwohl, ich habe ein Nichts noch nie fallen sehen. Und du bist nichts!

Ich glaube, ich werde ewig einsam sein. Einsam sein, weil ich der einzig wirklich Wahrnehmende bin (Oh Gott, wie sehr hoffe ich, dass ich mich irre!). Und die, die die Schatten meiner Realität schon erkennen, ja, was ist mit denen? Irgendwann werde ich wahrscheinlich genau daran scheitern, dass ich denke, ich bin der Einzige von meiner Art auf Erden. Ich suche das Glück und weiß, dass es nicht existiert. Dabei will ich mich nur mitteilen, verstanden werden oder, im Einfachsten, Recht haben.

Ich bin dauernd in Bewegung, aber ich komme nicht weiter. Denke ich auf der Stelle? Die Hoffnung liegt darauf, plötzlich vor dem Tor zu stehen, es zu durchschreiten – ich merke gerade, dass ich noch nicht einmal den Ansatz einer Vorstellung davon habe, was hinter dem Tor, auf das ich zustrebe, sein könnte. Scheiße. Was ist eigentlich das Maximale, das ein Mensch erreichen kann? Wenn die Antwort erst am Ende, im Tod, im Sterben sich offenbart, warum ist dann das Leben so lang? Vielleicht erwarte ich auch zu viel? Wie kann ich verstanden werden, wenn ich nicht rede? Aber wie soll ich alles sagen, wenn alle weghören, wenn ich anfange, zu erzählen von dem, was ich sehe?

Liebe existiert doch nur in unserer Fantasie. Weil das Idealbild, das sich am Anfang einer Beziehung aufbaut, der nackten Realität weicht, und damit gleichzeitig die Opferbereitschaft, die nur gegenüber dem Ideal bestand, schwindet. Wenn das der Wahrheit entspricht, wie kann man dann glücklich verheiratet sein? – Sophie war hier.

Sicherlich bin ich weit von der Perfektion entfernt und habe in der Vergangenheit nicht alles richtig gemacht. Aber ich bin heute hier und glaube, dass wir die Aufgaben der Zukunft nicht bewältigen können, wenn wir in der Vergangenheit herumstochern. Dass das der falsche Weg wäre, haben uns die letzten Kriege bestätigt, denn sie waren nicht mehr als eine durch und durch schlechte Art der Vergangenheitsbewältigung. Lasst uns gemeinsam die Gegenwart meistern und in die Zukunft schreiten!

Ich habe die Macht gehört /
Sanft grollender Donner /
dröhnend, alles beherrschend /
An seinem Augenzwinkern prallt Widerstand sanft ab
/

und beugt sich ehrfurchtsvoll /
Kleinste Revolte endet mit Rückzug in sich selbst /
mit Rückzug in die Wahrheit /
So erhebt sich herrschend und beschützend /
das Tiefste von uns allen.

Ich bin wieder da! Da, wo ich hin wollte, und doch wieder am Scheideweg. Ich könnte tun, was alle tun wollen, und erreichen, was jeder angeblich erreichen will. Ich bin für den Erfolg geboren, ich werde im Sommer auf die Insel gehen und allein die Kartbahn zum zweiten Mal eröffnen. Wenn meine Zeit zu Ende ist, werdet ihr sehen, dass ich Recht hatte. Wenn ich aber das tun will, muss ich mich von mir lossagen, und das gerade jetzt, als ich die großen Dinge sah, die der Erkenntnis vorausgehen. Vielleicht war ich nah dran. Nein! Ich muss mich nicht entscheiden. Ich kann alles sein, was ich will. Warum nicht auch mehreres zugleich?

29. März – Was ist real? Ich sehe die Sonne nicht mehr, vielleicht bin ich nicht mehr da. Da, wo ich war. Wo war ich? War ich? Oder bin ich? Vielleicht werde ich erst sein. Wo sind die anderen? Ich kann sie berühren, aber sie sind nicht da. Allein! Wer? Sie? Ich? Ich will weg. Hilf mir auf der Flucht, zur Flucht. Nein, nicht Flucht, Aufbruch. Aufbruch in das Sein. Der Geist lebt durch dich und mit dir. Stiehl dich davon, spüre dich. Das ist Leben. Es findet nicht statt, es läuft nicht ab. Zeit ist nicht existent, wenn du bist. Ich bin so tief gefallen. Die Tür

lag vor mir. Sie aufstoßen, unvorsichtig, ein kurzes Hinein-
schwanken in das Große. Es machte Angst. War das das Ende
oder hätte es ein Beginn sein können? Angst vorm Durch-
bruch, aber Neugier am Fallen.

Wir wollten fliegen /
wie Fische, die sich aus dem Meer erheben /
Erheben wollten wir uns /
vom glitzernd tristen Blau des Meeres /
In der Abendsonne wollten wir unsere Schatten aufs
Wasser werfen /
Der Flug war kurz, aber wir flogen und glänzten / /

Wo ist die Kraft, die uns die Oberfläche durchbrechen
ließ /
was zog uns wieder hinab /
Gescheitert an der Realität /
Gescheitert an mangelndem Selbstglauben /
Gescheitert aneinander /
Wirklich gescheitert /
oder nur ein Stück weiter auf dem Weg ans Ende des
unendlichen Meeres?

Erzähle mir von dir /
gib auf dein Versteck /
Ich kenne dich, kenne dein Gesicht /
Warum versteckst du dich / *Fall in mich ein* /
vernichte, was ich zu sein scheine / *offenbare mich.*

Wenn wir zum wahren Ich finden wollen, müssen
wir den Drang zur Anerkanntheit ablegen. Denn er ist Ausdruck der Abhängigkeit von unserer Umwelt. Lösen wir uns
von dieser Abhängigkeit, sind wir. Erst dann werden wir erkennen, was und wozu wir sind!

Sieg ist nur Erniedrigung des anderen. Nicht weniger.

Möglich ist alles /
wieder /
Wieder aufgetaucht aus der Erde /
Den Untergrund, die Tiefe verlassen /
Zurück /
Spürbar, alles um mich herum /
doch Aufstieg am Boden beendet /
Sehnsuchtsvoll zurückblickend /
der Drang nach Tiefe noch so groß /
Die Sonne soll mich nie ganz sehen.

Es ist Nacht /
durchtränke mich mit deinem sanften Sommerregen /
öffne meine Brust und flute mich /
Sei mit mir.

Willst du mich erkennen /
Vergiss dich, gib dich auf /
Sei nur, und du wirst mein Universum sein.

Am Licht umschmeichelt mich die Wärme
/

Verführen will sie, denn sie kann mich nicht missen /
Sie braucht mich, doch ihr Preis ist die Lüge /
Ich will die Wärme, doch ich will eins bleiben mit mir /
Sei du mein Licht /
meine Wärme, ohne Preis.

Hallen des Wissens, strotzend vor idealisiertem
Potential /
Doch viel zu hell strahlt ihr /
Wollt jede Ecke ausleuchten und seht doch den Boden
nicht /

157

Geschweige denn, was drunter ist /
Enttäuschung /
Bin ich doch allein?

Ich sehne mich wieder nach Schlaf und ewigem Traum. Denn nichts ist wahre Gefahr im Traum. In jeder noch so schrecklichen Begebenheit steckt so viel, was es auszusaugen gilt. Gefühle werden an der Wurzel genossen. Man ist Teil vom Ganzen, unausschliessbar in das Große einbezogen, und alles scheint nur mit mir Sinn zu machen.

Ich hoffe, dass des Sommers Wärme das Eis in meinem Schädel taut /
ich wieder offenherzig frei erzählen kann, was mich bedrückt /
Doch was ist mit dem Eis in euren Köpfen /
Lasst auch ihr die Sonne ein /
sonst werd ich wieder nur /
einer unter vielen sein.

SOMMER

Ludwig Rösler hatte sein Versprechen – und damit war er einer von wenigen – wahrgemacht. Er hatte dem Helden irgendwann tatsächlich 45 000 Mark anvertraut, um die Kartbahn wieder eröffnen zu können. Zuvor waren sie gemeinsam auf der Insel gewesen und Rösler hatte gegenüber dem Verwalter des Geländes, auf dem die Kartbahn schon im letzten Jahr gestanden hatte und nun wieder stehen sollte, den Leumund für den Helden gegeben. Das war auch nötig, denn die Eskapaden der Vorsaison, von wegen Verletzung der Flugsicherheitsbestimmungen, waren dort immer noch präsent und es bedurfte einiger Überzeugungsarbeit, um den Verwalter wieder für den Gedanken einer Kartbahn, geführt vom Helden, zu öffnen. Die Karts waren gekauft, der Held und Rösler hatten eine GbR gegründet und die Leute von der Insel, die schon letztes Jahr mitgeholfen hatten, die Bahn aufzubauen, sagten wieder ihre Unterstützung zu. Auch Yves wollte einen Teil des Sommers auf der Insel verbringen, um dem Helden zu helfen, und Chris, in dessen Wohnung sich eigentlich alles Wesentliche zwischen dem letzten und diesem Sommer zugetragen hatte, kam ebenfalls mit ans Meer. Vorerst aber stand der Held allein hier. Er hatte alles zurücklassen wollen und hatte es nun doch mit hierher gebracht. Die Flucht war erfolgreich, aber dennoch gescheitert, und nun stand er allein hier am Meer.

Was ist das für ein Ton /
einst verheißungsvoll und es klingt grausam /
Flucht unmöglich, zwingend der Kampf /
fast ausgeliefert bin ich dröhnenden Gewalten /
Da ist so viel und doch bin ich allein im Nichts /
Der Wind bläst offen ins Gesicht /
Wellen brechen sich, es ist nie still /
Nah steh ich beim Geschehen und bin doch nur Be-
trachter /
Was soll ich tun allein /
Schob ich das Wasser vor mir her, bis es sich vor mir
türmte /
Nichts sah ich plötzlich mehr /
jetzt bricht es über mich.

19. Juni – Was soll ich sagen, was soll ich schreiben, an wen, vor allen Dingen für wen? Kurz bevor ich meine Identität fand, gab ich sie wieder auf. Ich bin wieder auf dieser Mittelstufe, von der aus ich auf beide Seiten sehen konnte. Ich war schon so oft da. Es war eine Schwelle, die es zu überwinden galt. War das tatsächlich die Mitte, das Optimum von allem? Die Antwort steht immer in der Frage. Die Antwort ist die Frage. Folglich existieren nur Antworten. Die Frage steht immer in der Antwort. Die Frage ist die Antwort. Folglich existieren nur Fragen. Also sind wir, du, oder mein Ich, das zu sein denkt, die Sprache. Das Bewusstsein existiert nur durch Sprache. Wir sind das Wort. Sicherlich auch im biblischen Sinne. Ich will deinen Namen zu Papier bringen, aber ich traue mich nicht, wegen denen, die davon erfahren könnten, wie tief es für mich war. Eigentlich will ich es jedem sagen. Ich habe dich geliebt. Und endlich bin ich mir selbst sicher – ich kann dich nur lieben, wenn auch du mich liebst. Schluss, Ende, es gibt keine Fragen mehr, nur noch Antworten. Alles nur eine Frage der Einstellung – SCHLUSS!

18. Juli – Es wird wirklich langsam Zeit, sich mit der Tatsache abzufinden, dass man für den Rest seines Lebens allein sein wird. Allein im Sinne davon, dass irgendwann niemand mehr für dich da ist und jede große Kleinigkeit an dir selbst hängen bleibt. Das ist gleichzeitig der wahre Begriff von Verantwortung. Sie existiert nur gegenüber dir selbst. Die Umwelt ist mehr und mehr zum Feind geworden; selbst zur Durchsetzung deines kleinsten guten Willens brauchst du unheimlich viel Kraft. Ach übrigens, erwarte nie, dass jemand etwas für dich, ich meine ausschließlich für dich, tut, es wird genauso wenig passieren, wie, dass dir jemand Verständnis entgegenbringt, und es muss wirklich der absolute Hammer sein, wenn jemand seine Eltern als Kind verliert, denn das sind die Einzigen, die ich bei oben Genanntem ausschließe. Ich glaube, das, was ich jetzt fühle, meinte Nietzsche mit Einsamkeit. Die Einsamkeit als Erkenntnis jedes Menschen, an der manche vor ihrer Zeit zerbrechen. Auch wenn es schmerzt, ärgere ich mich nicht, dass ich hinterfrage, dass ich in mich sehe, denn wer das nicht tut, der belügt sich vielleicht sein ganzes Leben lang und merkt nie, dass er allein ist. Wenn ich mich recht erinnere, hat Nietzsche mal sinngemäß gesagt, dass man in Schulen allen Scheiß lernt, aber nicht, wie man mit dieser Einsamkeit umgeht.

Scheiße! Ich schreibe an dich, du große Dunkelheit. Dich, die du nie Licht zu werden scheinst. Dich, die Einzige, so, wie ich der Einzige bin. Zuckende Krämpfe. Wem soll ich mich offenbaren? Oh Sonne, Oh Licht, Oh Einzigkeit, noch nicht erkannt, doch da. Doch nicht da, wo ich dich zu finden glaubte, sonst würde ich dich kennen. Ich spüre deine Existenz. Was bist du, mehr als nur Person? Es tut weh, ich spüre den Schmerz.

Warum sind alle anders /
Der Himmel beginnt sich zu verzerren /
entblößt seine rohe Schönheit /
Kraft und Sanftmut in einem.

Eines Tages werdet ihr mich über euch stellen. Um zu schützen, um zu wachen, um zu richten. Ich werde der sein, der lenkt. Ich werde Gott sein. Gott sein, bis zu meinem Tod. Der Tag, an dem ich das Leben verlasse – sicher, dass da mehr ist, doch wer weiß was? Wie tief kann man fallen? Rückkehr noch möglich? Wohin? Ins Durchschaubare, ins Wirrwarr von Millionen Seelen? Seelen, die man lesen kann! Ohne dich werde ich nicht alt. Ich habe schon eine vage Ahnung, wie du sein könntest, doch wie du bist, werde ich erst erfahren, wenn ich dich treffe. Wenn ich dich treffe, wenn nicht, werde ich euch verlassen. Was ich tue, tue ich nur für dich, um einen Weg zu dir zu finden. Mittel zum Zweck ist mein Leben bis jetzt, nicht Leben an sich. Leben an sich endet nie. Man stirbt gemeinsam. Bist du bereit für mich? Kennst du mich schon? Manchmal sehe ich dich und habe keine Vorstellung von dir. Ich weiß nicht, ob du existierst, doch du musst, ansonsten wäre ich sinnlos. Sinnlos? Woher kommt das Wort? Wer maßte sich an, zu behaupten, das irgendetwas einen Sinn hätte? Sinn hat nichts! Macht ist alles! Jeder will Gott werden, auch wenn die Vorstellungen davon, was Gott ist, verschieden sind. Und aus diesem Streben wächst alles! „Diese Welt ist der Wille zur Macht."

Wir wünschen uns eine Antwort auf das große Warum. Wir können nicht akzeptieren, dass ein Warum nicht existiert. Kühe stehen auch nur den ganzen Tag auf der Weide – fressen, schlafen, ficken. Warum, interessiert sie nicht. Wir wollen anders sein, weil wir wissen, dass wir anders sind, oder es denken. Deswegen brauchen wir Antworten auf Fragen, die nicht existieren. Wir sollten uns damit abfinden, dass auch wir sinnlos sind, und uns auf das konzentrieren, was wahr ist. Fressen, schlafen, ficken, sterben! Das sind die Wahrheiten, die alle suchen, aber keiner wahr haben will. Es ist so!

Ich bin leer /
Es gibt nichts, was mich interessiert /
Jetzt – Was war das /
Das Gähnen eines Schweigens?

Wie so oft vorher schon, hoffte er, dass sie da wäre. Was ihm das bringen sollte, wusste er selbst nicht. Er wusste nur, dass er wollte, sie wäre da. Da!? Wo, war egal. Sie sollte überall sein. Sie sollte alles sein.

Ist es nicht blöd, jetzt schon darüber nachzudenken, was sich ändern würde, wenn dieses oder jenes klappt oder nicht klappt, und daraus Schlüsse zu ziehen, ob man es anpacken soll?

Ich will / /

Sie betritt den Raum /
In hellem Schein strahlt ihre Begierde /
Ich schließe die Augen /
bewege mich in Schlangenlinien auf das Licht zu /
Jemals werde ich es erreichen / /

Ich betrete den Raum /

Sie sieht mir in die Augen, sie sieht mich, sie erkennt,
sie weiß, sie will /
Sie kommt mir entgegen auf Knien und sieht mich an /
Doch dann senkt sie ihren Blick, während ich meinen
hebe /
Augen geschlossen /
ich berühre ihr Haar, hebe ihren Kopf /
unsanft /
und durchschaue sie /
Aus ihrem Gesicht spricht Gier /
Sekunden /
Sie sieht in die andere Richtung /
Jetzt sind wir /
eins //

Sie will „mehr" sagen, doch der Inhalt verliert sich im
Hallen der Wahrhaftigkeit.

Ist Angst Wille?

14. August – Ich habe den inneren Drang, hässliche Sachen zu sagen, und ich spüre die Energie. Da ist etwas in meiner Brust, das ausbrechen möchte, umspannen, umarmen möchte. Warum ändert die Zeit manche Dinge nicht? Warum bleibt diese alles durchdringende Unsicherheit? Du bist schuld. Deine Existenz, mein Untergang? Oder mein Aufgang, meine letzte Prüfung zum Erreichen der letzten Stufe, der letzten Stufe zum Sein, zum Ich. Ich kämpfe gegen mich – unerschüttertes Vertrauen – die Antwort. „Some girls are bigger than others!", singt Morrissey.

Nietzsche war nur der Anfang, eine Vorahnung. Er hat den entscheidenden ersten Schritt getan. Ein Schritt in die falsche Richtung, aber einen Schritt in wenigstens irgendeine Richtung. Er erzeugt eine gegenteilige Religion. Er dreht nur alles herum und zeigt uns damit genau die Kehrseite. Aber

163

genau das ist es. Nur dadurch, dass wir erkennen, dass es definitiv zwei Seiten gibt, können wir erahnen, dass weder die eine noch die andere Seite allein wahr ist. Nietzsche eröffnete uns somit die Möglichkeit, die Wahrheit zu erkennen, und sie liegt also irgendwo zwischen beiden Extremen – gut und böse. Na ja, gefunden hab ich sie damit immer noch nicht.

22. August – Ich weiß, warum ich hier bin. Ich bin hier, um zu sein, um vollständig zu sein, das Einzige zu sein. Alles andere ist und wird gelenkt vom Sein, damit es ist.

26. August – Was es war und warum es war, weiß ich nicht. Ich weiß nur, dass es war – und es war schön. Irgendwie saß ich zu Hause in meinem Zimmer, aber es war nicht das Zimmer von heute, es war irgendwie anders, ich glaube, so, wie vor vier oder fünf Jahren. Es gab noch diese Tür zum Schlafzimmer und meinen Tisch, den alten dunkelbraunen mit dem einen weißen Bein. An dem saß ich. Es war Nacht, ich tat irgendwas, schreiben, lesen, ich weiß nicht mehr. Von Zeit zu Zeit fuhren Autos die Straße runter. Dann hörte ich den Trabant und mein Herz schlug schneller, als ich mir sicher war, es ist der blaue mit den Blumen drauf. Sie kommt. Ich stürze zum Fenster und will in meiner mehr als übermäßigen Euphorie den Vorhang zurückreißen, als ich sie erblicke. Doch ich schaffe nur einen Spalt zwischen Gardine und Wand, um unerkannt hindurchzuschauen, als mich dieses überirdische Glück erfasst – ich sehe sie und um sie herum ist es hell. Ich weiß nicht mehr, ob sie Schwarz oder Weiß trug. Sie stand nur da und schaute nach oben. Und als ich ihr in die Augen sah, die ich aus der zweiten Etage gut erkennen konnte, verlieh sich dieses überirdische Glück Ausdruck. Erst ein Lächeln, dann zogen sich die Mundwinkel immer höher, ein Lachen auf dem Gesicht, aber das reichte noch nicht aus, es war mehr, mehr Gefühl, noch nie da gewesenes Glück. Mein Gesicht war gewiss schon Fratze, als ich bemerkte oder dachte: Sie sieht mich. Da gab es kein Zurück mehr und ich machte das Fenster auf. Und da war es, dieses „Hallo, Nikeas!", das alles bedeuten konnte und so einmalig war. Dieses „Hallo, Nikeas!" in seiner gewissen Stimmlage, seiner Gestik, seinem fordernden und herausfordernden Klang, das war sie. Ich hatte es schon so oft gehört, mit leicht gesenktem Kopf und niedergeschlagenen Augen und schon ganz geradlinig mit entschlossenem Blick und mit dem Blick einer Frau, nur der Klang war immer der gleiche. Da stand sie im Licht und wartete. „Ich komme runter!" Und schon war ich unten, um sie hereinzulassen. Als wir gemeinsam die Treppe hoch laufen, ist mein Körper gefüllt mit tausend Insekten, die ein unheimlich schönes, warmes Kribbeln verursachen. Vor uns auf der Treppe laufen dieser Typ aus der Parterrewohnung und Mark Löbsch. Ich frage mich kurz, warum sie nach oben gehen, denn Löbsch wohnt nicht im Haus und dieser Typ wohnt, wie gesagt, Parterre, und dass sich beide kennen, ist eigentlich unvorstellbar. Aber ich gehe diesem Gedanken nicht nach. Es gibt nur eine Sache, die wichtig ist. Sie geht neben mir, sieht mich von Zeit zu Zeit an, nein, ihre Augen sehen mich an, und ich glaube, sie sind an allem schuld. Ich versuche, mein Glück, meine Freude, meine Zufriedenheit zu verbergen. Aber sie weiß und ich weiß, dass sie weiß, und sie weiß, dass ich ... Dann dränge ich den zweien vor uns noch ein belangloses Gespräch auf und schon sind wir beide in meinem Zimmer. Kurz auf dem Bett, im Schneidersitz einander gegenüber. Wir sehen uns nur an und plötzlich weiß ich nicht mehr, was in ihr vorgeht, aber umgekehrt weiß sie es auch nicht. Oder doch? Auf jeden Fall dürfte das Bett doch gar nicht hier stehen und ich glaube, das ist der Grund, warum wir jetzt am Tisch sitzen. Ich an meinem alten Platz, sie an der Seite links neben mir, wo eben noch das Bett stand. Scheiße, ich weiß nicht mehr, was noch war, es war doch so schön, nur sie zu sehen. Ewig hätte ich so sitzen können, wer weiß, wie es weitergegangen wäre, was passiert wäre? Lösung oder Verhängnis, Beginn, Ende oder mittendrin? Warum ist die Schlafzimmertür offen und warum sitzt mein Vater an dem Tisch, der gar nicht im Schlafzimmer steht, und warum schreibt er

Schreibmaschine und sieht kurz zu mir auf, mit einem Blick, den ich beim besten Willen nicht deuten kann? Und warum, zum Teufel, klingelt mein Telefon und macht alles kaputt? Na ja, das war's. Hat sich abgespielt am 26. August in der Dachwohnung auf der Insel. Yves und Chris sind auch vom Telefon wach geworden. Ich bin total am Kotzen, es ist 6.35 Uhr und ich lass mir von Chris' Mutter diese unglaublich wichtigen Telefonnummern von der Wiener Uni geben. Schnell, schnell, aber immer freundlich bleiben, Nikeas. Ich muss zurück ins Bett! Ich muss schlafen! Ich muss sie wiedersehen! Aber daraus wurde nichts. Jetzt sitze ich hier am Achterwasser mit meinen Problemen und ohne Hilfe. Ich wünsche mir Schlaf, Frieden, Ruhe. Und ich wünsche mir, dass ich ihr wieder begegne!

Es wird das Verlangen aus dem Leiden geboren

und findet Befriedigung in seinem Streben zum Glück, welches den Keim allen Leidens in sich trägt.
– Lebe!

25

Auch wenn es nicht allzu viel dazu zu sagen gibt und gab, das „normale" Leben fand trotzdem statt, und zum Plan des Helden, sich so lange an die Welt zu verkaufen, bis er es nicht mehr nötig hätte, ihr zu dienen, gehörte immer noch das BWL-Studium, das er im Frühjahr in der Heimat begonnen, dann aber wegen der Kartbahn unterbrochen hatte. Er hatte im Frühjahr in Saal die Hallen des Wissens betreten und wollte das Studium nun, als die Saison auf der Insel vorbei war, fortsetzen. Chris, der mit ihm den Großteil des Sommers am Meer verbracht hatte, wollte oder sollte seinen Eltern nach Wien folgen – sein Vater hatte dort die Leitung eines Werkes übernommen, das Getränkedosen herstellt – und Chris' Mutter hatte dem Helden angeboten, doch mitzukommen, bei ihnen im Haus zu wohnen und in Wien zu studieren. Dumm, wer solch eine Möglichkeit nicht nutzt, und so wurden – vielleicht etwas überstürzt – die Zelte auf der Insel abgebrochen und die Flucht fortgesetzt.

2. September – Warum ist es so, warum denke ich so oft an dich? Ist da etwas Unerledigtes? Denkst du noch an mich? Warum hast du mich angerufen? War es, um dein Gewissen zu beruhigen? War es, weil es dir so geht wie mir? Nein, es geht dir nicht so wie mir. Ich will dich immer noch. Was ist mit dir, wolltest du mich jemals? Ist da noch jemand, noch jemand, der wirklich wichtig ist? Warum ich aufgelegt habe, falls du dir diese Frage noch stellst? Weil ich dich liebe. Ich tue alles für mich. Du bist die einzige Person, die ich wirklich wollte. Würde ein Brief etwas ändern? Ich habe dir so viel zu sagen. Eigentlich nur eins: Ich will, dass du für mich, und nur für mich, da bist.

Sie kommt zurück /
Groß, tief, bedrohlich, schwer und ruhig /
Sie ist warm, wohlig warm /
und sie kehrt nach außen /
alles was tief verborgen war /
Ich sehe wieder /
Blick für Schönheit, für Farben /
für das ursprünglich Unveränderliche /
leider auch im Menschen /
Gesellschaft wird mir wieder zuwider /
Einsamkeit meine große Sehnsucht /
und Liebe /
Das Herz schlägt wieder bedächtiger /
Die Sache kann von vorn beginnen.

Es macht mich wütend, wenn sich andere mit meinen Lorbeeren schmücken und sich nehmen, was doch mir gehört.

Warum soll ich mir von irgendwem helfen lassen?
Damit ich mir dann dauernd vorhalten lassen muss, was andere
schon für mich getan haben, dabei längst die Vorteile verdrängt, die sie durch mich hatten. Illusionen aufgebaut, hinter
Fassaden versteckt und nicht geständig. Besser ist es doch,
nicht mehr zu bitten oder zu fragen, sondern selbst zu tun,
ohne Erwartung von Wiedergutmachung, und sich von denen
zu trennen, die nicht würdigen. Unwürdig meiner sind sie!

Solange ich stark bin, brauche ich niemanden, und
ich kann stark sein, der Stärkste. Doch heute bin ich klein,
weich, lächerlich in meiner Gestalt, dem Untergang geweiht
und nicht mal ein guter Verlierer. Heute, jetzt bin ich nichts.
Entbehrlich. Das Gegenteil vom Nabel der Welt. Ich hasse das,
was ich bin. Heute hasse ich mich dafür, dass ich so sein kann.
Klein und schwach. Kind. Und das Kind braucht eine Mutter.
Ich brauche dich. Du könntest mir nützlich sein, nicht nur an
Tagen wie diesen, aber heute ganz besonders. Doch ich brauche dich nicht mehr, es hilft auch der Schlaf. Wenn das Erwachen nur nicht so schrecklich wäre. Ich liebe die Nacht, denn
bis zum Morgen bleibt dann immer das Nichts des Schlafes.
Und genau dazu werde ich mich jetzt hinreißen lassen. Ich
werde mich hinreißen lassen zur Flucht. Zur Flucht vor allem,
auch vor mir. Oder besser zur Flucht vor dem, was ich jetzt
bin. Tja, es scheint, der Winter beginnt. Und er scheint lang,
kalt und bitter zu werden.

Es ist alles nur doppelt so schlimm, wie ich es mir
vor einem Jahr vorgestellt hatte. Da bin ich jetzt wieder, am
Tag die lachende Maske und die Nächte voller Farben, gefangen in der Welt, die nur ein Geheimnis birgt, das keiner wissen
will. Erklär dich nur. Oder besser nicht, dann bleibt meinen
Gedanken die Alternative im Zwiegespräch mit mir selbst und
wieder gibt es keinen Ausweg. Ich bin mir ihrer Liebe nicht
mehr sicher, was eigentlich heißt, sie liebt mich nicht mehr.
Und ich sie? Ich weiß es nicht, auch schreiben kann ich nicht

mehr, ich brauche Menschen, die mich ablenken, für die ich etwas bedeuten kann, doch die Nacht ist einsam und Gleichgesinnte würden mich krank machen. Kollegialer Selbstmord. Kollegial heißt, sie und ich. Schlafen!? Nachts ist jeder, bin ich, genauso allein wie tags, doch der Tag birgt Farben und niedere Ängste und niederes Glück, nur die Nacht verspricht Großes – Schlechtes wie Gutes.

Ich sehe ihren Schal an der Wand und rieche ihr Parfüm, sehe ihre Augen, höre ihre Stimme. Sie weiß nichts von all dem, sie denkt nicht mal daran. Wenn es mir schlecht geht, bleib' ich allein. Wenn ich allein bleib', geht es mir schlecht. Ende jetzt. Jetzt da, doch morgen nicht mehr.

Vielleicht ist es einfach nur ... ach, ich weiß nicht, was. Da ist immer diese eine Stunde am Tag, wo ich alles will, und da sind immer diese unendlichen Stunden nachts, in denen sich alles verliert, jegliche Existenz sich selbst auslacht und ausgelacht wird, von mir. Und du, was willst du? Kurzweil ein Leben lang? Bitte! Depression für immer? Bitte! Das eine tags, das andere nachts? Bitte! Oder umgekehrt? Bitte! Was immer du willst, möchte ich sein, du bist, was immer ich will. Doch du glaubst mir nicht, nicht Ersteres und nicht Letzteres. Ich bin nicht mehr deine Lösung, seit ich dir half, dich selbst zu lösen. Blöder Fehler, dass ich für dich da war! Dein einziges Problem ist sicherlich, dass du dich nun irgendwie verpflichtet fühlst. Es ist sicherlich unangenehm, zu wissen, dass man eigentlich meist gar nicht will und manchmal trotzdem ja sagt, obwohl man weiß, man sollte nicht. Die letzte Tür, hast du sie schon geschlossen, oder hämmert mein Name noch hinter deiner Stirn? Brennt es? Tut es weh? Ich gönn dir diesen Schmerz, auf ewig soll er dein sein, wann immer du an mich erinnert wirst! Mein Schmerz wird mich töten, irgendwann vor Ablauf meiner Zeit, und du wirst nicht da sein, nicht mal an meinem Grab, aber bald auch unter der Erde, da, wo es immer dunkel ist. Licht ist nichts für uns Sonnenkinder.

Der Traum, den ich träumte, soll irgendwann wahr werden, aber es ist schon ziemlich unwahrscheinlich, dass mein Zimmer noch mal in dem Raum sein wird, in dem es früher einmal war, in diesem Traum. Und wenn du irgendwann vorm Fenster stehst, werde ich dir nicht sagen, dass ich gewartet habe, jede Nacht. In allem muss man cool sein, wenn man die Kontrolle will, und man braucht sie, denn ohne sie läuft nichts, ohne mache ich alles falsch.

Und niemand soll mich je erkennen. Niemand! Nie! Nur wenn ich mich verstelle, wollt ihr mich! Ich!! interessiere niemanden. Alle wollen Härte! Bitte! Ihr wollt Orientierung! Bitte! Kraft, Stärke, Schönheit, Erhabenheit! Ihr Kleinen, ich werde euch das Fürchten lehren, auch dir! Lass dich nie wieder mit dir ein, sonst zehre ich dich auf, ganz und gar. Sei dir gewiss!

14. Oktober – Ich glaube, ich weiß jetzt, wo das, wo mein Problem liegt. Es ist der allzu schwere Umgang mit der Vergangenheit. Was heißt, ich verarbeite, über- und bearbeite dieses Thema zu eingehend. Der Kreis schließt sich, da ist nicht mehr. Das ist die traurige Einsicht. Ich schreibe über das Geplänkel, das Spiel zwischen den Geschlechtern. Früher war es eins. Es war der Kick, das Kribbeln. Man hat sich einander angepriesen, verkauft. Jeder auf seine Art, Frau und Mann, Junge und Mädchen. Und man kam manchmal sogar so weit, das Spiel aufzuheben, ohne es jedoch wirklich zu tun. Mein Fehler war, noch mehr von der Sache zu erwarten. Weil, worauf lief es hinaus; er wollte etwas, sie wollte etwas, es war sicher nicht das Gleiche, aber jeder wusste, was nicht erwünscht war, und was nicht erwünscht war, aber eigentlich doch. Und so schwänzelte man dann um all das herum, unter dem Deckmantel der Moral. Ich habe gehofft, dass man sich all das sparen kann, sich sehen, sich lieben, leben. Aber so, die BITTERE Erkenntnis, geht es nicht. Wir brauchen diese erste Phase des Lügens und Belogen-werdens. Denn dadurch sehen wir – weil unsere Hoffnung hinter die Sprache schaut – was der andere will. Wir ergründen sie, wie sie uns ergründet. Im Optimalfall sehen beide richtig, sehen beide durch. Und dann lügt man für den Rest des Lebens oder offenbart sich, womit die Sache dann meist gelaufen ist. Na ja, ohne dieses Spiel läuft halt nichts und wenn nichts läuft, zerfrisst man sich das Hirn. Das Spiel ist eigentlich schön. Das Kribbeln kommt daher, dass man sich fragt: War ich richtig?, was nicht meint: War ich ehrlich?, und wenn man richtig war, also das Spiel gut gespielt hat, ist sie glücklich, und das ist es, woran man sich ergötzt. Als ich kurz auf Besuch zu Hause war, hatte ich das Bedürfnis, sie zu sehen, ein Mal noch „Hallo, Nikeas!", die Augen, die Nase, Stirn, Haare, Körper, Stimme, alles, sie! Schwarz steht ihr am besten. Sie war, glaube ich, am gleichen Punkt. Sie weiß! Und sie spielt gut! Es war Krieg und nur wer am ehrlichsten war, gewann. Lügen – keine Chance. Sie denkt noch an mich, das ist sicher! Liebt sie noch? Das weiß ich nicht! Es wurde nichts, weil ich nicht Manns genug war, in diesem Winter des Jahres null! Ich habe sie heute gesehen, die, die so viel zu haben scheint. Sie sah auch mich! Aber hat sie mich erkannt?

Weiße Trauer tief in mir /
Ich kenne euch so wenig, wie mich selbst /
Dabei weiß ich so viel

22. Oktober – Mir wird gerade voller Schreck bewusst, dass ich seit knapp zwei Jahren keine Freundin, keine Frau mehr hatte, mit der ich zusammen war. Ich rede nicht von Sex, da gab es ein, zwei flüchtige Bekanntschaften und Jana, die wirklich immer für mich da war, wenn ich mich selbst, völlig zerflossen, loswerden musste. Ich rede von dem, was man schlicht „Beziehung" nennt. Und so etwas hatte ich seit fast zwei Jahren nicht mehr. Die letzte war Claudia und die einzige hätte Sophie sein sollen. Aber irgendetwas hat eben immer nicht gepasst. Warum? Wird schon an mir liegen, es gab eben immer Wichtigeres. Und jetzt ist das Studium ja so wichtig.

Und außerdem hab ich kaum Kohle und ich geh' ja eh wieder auf die Insel. Und, und, und ... Wie toll, Nikeas, schön selbst überlistet hast du dich. Ich bin so stolz auf dich. Mein Problem ist, ich liebe nicht mehr! Aber es muss doch beides gehen. Wahrscheinlich ist es wieder Zeit, mich den anderen zu öffnen, auf die Gefahr hin, dass die Meisten mich verkennen, jedoch mit der Hoffnung, das einige mich erkennen, vielleicht auch *die Eine*. Und ich habe immer noch keine Ahnung, wie sie aussieht! Es ist jetzt 3.15 Uhr, seit über zwei Stunden liege ich hier im Bett in diesem kleinen Kellerraum im Haus von Chris' Eltern, den sie wirklich nett für mich hergerichtet haben. Ich war gerade draußen eine rauchen, ich dachte, das hilft. Aber es scheint nicht so zu sein. Ich habe mich schon damit abgefunden, morgen in der Vorlesung einzuschlafen. Schön war nur, als ich draußen die Sterne ansah. Es war klar und ich habe den Kleinen Wagen gesehen. Als ich runter zum Orion schaute, flog eine Sternschnuppe durch die Nacht. Ein Wunsch. Aberglaube. Hoffnung. Nur gut, dass es so etwas gibt. Ich habe immer mehr das Bedürfnis, mir die Haare abschneiden zu lassen. Vielleicht ist dieser Wunsch ja Ausdruck dafür, dass sich in meinem Leben etwas Entscheidendes bewegt. Momentan ist es irgendwie öde.

Ich fühle Verzweiflung und inneren Unfrieden. Die Welt da draußen ist anders. Ich kann ihren Anforderungen nicht gerecht werden. Alles, was ich tue, scheint falsch zu sein. Es war falsch, dass ich plötzlich von der Insel weg bin, um nach Wien zu gehen. Es war auch falsch, nach Wien zu gehen. Und ich habe den Eindruck, dass es auch falsch ist, jetzt hier zu bleiben. Ich habe Sachen begonnen, die ich nicht beenden kann, und ich bin jemand geworden, der ich nicht bin, hier entwickelt sich Tod. Aber ich bin zu ängstlich, um zu sterben.

Es ist lächerlich. Ich denke, die Welt ist gegen mich, aber ich glaube, ich bin gegen die Welt. So, wie sie ist, passt sie mir nicht, und es gelingt mir nicht, sie zu ändern. Ich denke, ich sollte einen Psychiater aufsuchen. Ich brauche jemanden, der mich zurechtweist, der mir sagt, was wirklich Sache ist. Orientierungslos, das ist es, was ich bin. Der „Fänger im Roggen" oder „ein Ruheloser, der um sich selbst kreist ... dem Untergang geweiht". Einer, der Widersinn in allem findet. Und hinter allem eine Antwort will. Es ist wie eine Metamorphose, wenn ich auf das schaue, was ich war, was ich jetzt bin. Ich komme mit mir nicht klar und das ist wohl der Grund dafür, dass ich nicht mit anderen klar komme. Ich will korrekt in allem sein. Ich will alles und kriege deshalb nichts. Ich kann nicht in Ruhe sein, doch wenn ich mich bewege, will ich Schlaf. Nein, ich will mich nur noch bewegen, hier und dort sein, allein und zu zweit. Alles Fotze! Ich bin hier. Total leer, um nicht „hohl" zu sagen, ich bin eigentlich nichts. Das Leben ist Spiel, doch ich habe aufgehört, zu spielen, begonnen, zu deuten und zu rechnen, um mich der Gefahr zu entziehen. Die Angst vorm Versagen ist meine größte und deswegen flüchte ich dauernd. Ich traue mir ja nicht mal mehr „Arschloch" zu denken, weil ich Angst habe, es könnte auf mich zurückfallen. Ich bin die Weichheit in Person, Abschaum. Ich hasse das, was ich geworden bin – der Hinterhalt hinterm Hinterhalt. Selbst zu feige zum Aufhören. Krank – nicht Mensch. Ohne Werte. Und auch noch so bekloppt, stolz zu sein auf das, was ich hier schreibe. Ich, ein Gescheiterter? Egal wie, falsch ist es sowieso! Ich bin zu weit gegangen, habe zu oft hinterfragt. Cooler sollte ich sein, jetzt, wo ich da war, wovon andere nicht mal wissen, dass es existiert, der tiefste Abgrund, da, wo sich der Kreis schließt. Ich entscheide doch, wo ich stehen will und wie ich sein will. Nein! Lieber verlieren und dafür Ruhe haben, nicht zweifeln müssen. War oder ist das meine Devise oder ist es die, nach selbst auferlegten Werten und Richtlinien zu leben, die ich für richtig, aufrichtig halte? Ich weiß nicht, was ich bin oder wer ich bin. Nikeas – Ich kann mich nicht beschreiben, aber alles werten. Es ist aus den Fugen, ohne Halt, Horror, Wahnsinn. So viel und doch nichts von wahrer Bedeutung. Ich bin entbehrlich, die Welt würde nicht merken, wenn ich verschwinde. Ich weiß, was kommen wird. Chaos. Oder besser ausgedrückt, die totale Ordnung, aus der heraus der Krieg kommt, es wird nicht der Kampf der Kulturen, sondern es wird Arm gegen Reich, und Arm wird verlieren. Die Weltbevölkerung wird sich in diesem Krieg drastisch verringern und die Gewinner werden unzufrieden sein. Es wird trist, grau und unnatürlich. Es wird wenige Unsterbliche geben, die sich irgendwann selbst töten, und es wird die geben, die geschaffen werden, um für die Übrigen den Sinn zu geben oder ihn zu suchen. Und in der Erkenntnis, dass er nicht existiert, in der Erkenntnis, dass das Leben keinen Wert hat, wird alles ersticken. Leben ist so sinnlos! Und ich kann nichts dagegen tun, außer ignorieren, dass es sinnlos ist. Aber wie soll ich ignorieren, wenn ich weiß – wirklich weiß. Das Leben soll ein Geschenk sein? Meinetwegen, aber was soll ich damit? Ich kann mit diesem Geschenk nichts anfangen. Außer ich rette die Welt! Aber wie die Welt retten? Ich zerbreche an der Sterblichkeit und wenn ich drüber nachdenke, würde ich auch an der Unsterblichkeit zerbrechen. Manchmal kann ich all das vergessen und nur sein. Aber ganz kann ich mich nicht trennen. Vielleicht sollte ich alles verbrennen? Nein, denn tief drinnen will ich ja, dass es jemand liest und sagt, ja, da war ich auch, aber du hast etwas vergessen, und dann sagt er mir, wie alles wirklich ist, sagt mir, was richtig und was falsch ist. Irgendwie hasse ich diese Phasen, doch ich möchte sie auch nicht missen, denn sie geben mir das Gefühl, etwas Besonderes, etwas Einzigartiges zu sein – ich wäre so gern das einzig Wahre. Doch was wäre dann? Und Fragen, Fragen, Fragen. Wie finde ich Frieden? Einen Schlussstrich unter alles ziehen, aufarbeiten was war? Von dem Tag an, seit ich denken kann, Erinnerungen festhalten? Genau das werde ich tun. Alles Geschäftliche an Gabor abgeben, normal weiterleben, hier in Deutschland, da, wo sich nichts wirklich ändert, in der Heimat, und alles aufschreiben, was war! Schlafen kann ich jetzt trotzdem nicht!

9. November – Ich warte wieder. Und es geht wieder nur um sie und um die Liebe, die ich brauche und will, so, wie ich sie will. Alles begann noch einmal, weil es noch nicht beendet war. Fast genau ein Jahr nachdem alles begonnen hatte. Es ist mir zu anstrengend und ich möchte auch niemandem zumuten, zu erfahren und verstehen zu müssen, wo die ganze Zeit das große Problem lag. Ich möchte nur so viel sagen, dass ich es jetzt weiß und nun darauf warte, dass sie es löst, denn dass sie es löst, ist die einzige Möglichkeit, dass es überhaupt weitergeht und/oder gleichzeitig aufhört. Es liegt nur in ihrer Hand. Ich halte mich raus, ich muss mich raushalten, wenn ich ihr bei der Lösung helfen will. Ich hoffe nur, sie braucht nicht zu lange, denn ich hatte schon fast mit allem abgeschlossen. Und wer einmal irgendeine Sache abgeschlossen hat, dem fällt es leichter, noch mal zu vergessen. Noch will ich nicht vergessen, doch ich fühle das Vergessen kommen. Hoffentlich kommt sie ihm zuvor. Hoffentlich zum Quadrat geht es ihr nicht genauso wie mir! Na ja, es liegt halt bei ihr, zumindest noch.

Wenn die evolutionstheoretische These stimmt, dass die Intelligenz der Menschheit steigt, und das, weil sich die mit dem entsprechenden Merkmal, hier Intelligenz, Versehenen besser fortpflanzen können, dann kommen auf die Menschheit schlechte Zeiten zu, denn nicht die Intelligenten, also die aus der Auslese Hervorgegangenen, sondern die Unintelligenten pflanzen sich häufiger fort, das heißt, eigentlich verdummt der Großteil der Menschheit immer mehr. Die dumme Masse wird immer größer und die intelligente Spitze immer kleiner. „Intelligent" und „dumm" sind hier eigentlich nur Worte, die einen Sachverhalt beschreiben, und keine Wertungen im Sinne von „intelligent ist gleich gut und dumm ist gleich schlecht" enthalten sollen. (Was hier liegt, ist eigentlich nur ein „Beweis" dafür, dass eben, wenn die Evolutionstheorie richtig ist, nicht Intelligenz das gewünschte Merkmal ist, sondern Dummheit – Das mit den schlechten Zeiten bleibt also stehen.)

10. November – Ich will nur schlafen, mich in Vergessen wiegen, zur Ruhe legen, Ruhe sein. Doch du hast mich zerstört. Wieder. Wieder bin ich wach. Wieder kann ich nicht schlafen. Wieder kann ich nicht sein, was ich will. Bist du es? Warum? Ich kann nicht schlafen und finde keinen Grund dafür. Du hast mich mit deinem Anruf geweckt. Warum? Um zu erinnern, dass da immer noch etwas Unerledigtes, Unabgeschlossenes ist? Alles ist klar, ich werde ohne Ergebnis mit dir reden, na und? Kein Grund zum Wachbleiben, ich hab doch morgen genug zu tun und müde bin ich auch. Trotzdem fehlt mir der Schlaf jetzt. Wirr! Das ist, was alles ist. Nicht einmal Sinn an der Oberfläche. Ich, es spielt verrückt. Hellwach 3.25 Uhr, weil du mir sagtest, du warst bei ihm, du warst wieder da. Das war es. Ich weiß nichts mehr. Und du? Schläfst ruhig und fest. Drei Mal stille Nacht, einsame Nacht. Oder ein Mal stille Nacht, einsame Nacht. Schläfst du – kannst du träumen? Was ist bloß mit uns passiert, wir wollten doch nur glücklich sein.

Du hast /
weggeworfen, verraten, zerbrochen /
eingefroren /
alles, was wir hatten /
Liebe verkehrt in Tod /
und Tristheit bricht herein /
Stille Momente verlieren sich im Geschrei nach dir /
du verletzend heilende Göttin des Todes /
Verdammnis zur Gemeinheit //

Das ist dein Wirken /
doch nicht mein Wille /
Ich werde dich heilen, du Eine /
muss dich heilen, mich zu retten /
oder das, was von meiner Seele noch heil ist /

Der Wille zum Leben und zu dir /
du lebende Vergewaltigung /
Die, die die Seele in Flammen setzt /
und droht, sie zu verbrennen /
Mörderin des Geistes /
Heilige Hure /
Göttin meines Selbstmordes

Ich hoffe, du gehst lächelnd von uns, wie
ein Kind in den Rest eines kühnen Traumes.

Jim Morrison

WINTER

In Wien ging, wie eigentlich nicht anders zu erwarten, irgendwann gar nichts mehr. Er musste weg. Zum einen hatte die Insel gerufen, da nach dem übereilten Aufbruch die Dinge mit dem Vermieter wieder so im Argen lagen, dass der Vertrag fürs nächste Jahr zu scheitern drohte. Und Sophie hatte gerufen oder rufen lassen, wer weiß das schon genau. ES rief, und alles schien wieder möglich. Außerdem war das Geld ziemlich schnell alle. Die Verwirrung griff merklich um sich. Und das verstärkt, seit sie angekündigt hatte, sich nun doch und endgültig von Ingomar zu trennen, aber nichts tat, was es für den Helden wirklich so aussehen ließ, als meinte sie es ernst. Und so blieb dem Helden nichts, außer ihr irgendwann doch zu schreiben:

Sophie – vieles habe ich für dich geschrieben, noch mehr über dich, und immer war ich der Meinung, gar nicht so falsch zu liegen. Meistens lag ich dann auch nicht falsch. Alles schien erklärbar, bis auf die letzte Aktion. Aber man soll auch nicht alles verstehen wollen. Bevor ich zum Kern komme, möchte ich noch zum Ausdruck bringen, wie schwer es ist, zu

177

schreiben, in der Gewissheit, dass es jemand lesen wird, dass du es lesen wirst – Ich hätte das nie für möglich gehalten. Vielleicht ist es ja auch die Tageszeit, keine Ahnung. Normalerweise schreibe ich vorm Einschlafen, jetzt schreibe ich nach dem Erwachen und merke, dass ich trotzdem keine Kommas setzen kann. Schrecklich, 13 Jahre Deutsch vergebens. Ich habe es von Michi erfahren und es hat mich total umgehauen, das hatte ich nun wirklich für unmöglich gehalten. Alles konnte ich akzeptieren, sogar dass ich vor ein paar Monaten echt scheiße drauf war, aber dass du zurückgehst, nach all dem, was du sagtest und was ich für wahr hielt, schien unmöglich – und doch ist es passiert. Im Nachhinein gesehen, war es auch ganz gut für mich. Ich dachte immer, mit dir wären alle meine Probleme gelöst, doch dem war nicht so, ist nicht so und dem wird auch nie so sein. Man kann sich nur selber helfen und man muss, wenn man nicht sterben will. Ich habe mich wieder fürs Leben entschieden. Es lässt sich zwar recht langsam an, aber na ja. Ich finde halt noch nicht immer die richtigen Worte und so schweige ich noch ein wenig zu oft, aber dennoch bin ich auf dem besten Weg, das Leben wieder zu genießen. Es gibt ja mindestens genauso viel Schönes wie Trauriges im Leben. Es ist bloß ein bisschen schwerer, sich auf das Schöne zu konzentrieren, wenn man all das Traurige verinnerlicht hat, und irgendwie hat ja auch das Traurige etwas Wunderschönes, etwas Wunderschönes, was dich langsam zum Durchdrehen, zum inneren Tod bringt, und damit soll Schluss sein. Nicht für immer, aber auf jeden Fall für ein paar Jahre. Vielleicht fange ich später noch mal an, in dem Bereich DIE Wahrheit zu suchen. Jetzt versuche ich, auf DIE Wahrheit zu scheißen, und wie gesagt, es gelingt mir besser und besser. Ja, aber zurück zum angeblichen Kern. Mit dir habe ich einen Menschen kennen gelernt, der mir sehr ähnlich zu sein scheint. Mit dem ich wirklich reden konnte, mit dem es schön war, zusammen zu sein, sein Gesicht zu sehen, seine Stimme zu hören oder einfach nur zusammen zu sein und die Gedanken fließen zu lassen, usw., usw. ... Und so schlimm, wie es klingt, muss es auf dich nicht wirken, obwohl es wahr ist. Du warst der erste Mensch, bist noch der einzige, der mir wirklich etwas bedeutet hat, der mir wirklich etwas bedeutet. Du bist eben die Eine. Und auch wenn ich es momentan könnte, möchte ich nicht ohne Kontakt zu dir sein. Ich glaube, mir würde etwas fehlen. Und vielleicht würde ich etwas verlieren, ich meine, etwas in mir, das ich unbedingt behalten möchte. So weit zur Lage der Nation. Ich hoffe, du freust dich über diesen Brief, ich hoffe, es macht dir Spaß, ihn zu lesen, und ich weiß, dass du in einigen Punkten zustimmst. Wenn all dem so ist oder auch nicht so ist, kannst du machen, was du willst, denken, was du willst, nur eins darfst du nicht tun – auf diesen Brief keine Reaktion folgen lassen. Oder willst du wirklich alles vergessen und glaubst du nicht auch, dass es zwischen uns noch viel mehr zu sagen gibt, außer: Ich fühl mich schlecht. Alles scheiße ... und so? Lass mich also etwas von dir hören, sehen oder lesen. Nikeas

Das absolut Größte hat die gleiche Masse oder Energie, wie das absolut Kleinste, weil beides NICHTS ist.

Einige Wochen waren vergangen und langsam schien festzustehen, dass nie wieder etwas passieren würde zwischen ihm und ihr. Sie hatte nicht geantwortet und sie würde es auch nicht mehr tun. Das wurde immer wahrscheinlicher, aber es war nicht hundertprozentig, und das gefiel ihm. Ein Funke Hoffnung sollte bleiben, für immer. Die gesamte Woche war fast vorbei, doch fürs Geschäft hatte er noch nicht viel getan. In der Hoffnung auf sie wurde alles von einem Tag auf den anderen verschoben. Und auch das kam ihm bekannt vor, es war genau wie letztes Jahr, nur dass es umgekehrt war. Damals wollte sie nicht loslassen, heute konnte er es nicht mehr. Es schlichen noch einige Wochen ins Land, bevor er tatsächlich aufhörte, jedes Mal in den Briefkasten zu sehen, wenn er das Haus verließ oder betrat. Langsam kam er davon ab und gleichzeitig mit diesem Vorgang wurde er wieder weltoffener, ja, fast exhibitionistisch. Er konnte sich wieder darüber freuen, freundlich empfangen zu werden, wenn er das Billardcafé betrat. Manchmal jedoch schienen ihn einige Leute zu euphorisch zu empfangen. So wichtig wollte er nun auch wieder nicht sein und er gab sich größte Mühe, schlechte Sprüche zu reißen, und es machte ihm manchmal fast Freude, die Leute mit seiner Offenheit und der Wahl der schlechtesten Vokabeln zu schockieren und zu verletzen. „Der, den man mit Freuden hasst" (The Doors) – Das war ihm am liebsten, auch wenn er manchmal geliebt werden wollte. Doch da er keine echte Liebe geben konnte, das war ihm jetzt schmerzlich bewusst geworden, erwartete er auch nicht, dass jemand ihm dieselbe entgegenbringen würde. Und die, die es dennoch versuchten, behandelte er am schlechtesten. Es waren eigentlich gute Zeiten und sie waren es nicht nur eigentlich, sie waren es wirklich. Alles geschah tatsächlich so, wie er es sich mit 18 Jahren ausgemalt hatte – er hatte seine eigene Firma – und wenn das so weitergehen würde, würde er eines Tages vielleicht einer der größten Männer dieser Welt sein. Daran arbeitete er jetzt wieder. Den kleinen Denker und Grübler hatte er ins tiefste Verlies verbannt, in sein Herz eingeschlossen, und so war da kein Platz mehr für etwas anderes. Härter und härter werden, war erklärtes Ziel. Kalkül gewann wieder die Oberhand. Er hatte wieder Kontrolle über sich und jetzt wollte er sie über den Rest der Welt. Kurz, er war sehr selbstverliebt und fühlte sich stark. Obwohl er wusste, dass er dazu noch viel zu klein war, wusste er auch, dass er einmal zu etwas zusammenwachsen würde, das ihm Größe ermöglichen würde. Doch jetzt musste er erst mal sein Schuhe putzen und leben gehen, verschwenden gehen; verschwenden auch sich selbst an das Leben.

Es gibt ein Geheimnis. Und das Geheimnis ist, dass da kein Geheimnis ist. Herzlichen Glückwunsch, sie haben den Grund der Sinnlosigkeit erreicht. Es scheint fast, sie hingen fest und wüssten nicht mehr weiter. Wenn dem so ist, sollten sie wieder anfangen zu rauchen. Willkommen auf Level 10.

Ein neuer Blickwinkel öffnete sich. Vage Vermutungen aus längst vergangenen Zeiten scheinen sich zu bestätigen. Heut ist nur anders, dass es vorbei ist, ich das weiß und ich es nicht ändern kann. Ich war einfach zu weich. Im ersten Moment der Sicherheit habe ich mich sicher gefühlt und gleich begonnen, meine Schädeldecke abzunehmen und sie die weiche Hälfte sehen zu lassen. Das rechte, kräftige Herz habe ich versteckt. Sie wäre die Richtige für mich. Warum, habe ich ja ausführlich beschrieben. Und auch ich hätte der Richtige für sie sein können. Doch ich war zu weich, sie mir zu nehmen, zu weich, mein Herz entscheiden zu lassen, und zu berechnend, um entschlossen sein zu können. Ich habe nicht alles gegeben, ich habe mich nicht aufgegeben. Und genau das hätte es vielleicht gebraucht, um gut enden zu können.

Die Eine wird kommen. Und ich werde der Eine sein.

Ganz bin ich noch nicht wieder der Alte. Ich schaue mir immer noch selbst aus dem Spiegel in den Rücken, wenn ich das Bad verlasse.

Ich weiß, dass ich bin, doch ich weiß nicht mehr und ich weiß nicht weniger. Also bringt mir das Wissen selbst nichts. Es macht mich nicht zu mehr und es lässt mich nicht weniger werden. Ich bin und ich bleibe, was ich bin. Auch wenn das in jedem Augenblick etwas anderes ist.

Das Schlimme am Sterben kann nur sein, das ICH merkt, dass ES stirbt, und ICH damit nicht mehr ist.

So hat zum Beispiel das Meiste von dem, was wir heute als schön, gut, nützlich oder eine tolle Errungenschaft bezeichnen, seinen tiefsten Ursprung, seine Wurzeln, im Machtwahn vergangener Zeiten und längst verstorbener Personen.

Glück kann man nicht kaufen, was nicht heißen muss, dass man beim Kaufen kein Glück empfinden kann.

Zukunft könnte auch Vergangenheit sein, Vergangenheit könnte auch Zukunft sein. Es hängt vom Ort der Betrachtung ab. Könnten wir das Körperliche verlassen, würden wir sehen, sehen, dass es ein endloser Kreis ist, das, was wir „Zeit" nennen.

Ich habe mich dann doch ziemlich schnell wieder geändert, beziehungsweise zurückrutschen lassen in das naive, aufstrebende und ach so selbstverliebte Kind, das ich einst war und jetzt wieder bin. Es scheint alles leichter zu sein, wenn man die Dinge nimmt, wie sie kommen. Und nicht so sehr darüber nachdenkt, was wäre, was war und was hätte sein können, wobei „so sehr" bedeutet, es sollte nicht unbedingt über den Horizont einer Woche hinausgehen. Alles scheint schön und bis auf genau diesen Moment denke ich nicht mehr an dich. Und wenn doch, gibt es da keinen Beigeschmack mehr. Obwohl, wie gesagt, alles schön ist und ich mich in meiner Gewöhnlichkeit oder auch Gemeinheit – und ich bin wirklich wieder gemein geworden – recht wohl fühle, gibt es da eine Sache. Tief in mir fühle ich etwas oder zumindest denke ich, es zu fühlen. Aufplatzen, herausbrechen will es – da ist so viel mehr, aber es ist so viel mehr Sinnloses. Das heißt nicht, dass hier, im Jetzt überhaupt etwas einen Sinn hat. Doch schon der Sinn im Moment, im kürzesten Zeitraum, lässt mich hier bleiben. Es geht nur die tiefste Tiefe oder die höchste Höhe der Gedanken oder von was weiß ich auch immer. Ein Dazwischen gibt es scheinbar nicht, scheint unmöglich. Warum? Das Warum, die Frage der Fragen an sich, ist der Grund, Ausgangspunkt der Entwicklung im menschlichen Sinne. Das Warum bestimmt Fortschritt und Weiterentwicklung (wobei „weiter" keiner Wertung unterliegt). Die Antwort auf die Frage nach dem Warum bestimmt damit den Lauf der Dinge.

Alles nach einem bestimmten Ziel strebende Schaffen, wird nie dieses bestimmte Ziel erreichen, was nicht heißt, dass es überhaupt kein Ziel erreichen muss. Nur, dass das Erreichte immer etwas anderes ist, als das Angestrebte.

Alles ist längst bevor es geschieht schon durch das Leben besiegelt worden. Vielleicht auch schon vor dem einen, speziellen Leben. Jedoch besiegelt immer durch das Leben selbst, denn das Leben ist die höhere Instanz, nach der der Mensch sucht. Das Leben bestimmt alles in Intervallen. Egal welche oder wo man die Gerade durch den Kreis und Mittelpunkt zieht, schneidet sie jede Welle zwei Mal. Und wenn wir der Mittelpunkt wären auf dieser Geraden, dann könnten wir nur nach vorn oder zurück sehen, um etwas zu erschauen. Doch wir können nicht erkennen, dass eine Welle in der Vergangenheit eine in der Zukunft bedingt. Und dass genau so eine Welle in der Zukunft eine in der Vergangenheit bedingt. Man könnte also sagen, dass sich Vergangenheit durch Zukunft bestimmen lässt, wenn man nicht auf der Geraden steht, sondern im Kreis.

Wie absolute Konzentration gleich einem absoluten Loslassen ist! Im Maximum heben sich die Gegensätze auf. Zwei Sachen werden damit zu einer, die wieder Ursprung ist.

Reich wird man nur, wenn man nicht danach strebt. Denn wirklich reich ist nur der, der es nicht des Reichseins wegen ist.

Seit ich aufgehört habe, die Gefühle mit Fragen zu benennen, scheinen sie weg zu sein. Eine große Leere – und wenn ich früher nach Antworten suchte, sehne ich mich heute schon nach Fragen. Ich will wollen, doch ES scheint nicht zu wollen, scheint wunschlos zu sein und lässt mich mit den Fakten allein, der unterschwelligen, alles blockierenden Apathie.

Nichts befriedigt mehr nur durch den Gedanken daran, nur noch Augenblicke sind geblieben, die Freude starb mit den Fragen und ließ mich allein.

Ich will das Bedürfnis ihrer Schwäche sein, göttlich sein, tot sein!

Ich scheine dem Glück nicht anzustehen. Es läuft dauernd an mir vorbei – unfähig, es festzuhalten, mich ihm aufzudrängen, mich in seinem Schatten zu sonnen. Schützt mich etwas vor der Gemeinheit? Ist ES DAS, ist das doch ich?

Nie werde ich dich wach lassen /
An meiner Seite wirst du schlafen /
Immer /
Niemals will ich schlafen, bevor du nicht schläfst /
Dein Wächter will ich sein /
und du /
sollst sein mein Schlaf /
und meine Ruhe /
Ich dein Wille – du mein Wollen /
mein Wollen sollst du sein /
alles, was ich will.

Ich fühle keine Reue. Wofür auch? Dafür, dass ich dich so schön, so perfekt fand? Für die Übermacht, die Unzucht über mich, das, was war? Enttäuschung. Du hättest es verborgen, mich in Sicherheit gewogen, weil du die Eine bist. Ein Beginn, ein Anfang, nicht Verachtung. Meine Würde nahm ich mir selbst. Falsch war ich, knapp daneben. Deine Härte überraschend brutal, vernichtend, das, was es hätte sein sollen, das, was es war. Offenbarung. Aber du, du weißt von all dem nichts. Nichts von dem, was sein könnte. Ich habe verloren und du gehst mit einer Träne lachend von mir. Mit Größe, mit Würde, die ich an dich verlor, gehst du von mir, lässt du mich allein. Ohne dich, mein Wollen, bin ich nichts. Komm zurück!

Es nimmt kein Ende. Mit dir kam die Karikatur des Idealismus in mein Leben und nun spukt dein lachender Schatten durch meinen Kopf und scheint den Ausgang nicht zu finden. Ich möchte tanzend mit dir durch alles hindurch schweben. Jenseits vom Leben, wie damals, als wir wirklich tanzten, wie nicht von dieser Welt. Es gibt kein Wort für solche Harmonie, außer eins sein mit dir und allem, und doch bist es nicht du, es ist der Gedanke an dich, der so unreal mein Leben scheitern lässt. Deinen Geist wollte ich spüren; ich fand ihn, doch ich gab ihm Farben, die ihm nicht gehörten. Kleben geblieben am Rot des brennenden Himmels.

> *Du wolltest leben* /
> *kannst es nicht* /
> *bist wie ich* /
> *Das ist es, was uns trennt* /
> *was uns verbindet* /
> *Nicht Plus und Minus* /
> *Potenz* /
> *Zu groß für diese Welt.*

Die Liebe versteckt sich vor mir. Oder habe ich mich dorthin begeben, wo es keine gibt, in die goldene Mitte des Nichts? Ich fehle dir – Quatsch – du fehlst mir.

Ich bin so toll! Ich finde immer einen Grund dafür, irgendetwas nicht zu tun und mich damit der Gefahr des Scheiterns zu entziehen. Ich bin der Meister der Selbstüberlistung. Ich wurde zu dem, was ich hasste. Schluss damit! Zeit des Erwachens. Zeit des Handelns. Nicht mehr warten. Jetzt!

16. November – Und jetzt lag er wieder hier in seinem Bett und wollte sie bei sich haben. Er wollte sie sagen hören: „Ich liebe dich!" Er wollte, dass das Telefon klingelt und sie sagt: „Ich möchte bei dir sein, nur bei dir, für immer." Aber das Telefon klingelte nicht.

18. November – Was mache ich überhaupt hier, in einer Welt voller Lüge, Lüge, Neid und Missgunst, wo kleine echsenartige Geister Größe erkennen und Löwen sein wollen? Kleinste nutzen kleinste Macht – Warum? Sie wollen sich auf dich stellen, über dich stellen, doch sie wissen, sie können nicht. So wird der Wille zum Krampf. Verkrampft leben sie, erleben nicht, vegetieren triebgesteuert und nehmen anderen, was sie nur können – geben unerreichbar. Du bist das, was mich begrenzt, was mich umgibt – schützend, einschränkend. Manchmal schau' ich über dich hinaus, doch ich sehe nur Hässlichkeit, Abgründe der Hässlichkeit und Höhenflug der Hässlichsten. Ich will nicht hinaus, ich bleib' gefangen – in dir, mit mir allein. Ich bin Gefangener meiner selbst, ohne Ausweg, ohne Willen zur Flucht. Warum? Ich habe gefunden, doch was ich fand, ist nicht befriedigend und ist es doch. Es ist, es sind zwei. Ich bin allein zu zweit. Nun sitz ich hier, allein mit mir. Hier ist mein so, hier ist mein anders, und ich warte auf den Dieb, den Dieb, der mich bestiehlt, der nimmt, was nicht hierher gehört. Was, ist egal, bloß nehmen soll er. Sollte ich nehmen oder sollte ich geben? Ich entschied und ich tat kund. Verstehst du meine Worte nicht? Willst du nicht nehmen? Du brauchst dich nicht zu fürchten, die Zeit wird kommen, in der ich wieder will, was ich einst gab. Der Tag, er schreit mich jetzt schon an. Es sind zu viele Stimmen in der Nacht, doch ihre Gesellschaft möchte ich nicht missen. Nachts bin ich alles und alles liegt bei mir. Ich kann nicht abschalten und weiß nicht, worauf ich es schieben soll. Ich weiß nicht, was mit mir passiert ist, ich weiß nicht mal, wann es mir passiert ist. Nachts will ich alles und kann am Tag doch nichts umsetzen – die hohe Schule des Verkriechens in sich selbst. Was stieß mich hinein? Was reißt mich wieder raus? Verloren in erkanntem Unsinn oder in erkanntem Sinn. Ist das Wahrheit, ist sie hart. Habe ich zu früh gefragt? Es scheint mir Zeit zur letzten Flucht, doch Unsicherheit hält mich zurück – egal, was da ist, es wäre wohl doch nicht, was ich will. Es ist nicht Sinn im Unsinn! Was ich bin, kann ich nicht sein, bin ich groß, wär' ich gern klein.

Bin ich klein, wär' ich gern groß – auch Mittelmaß scheint nichts für mich, was will und bin ich also, krank, gesund?

Es ist grausam, wenn man in allem alles erkennt. Solche Art Erkenntnis macht mich völlig machtlos, denn wenn es keine Wertung mehr gibt, kann ich nicht mehr entscheiden. Da ist immer gleich viel Vor- und Nachteil bei allem, was ich sehe, in allem, was ich tun könnte, und dieses ewige Könnte ist das Schlimmste – selbst darin finde ich noch zwei Seiten. Nur in einer Sache nicht. In ihr. Deshalb glaube ich, dass meine Lösung da liegt. Dennoch: Ich denke über zu viel zu viel nach. Nun komm schon und reiß mich aus meinem Untergang, sei mir Verpflichtung.

5. Dezember – Die Antwort auf die Misere, in der ich mich befand, in der ich vielleicht noch immer mit einem Bein stehe, aber aus der ich mich sicher herausbewege, fand ich so klar, wie sie kein anderer beschreiben könnte, bei Nietzsche:

`Metaphysische Erklärungen` – Der junge Mensch schätzt metaphysische Erklärungen, weil sie ihm in Dingen, welche er unangenehm und verächtlich fand, etwas höchst Bedeutungsvolles aufweisen; und ist er mit sich unzufrieden, so erleichtert sich dies Gefühl, wenn er das innerste Welträtsel oder Weltelend in dem wiedererkennt, was er so sehr an sich missbilligt. Sich unverantwortlicher fühlen und die Dinge zugleich interessanter finden – das gilt ihm als die doppelte Wohltat, welche er der Metaphysik verdankt. Später freilich bekommt er Misstrauen gegen die ganze metaphysische Erklärungsart; dann sieht er vielleicht ein, dass jene Wirkungen auf einem anderen Wege ebenso gut und wissenschaftlicher zu erreichen sind: das physische und historische Erklärungen mindestens ebenso sehr jenes Gefühl der Unverantwortlichkeit herbeiführen, und dass jenes Interesse am Leben und seinen Problemen vielleicht noch mehr dabei entflammt wird.

Die Bedeutung ist ein leerer Krug, bereit, alles zu fassen, was du hineintust.

2. Januar – Stolz und voller Würde, abweisend und dennoch allem geöffnet, oder besser alles erkennend, jedoch nicht verändernd, sondern die Räume nutzend, geht er durch sein Leben. Er ist sich dessen gewiss, was unumgänglich ist, des Todes, das ist sein letztes Ziel, eingehen in den größten Raum, das weiteste Nichts füllend. Wichtig ist das jedoch nicht, denn von Augenblick zu Augenblick betrachtet, könnte es immer geschehen. Daher spielt es keine Rolle. Nichts Irdisches stört seine Ausgeglichenheit. Da er alles erkennt, kann ihn nichts überraschen, und damit macht alles zumindest einen kleinen Sinn. Er ist das Zentrum seines Universums. Das ist seine Einsamkeit. Nur durch sie findet er seinen Weg. Und jeden irdischen Tag wird er ihn von nun an gehen. Alles tun, was zu tun ist, und scheint es noch so unnötig für den Gemeinen, auch den Gemeinen in ihm, es wird getan werden. Für den Frieden, den inneren, und die Ruhe, die innere.

4. Januar – Alles, was man jemals findet, verliert man in dem Moment, in dem man es findet, weil man es nur im Bewusstwerden des Gegenteils erkennt. Doch wenn man es erst im Bewusstwerden des Gegenteils erkennt, bedeutet das ja, man erkennt das Gegenteil zuerst und glaubt nur, wie in einem letzten Aufbäumen, das, was man suchte, gefunden zu haben. Tatsächlich jedoch ist es einem in dem Moment schon entwichen. Man wird also niemals finden, wonach man sucht, oder besser nie merken, dass man es gefunden hat. Und glaubt man doch einmal, gefunden zu haben, sollte einen von nun an spätestens dieser Gedanke vorsichtig machen, zur Trennung, zum Aufbruch sollte er mahnen. Suchen ist sinnlos, denn wenn man findet, dann nur, ohne es zu merken, also auch ohne zu suchen, ohne Absicht des Findens. Du hast mich restlos aufgebraucht. Alles, was ich bei dir zu finden hoffte, scheint nun endgültig verloren. Zuneigung, Liebe, selbst Lust, alles dahin, aufgezehrt oder verbrannt, einfach nicht mehr vorhanden. Einmal gelebt, erlebt, kehrt es nie mehr zurück, egal, was es ist. Erst jetzt beginnt die Einsamkeit wirklich, auch wenn es nicht so scheint. Ich werde nicht mehr suchen, um nicht auch noch den letzten Funken Normalität einzubüßen, vielleicht sogar auf ewig alles zu verlieren. Ich werde mich treiben lassen, in dem, was ich begann.

9. Januar – Orientierungslos hängen wir im Nichts, wir Kinder dieser Zeit, und erkennen nur das Nichts, es scheint das Einzige zu sein, was ist. Manche haben kleine Kugeln um sich herum gebaut oder leben in welchen, die für sie gebaut wurden – Universum im Nichts ist es für sie. Doch auch sie ahnen schon das große Nichts, das sie umgibt, einschließt – sie wissen, dass auch sie irgendwann Nichts werden. Das ist es, woran die Menschheit scheitern oder wachsen muss, die Erkenntnis vom Nichts, die Erkenntnis, dass alles, was ist, nichts war, und damit wieder nichts werden muss. Und dieses Wissen um das Nichts bringt zum Null der Gedanken, zum nicht sein. Doch dann, irgendwann eines Tages, wird das Nicht-sein wieder das Sein sein.

Wenn man einander nicht beibringen muss, einander zu lieben, nur dann ist es wahre Liebe. Und du warst die Eine, bei der und mit der es so war. Wahrscheinlich findet wahre Liebe nie zueinander. Wie ein Gesetz in der Mathematik.

Erfinde mich für dich stets neu und bleib doch stets der Gleiche.

12. Januar – Damals hatte es zumindest noch Sinn, scheiße drauf zu sein, weil ich dann immer an Sophie denken konnte und das Glück, das uns beiden irgendwann sicher sein würde. Doch heute, da ich diesen Glauben verloren habe, ist alles doppelt schwer, und Gedanken an ein vorzeitiges Ende erschrecken mich zwar immer noch, aber sie kommen beängstigend oft auf. Ein Teil von mir weiß, dass ich mich in eine Richtung bewege, deren Ziel nicht gut ist. Doch Isolation ist alles, was ich fühle. Ausgeschlossen von allem und der Zugang zu dem, wovon ich glaube, dass es mir helfen könnte, ist unmöglich. Alles, an was ich denke, was ich versuche, mir vorzustellen, oder versuche, anzustreben, ist bei meinem derzeitigen und eventuell bis zum Ende dauerndem Geisteszustand zum Scheitern verurteilt. Sei es irgendwas mit Frauen, sei es das Studium, sei es eine eigene Wohnung, geschäftlicher Erfolg – Egal. Nichts von all dem existiert. Und mir scheint es, dass, selbst wenn es existieren würde, es mich doch nicht glücklich machen würde. Den zweiten Schritt vorm ersten machen und erst denken und dann handeln, wird mir hier schrecklich zum Verhängnis. Denn das Denken aufgeben, wie sinnlos es für Außenstehende auch scheinen mag, kann ich einfach nicht. Warum soll ich mich mit verbundenen Augen und verstopften Ohren von irgendetwas vom Anfang zum Ende führen lassen? Ich bin es doch, der will. Ich bin es doch, der wichtig ist. Ich spiele doch die Hauptrolle in meinem Leben. Warum soll ich mich also zwingen lassen? Ich glaube, eigentlich will ich gar nicht hier sein, diese Welt scheint nichts für mich zu sein. Da ist nur eine Sache, die sich meinem Innersten irgendwie aufdrängt. All die Scheiße und all das Tolle, das ich hier schon seit über einem Jahr schreibe, möchte ich in irgendeiner Form veröffentlichen, und ich will, dass viele Menschen es lesen, mich verstehen, mich erkennen, oder einfach gesagt: Ich will einmal Recht haben. Einmal gesagt bekommen: RICHTIG gesagt, RICHTIG getan, DU bist, DANKE. Und am allerliebsten möchte ich es jetzt veröffentlichen und erst später schreiben.

Gesagt, getan. Und er schrieb ihr einen Brief, mit dem er ihr all seine Ergüsse schicken wollte. Loswerden wollte er es endlich, es von sich stoßen, in der Hoffnung, sie an sich zu ziehen:

Sophie – Ob DU all das lesen wirst, kann ich nicht wissen. Und noch weniger kann ich wissen, ob du mich verstehen wirst. Es gab Zeiten, in denen ich glaubte, dass du mich verstehst, und es gab Zeiten, in denen ich daran zweifelte. Na ja und dann gibt es da noch heute. All das, was ich dir hier schicke, hab ich zum Teil selbst noch mal gelesen. Es ist zusammenhanglos und mit manchen Abschnitten wirst du gar nichts anfangen können. Aber darum geht es auch nicht. Abgesehen davon, dass das Meiste kein schönes Deutsch ist, musste ich über manches schmunzeln, manches hat mich begeistert und manches betrübt. Doch eins ist mir aufgefallen, selbst wenn vom heutigen Standpunkt aus betrachtet vieles auf irgendeine Art blöd oder naiv wirkt, gelogen habe ich nie. Ich kann also behaupten, ich war ehrlich zu mir selbst. Dass ich mich manchmal vielleicht besser hätte belügen sollen, ist eine andere Sache. Vielleicht würde es mir dann heute besser gehen, vielleicht schlechter. Auf jeden Fall wäre einiges anders. Warum ich dir das schicke? Ich weiß es nicht. Dass es unmoralisch ist, es dir gerade jetzt zu schicken, ist mir klar. Und trotzdem muss ich es tun. Sicher könnte ich viele Gründe anführen, echte und unechte. Und sicher fallen dir auch noch ein paar ein. Aber da mit irgendwelchen Gründen immer irgendwelche Hoffnungen verknüpft sind und diese mir abhanden gekommen sind, habe ich auch keine Gründe mehr. Ich weiß es wirklich nicht. Nur eins weiß ich: Ich muss es loswerden. Vielleicht wälze ich es damit nur auf dich ab. Vielleicht ist das richtig. Vielleicht ist das falsch. Vielleicht hilft es dir. Vielleicht bringt es dich zum Lachen. Vielleicht kotzt es dich an. EGAL! Nikeas

Abgeschickt hat er natürlich weder diesen Brief noch seine bis dahin gesammelten Ergüsse.

Es ist, als ob alle Gefühle verbraucht sind und nur Kerzen mir noch scheinen. Verkühlt das Innere, ein Feuer entwich, etwas verließ mich. Ließ ich etwas hinter mir? Begann der Aufbruch in strahlende Kälte?

16. Februar – Ich kann nicht mehr reden wie einst, weil ich nicht mehr fühle wie einst, weil ich nicht mehr bin wie einst. Zu verschwenderisch war ich mit dem, was ich hatte. Ausgelebt alles, noch nicht bereit für das Ende, dennoch kein neuer Anfang in Sicht. Schwebend, wartend, mich verzehrend nach Gefühlen und auch das letzte bisschen Energie verbrennend im Drang nach Einheit, nach dem Schützen, nach Schutz. Hohl oder völlig geschlossen – das Herz scheint nur noch zu schlagen, um das Blut zirkulieren zu lassen, und nicht mehr wie einst, um Wärme zu geben. Unfähig, unfähig, unfähig.

Ist der Tag das Vergessen und die Nacht das Selbst /

Der Tag nur Tünche, die Nacht Wahrheit /
Ist Einsamkeit das Ich /
Gesellschaft der Verlust desselben /
Vergisst die Nacht das selbst

Das Denken verschwand auch in diesem Sommer, den er, wie schon die letzten beiden, auf der Insel verbrachte, natürlich nicht ganz. Natürlich nicht. Dennoch, alles ging schneller, war ausgelastet, völlig im Fluss von früh bis spät. Und auf die Frage, was er den ganzen Tag gemacht hatte, wäre ihm schon am Abend nicht mehr allzu viel eingefallen. Nicht nur, weil er da meist mit Yves und Micha, die zum Arbeiten mitgekommen waren, in der Dachwohnung auf der Insel im Graskoma lag, sondern weil eigentlich nichts passiert war. Man rutschte einfach so durchs Leben, getragen von der Hoffnung auf das Morgen vielleicht. Und immerhin, es waren nun, im zweiten Geschäftsjahr mit Rösler, neben der Kartbahn noch ein ehemaliger Blumenladen, den sie zum Imbiss umgebaut hatten, ein Dönerwagen und ein Café, die der Firma, seiner Firma gehörten. Zwei mobile Eiswagen hatte Rösler aus unerfindlichen Gründen auch noch angeschafft. Um all das hatte er sich nun zu kümmern; es war, was er immer gewollt hatte – Geschäfte. Aber am Ende der Saison stand fest, dass es das nicht sein kann. Er würde nicht noch einen Sommer in dieser Dachwohnung verbringen.

Alles ist nichts.

26 UND 27

2. November – Was ist es, das uns nicht loslässt? Es sind die unerledigten Sachen. Aber erledige alles, und alles ist für dich erledigt, reizlos, vorbei. Kein Leben ohne unerledigte Sachen.

Leidenschaft kann nur sein, wo kein Platz für Zweisamkeit ist. Alles ist herrlich, leuchtend, weit und will erkundet sein. Und du musst dich Schmerz und Enttäuschung aussetzen und gleichzeitig verdrängen.

Jetzt ist nach dir. Und die Dunkelheit kann mir nichts mehr anhaben. Ich habe mich zurück. Zum Schauderbild im goldenen Rahmen der Erinnerung bist du geschrumpft. Nichts Schlechtes und nichts Gutes wünsch ich dir.

Ich werde euch teilhaben lassen an mir. Ob ihr wollt oder nicht. Ich gehöre zu euch und bringe Schmerz und Enttäuschung, hinterlasse unerledigte Sachen. Ich spende Leben. All die kleinen Tragödien fügen sich zusammen, zum Schauspiel, Lustspiel – LEBEN.

Die Selbsterkenntnis ist es, die heute den Menschen fehlt. Die Selbsterkenntnis scheint nicht mehr nötig, um erkannt zu werden.

Wettbewerb ist surreal. Er löst sich im Anfang und im Ende in sich selbst auf.

Der Markt ist die Rechtfertigung des Kapitalisten. Sein Wille ist er nicht.

Ich war zu tief unten, als dass ich noch einmal zurückkehren könnte an die Oberfläche, zu sehen die Oberflächlichen. Ihr Gemeinen! Ich werde unter euch wandeln mit einer Träne im Auge, ob eurer geistigen Armut. Denn „selig sind die geistig Armen".

Frei von allem, allein mit dir /
Die Welt unter den Füßen /
Dunkelheit um uns /
greifen um die Angst herum /
berühren einander /
zeitloser Glückskampf /
jedem sein Sieg.

You've lost my way /
going your own /
going with him /
going alone

Und was ist mit dir, du heilige Hure /
Bemerktest vor lauter Selbstsucht /
wie ich /
nicht die Welt /
die dich trotzdem liebt.

Ich habe dir alles gezeigt – meinen Schädel geöffnet, aufs Mannsein geschissen, für dich! Später musste ich mich dann damit abfinden, den Rest des Weges vielleicht nicht ohne Begleitung, aber allein weiterzugehen. Und dann rufen meine Eltern an und sagen: „Da ist ein Brief gekommen, nur mit deinem Namen drauf!" Alles, worauf ich gewartet hatte, Tage und Nächte. Jetzt kommt er. Die Ereignisse wiederholen sich und es beginnt, wie immer, damit, dass du in mein Leben trittst, wenn ich entschieden habe, einsam zu bleiben, bis ich dann, wieder etwas kleiner, feststellen muss, dass du nicht bei mir bleibst. Alles war schon einmal! Wird alles wieder, wie es einst war?

Hallo Nikeas! – Damals, als ich deinen Brief erhielt, ich hätte dir so gern geantwortet, war aber der Meinung, ich müsste erst mal bestimmte Verhältnisse klären. Seitdem ist wirklich viel Zeit vergangen. Die Verhältnisse sind geklärt, aber ich denke, ich hätte nicht zögern sollen. Ich fühlte mich aber dir gegenüber einer Erklärung schuldig, die ich dir nicht geben konnte. In der ganzen Zeit hab ich so viele Briefe an dich geschrieben. Ich hoffe, dieser landet endlich mal bei dir! Immer wieder hab ich sie zerrissen, nachdem ich sie ein zweites Mal durchgelesen hab und irgendwann Zeit vergehen ließ. Was ich denke und sagen (schreiben) will, ist, dass ich es sehr bedaure, dass der Kontakt zwischen uns abgebrochen ist. Mir fehlen die Gespräche mit dir und überhaupt ... Sophie

Es war die Antwort auf den Brief, den er ihr vor gut einem Jahr geschrieben hatte und der irgendwie mit den Worten endete: „.... nur eins darfst du nicht tun – auf diesen Brief keine Reaktion folgen lassen." Und daher beantwortete er den Brief auf der Rückseite des Blattes:

Es war sehr interessant, viel Glück! Auf Wiedersehen, goldenes 1996. Nikeas

Aber er schickte ihn nicht zurück, wollte die Tür nicht endgültig zustoßen, und fügte etwas später auf demselben Blatt hinzu:

Time can touch us.

Natürlich hat er das nicht durchgehalten und ihr irgendwann doch noch mal geschrieben. Das muss irgendwann im fol-

genden Abrutschen ins totale Chaos gewesen sein. Geändert hat
es nichts und ortbar ist es kaum mehr. Sie trafen sich und es war
ein schöner Abend mit einem verklemmt beschissenen Ende gött-
licher Dummheit. Er hatte lächelnd festgestellt, „dass es mit uns
wohl nie etwas werden würde", und sie hatte sich Mühe gegeben, das zu verneinen.

Wir verwechseln Organisation mit Macht; insbesondere die Organisationsstruktur in Form der Hierarchie.

Gott ist das Eine und nicht der, welcher das Eine erklären kann, so, wie es die Meisten gern hätten.

Ein Vorwort – Ihr werdet hier lesen, wenn ihr all das
wollt, von Krieg und Frieden, Liebe und Hass, Geist und Materie, Sein und Nichtsein. Und ihr werdet auch lesen, wenn ihr
all das wollt, von Sein oder Nichtsein, Geist oder Materie, Liebe oder Hass, Krieg oder Frieden. Und ihr werdet lesen, dass
sie alle, und noch viele mehr von dieser Art, von dem Einen
kommen, das da in allem ist, und erkennen werdet ihr – das
Sein in euch.

Nimm mich, Leben, nimm mein Leben

Nur träumen /
dort sein, wo nichts Falsches wirklich ist /
und alles wirklich richtig /
Wo die Dinge ohne Wertung sind und in extremer
Wirkung /
Egal, ob richtig oder falsch /
alles ist einfach /
doch auch nicht wunderbar /
Es ist, ohne das ich bin /
und das Ich nicht in Angst um sich selbst /
Die Dinge erleben, ohne Betrachter zu sein /
die Dinge selbst sein und jedes Ding erleben /

All das in pastell-schwarz / /
Es ist nicht Frieden und nicht Krieg /
Es ist NICHT /
und es ist wirklich nichts mit mir /
Mir ist alles egal und auch dir /
Dann, wenn du träumst

Was soll ich noch rauslassen? Mehr ist nicht drin!
Mehr wäre nur die Erfindung der Erfindung selbst – der wissenschaftliche Romantiker.

Du sollst das Warme sein, *das mich umspült*

Noch einmal muss ich herabsteigen /
zu euch, ihr Gemeinen /
und Gemeines tun /
Muss euren Götzen frönen /
und etwas besser sein als ihr /
Muss euch besiegen /
oder besser noch /
verlieren lassen /
Das will ich tun /
das muss ich tun /
mich über euch zu setzen /
fernab /
und weit von euren Götzen

Sophie – Es geht nicht um Stolz, wohl aber ums Verletzen. Und warum soll ich die Verletzung überspielen? Und es geht nicht ums Gewinnen oder Verlieren, sondern um Glück oder Unglück. Und da jeder von uns nun weder das eine noch das andere hat, geht es im Grunde genommen um nichts. Ich hatte mich für dich entschieden. Und du dich, weil du es bemerktest, gegen mich.

15. März – Was soll der Scheiß? Im Fernsehen zeigt man schon fast nur noch hässliche Menschen bei dem, was man heute Sex nennt. Da peitschen sich zwei mit Brennnesseln, ein anderer trägt das Relief einer Vagina am Hals, natürlich die seiner Freundin, die er gleich mit lecker Speiserestespielen überraschen wird. Herzlichen Glückwunsch! Dass wir keine Ideale mehr brauchen bzw. haben, ist die eine Sache, dass aber die Meisten von uns nicht fähig sind, sich selbst zu finden oder sich zumindest zu suchen, ist die andere Sache. Und da viele nicht mal zu wissen scheinen, dass es eine solche Suche gibt, spiegeln sie nur noch die Extreme der Masse, die in ihrer Darstellung die Masse bilden. Breite Verdummung ist das Resultat.

Der Lernprozess bedingt ein ständiges Spiegeln unserer Umwelt und einen ständigen Abgleich mit derselben. Man nennt das auch „persönliche Entwicklung". Der Einzelne kann also, in Anerkennung dieser Tatsache, die Entwicklung seiner selbst durch die Wahl seiner Umwelt bedingt mitbestimmen. Stellt unsere Umwelt, in der Bestrebung, unsere Aufmerksamkeit zu erlangen, immer häufiger krasse Einzelfälle dar und setzen wir uns diesen aus, verschiebt sich die Realität und es findet ein Abgleich statt, mit dem Resultat, dass der krasse Einzelfall immer häufiger wird. WÄHLT GUT, die Wahl ist alles, was euch bleibt.

Nichts /
Ich bin unfähig /
Nicht geboren, zu geben /
geboren, zu nehmen /
Sollte ich auf ewig der Clown bleiben, der die Anderen
zum Lachen bringt /
mit seiner Unbekümmertheit, der scheinbaren /
und seiner tiefen Verachtung allem Gemeinen gegenüber,
der echten? //

Die Unbekümmertheit – voller Verachtung glaubt ihr
sie mir und lacht darüber /
und verbergt das Lachen hinter einem Lächeln. //

Und die tiefe Verachtung – dürft ihr nicht glauben, tut
ihr mit einem Lächeln ab /
und verbergt das Lächeln hinter einem Lachen. //

Meiden sollte ich euch, doch ihr seid meines Daseins
Grund.

Alle Ware, die man „verkaufen" muss, um sie unters Volk (die breite Masse) zu bringen, ist keine gewollte, keine gebrauchte; dennoch kann sie Beachtung finden, wenn man sie „verkauft". Doch die Notwendigkeit des „Verkaufs", wenn er denn nötig ist, zeigt schon eine Verwässerung der Ware selbst, zwingt dem Käufer eine Zusatzmeinung auf. Der Markt ist außer Kraft.

Solange man sich nicht eingesteht oder erlaubt, jemanden zu brauchen – vielleicht aus Angst vor Abhängigkeit, Verletzung, Ausnutzung, Enttäuschung – wird man sich nicht eingestehen, dass irgendwer einen braucht. Folge ist: Abhängigkeit von der Unabhängigkeit; der Schmerz des Nichts; die Enttäuschung, nicht genutzt zu werden.

Wir streben nach dem Alter, weil wir hoffen, im Alter Erkenntnis zu finden.

Wir haben aus dem Sein, dem Unendlichen, einen Punkt gemacht. Wir denken uns den Punkt als Kleinstes, weil wir das Größte nicht umfassen. Und wir suchen nun einen Wert für das Kleinste, um das Größte begreiflich zu machen. Und wir suchen nach einem Wert für das Größte, um das Kleinste begreiflich zu machen.

Er wusste nicht, warum er hier war. Dabei wollte er doch gute Sachen vollbringen, doch da war etwas, das ihn für unfähig, oder besser gehemmt, beschnitten hielt. Es ermöglichte ihm nicht, zu glauben, dass da ein Sinn wäre. Er glaubte, wenn überhaupt, an den absoluten Un-Sinn, ans Verhängnis in allem durch Unsinn. Und dieser Glaube war es, der ihn zu der Erkenntnis kommen ließ, dass wir nur altern, oder dass er altern musste, wollte, weil er es hinter sich bringen wollte, weil er Angst hatte, an Sinn zu glauben, oder einfach nur zu faul war, zu tun, was alle tun – etwas Sinnvolles.

Wir, die wir doch den gleichen Wert aller Menschen erkannt haben und ihn auch versuchen, zu leben, wir sollten doch die Macht an sich vernichten und „den Menschen" leben.

Man muss die Selbstreflexion ausschalten, um man selbst zu sein – Momente, in denen wir uns selbst nicht wahrnehmen, sind also einzig Wahrheit. Sex gehört manchmal auch dazu und wenn das so ist, nennen wir es Verliebtsein.

Und wenn die Welt mich nicht hören will, so muss sie wohl warten, bis ich aus einem anderen Munde zu ihr spreche.

Die Kraft des Individuums bestimmt dessen Platz in der Gesellschaft. Nicht jedes fängt bei null an und manche schöpfen die Kraft nicht aus sich selbst.

Egal, wie weit A oder B laufen, und es gibt immer A und B, was man am einen mehr hat, wird an irgend anderem eingebüßt.

Man kann nicht von „der Masse" sprechen, ohne eine Anzahl von „dem Individuum" zu Grunde zu legen, das sie, die Masse, er gibt. Man kann nicht von dem Individuum sprechen, ohne die Masse zu Grunde zu legen, gegen die es sich abhebt.

Werden Sie zu dem, was Sie sind? Oder werden Sie zu dem, was Sie werden wollten, was Sie glaubten, zu sein, was Sie meinten, Sie wären...?

Er hat kein Warum! /
Er hat keinen Grund!/
Er kann alles sein /
und er kann nichts dagegen tun!

Der Einzelne kann es nicht und tut es doch? Steuern.

Ihre Schenkel waren weit geöffnet. Ich konnte ihre Scham sehen, doch sie schämte sich nicht. Sie war pur.

Sophie, oder für alle – Vielleicht ist es ja doch so, dass keiner von uns wirklich sein Selbst teilen will. Vielleicht teilhaben am anderen, aber doch nicht teilen, was nur einem selbst gehört, das, was man ist. Es riecht immer nach Krieg und Kampf zwischen uns. Weil keiner aufgibt und sich selber erst recht nicht aufgegeben will. Das zumindest ist meine Sicht der Dinge. Was ist es? Ist noch nicht beantwortet. Sind es die Gegensätzlichkeiten, die sich anziehen, oder die Gleichheiten, die sich abstoßen. Wahrscheinlich ist es beides zugleich. Fakt ist, die ganze Sache gehört uns.

Du hast mir die Begierde geraubt; nun bliebe nur noch die Wollust für mich. Und dabei war doch der Ausgleich, die Mitte von beidem das Schöne. Das habe ich noch nicht vergessen.

Was ist passiert? Wo bin ich? Sophie? Der Begriff ist weg, ich habe kein Bild mehr von dir. Ich glaube, ich drehe durch. Den ganzen Tag so selbstzufrieden. Und jetzt weiß ich nicht, wohin mit mir, und will auch gar nicht weg. Scheiße, es kommt zurück, groß und mächtig, beschwöre ich es herbei oder rede ich es mir ein, weil ich sonst nichts anderes zu tun habe, nichts anderes tun will? Ach so! Mit Sophie hat es nun wirklich nichts zu tun – denke ich. Mit Karen? Wer ist Karen? Es ist zum Kotzen, ich kann mich nicht mal ärgern oder unzufrieden sein. Alles ist, wie es ist – jenseits von Gut und Böse.

In Gedanken war ich irgendwo überall, ein Nebel im Äther, sah alles und nichts von dem, was wirklich ist. Womit ich begann? – Man rutscht da einfach so rein und ist einfach so weg und versunken, ganz bei der Einheit der Gedanken mit ihrem Gegenstand. Ich dachte an die Insel, an leere Hotelzimmer, eine Winternacht im Auto, an dich, an viele. Ich weiß nicht mehr, an wen und was. Es war schön, es war warm, es war gut und ich war glücklich. Alles geschah einfach ohne mich und mit mir und durch mich. Ein Stern fällt und meine Augen werden feucht – absolute Rührung – Erwachen und freudiges Lachen über die Träne, die ich mir rauspressen will, und Glückseligkeit. Ja! Das ist alles, was zehn Kilometer nach der Perfektion noch übrig ist an greifbaren Gewissheiten. Der Stern ist verglüht, als er sich zu nah an die Erde wagte. Ich danke ihm für sein Wagnis und dass er mir leuchtete.

Erst höre ich, dass du dir wehgetan, den Arm gebrochen hast, dann sehe ich die Leute im Sperrmüll wühlen und spüre, dass sie sich schämen. Jetzt fühl' ich mich scheiße und hoffe, dass es dir bald besser geht, damit wir doch noch die Welt retten können.

Es war einmal – Und das, was war, mit den Augen von heute zu betrachten, wird mehr und mehr zum sinnlosen Unterfangen. Zu viel ist geblieben, wie es war, und doch hat sich alles geändert. Das, was wir einst waren, in der Welt, wie sie einst war, gibt es nicht mehr. Alles bleibt anders. Es hört auf und entgleitet, je fester man es halten will. Der Schlussstrich zieht sich allmählich – unaufhaltsam und es gibt nichts zu tun. Die Liebe hat ihr Gesicht verloren. „Awake. Shake dreams from your hair, my pretty child, my sweet one." (Jim Morrison)

Richtig und Sicherheit passen nicht zusammen.

Bei dir hatte ich immer das Gefühl, dass ich mehr sein müsste, als ich bin. Das bringt mich zu dem Schluss, dass du mein Antrieb gewesen sein könntest.

Man muss sich den Grund dafür vorstellen können, dass man den Grund gefasst hat und ihn nun kennt.

Man soll mit der Logik aussortieren, was einem das Leben gibt. Das ist der Grunddualismus, der sich mit dem Prädikat „gut" versehen lässt und so zur Maxime wird, mit der wir leben und die somit auch durch unser Handeln das Leben verändert. Wir sind die Meister unseres kleinen Lebens zwischen dem unendlich Vielen. Jeder so viel er kann und wie ihm geschieht. Frieden für alle.

Glaube ist, was seine Gültigkeit hat, ohne Beweis. Wollen wir Glauben oder Wahrheit? Obwohl Gott tot ist, hat der Glaube nicht aufgehört, zu existieren. Und manche glauben ja, dass man ohne Strom nicht leben könne. Ja, die Wahrheit ist nicht vielen wichtig.

Niemand auf dieser Welt wird das Gute, wenn es sich für ihn als solches wirklich darstellt, bekämpfen!

Was die Philosophie so reizvoll macht und das Verhängnis vieler Philosophen ist? – Dass die Einsamkeit so reizvoll ist und sie sich dann doch ins Zwiegespräch stürzen. Sie können nicht auf die Empfängnis warten, sie müssen sie durch Logik herbeiführen, ohne wirklich zu wissen, ob das möglich

ist; da ja vom Ergebnis aus betrachtet dann wieder beides möglich ist. Ups, hab ich euch gefangen? Und mich gleich noch
mit?

Wer ehrlich ist, ist unsterblich. Die Wahrheit kann nie
widerlegt werden, aber es gibt immer welche, die widerlegen
wollen, und damit wieder legen.

Nothing's left to write /
Nothing's left to stay inside /
Not for you or anyone I will pray at day or night /
Lost my soul a peace of mind /
There is nothing left for me to find.

Es hat mich etwas verlassen, ohne dass ich es zu gehen bat. Und jetzt ist es schwer, Gefühle zu beschreiben, die
man nicht mehr hat. Geschah es an diesem Abend der Leere,
als ich nichts mehr denken konnte, als ich alles wusste und
nichts verstand? Auch heute nicht. Es lässt sich nicht fassen.
Ich schreibe es auf, ohne zu sagen, was es ist. Du weißt es heute nicht, du hast es nie gewusst. So spreche ich zu mir und rede
mir ein, dass ich es nie wollte, weil ich nie wusste, was ich wollte. Ich hatte keine Ahnung, wie es aussehen sollte, und doch:
Es war immer einmalig. Wir konnten das nicht durchhalten.
Du hast es vielleicht gewusst. Egal, zu mehr hatten wir beide
nie Mut genug. Einer hätte konvertieren müssen. Auch heute
noch, es war immer entweder alles oder nichts. Mit dir alles
gewinnen oder nichts tun. Alles verloren, Nichts getan. Wie
sieht es aus, mit dir an meiner Seite? Da ist eine Realität und
meine Realität und deine Realität. Ich möchte von dir träumen.
Ich Idiot, ich habe es mir ausgeredet. Deine Liebe von damals
ist mir so fremd, weil ich mir heute von damals so fremd bin.
Ich weiß nicht einmal, was sich verändert hat. Ich weiß nichts
mehr, ich bin ... mir fehlt etwas.

Zeige deine Schwächen nicht, aber schäme dich ihrer nicht, wenn sie sich offenbaren.

Es hat mich etwas verlassen, das steht fest, vielleicht ging es mit dir. Ich weiß nicht, ob es jemals zurückkehren wird. Ich weiß nur, dass ich tatsächlich etwas verloren habe. Und erst jetzt, mit dir, durch dich, ohne dich, habe ich diese Gewissheit, dass da doch etwas war, und hoffe, es möge wieder über mich kommen – segensreich. Es bleibt die Angst, nicht gewollt zu werden, und der Wille, wissen zu wollen, was man sich vorstellt, was ich wäre, was ich sein wollte. Und das drei Jahre nachdem es anfing, zu passieren, als das Denken einsetzte und mehr scheint immer noch nicht drin. „Wozu eigentlich das alles?", bleibt ebenfalls stehen. Nichts wird, wie es war, und obwohl alles gleich bleibt, will ich immer noch nicht wissen, wer ich bin. Es ist egal, was wird, alles wird gut. Mir gehen die Fragen aus und das betrübt mich. Nichts wird anders sein und DU bleibst namenlos.

Ich suchte *nach meiner Ruhe, nach mir /*
Nun bin ich ruhig und alles um mich herum bewegt sich

/

Welten kollidieren und wollen aneinander profitieren /
Alles tanzt!

Gerade jetzt scheint es mir, als ob die erste von den drei Verwandlungen vorbei sei und ich mitten in der zweiten stecke. Zum Kamel, zum Löwen, zum Kinde soll der Mensch werden, sagt Nietzsche. Kamel war ich schon und das klingt witzig.

Strategie ist der Erwerb unlauteren Vorteils.

Hallo, willkommen im Leben, und nichts hat Glanz. Alles scheint so schrecklich normal, weil einfach alles so ist, wie ich es einst wollte, und doch ist nichts so. Was wahr wurde,

sind nur die Bilder und Handlungen, die Inhalte (die metaphysischen) sind leicht verschoben, oder besser: etwas leerer das
Ganze. Perfektion existiert nur in der Einzelheit der Gedanken,
nicht im verworrenen Lebensreal. Alles scheint, wie es ist, und
nichts ist, wie es scheint.

Welten kollidieren /
und wollen aneinander profitieren. /
Alles tanzt!

DRITTER TEIL

EIN PAAR ANTWORTEN

---

*Sokrates' letztes Wollen war die Musik; und vielleicht
ist es eine Markanz des Philosophen, mit dem ewigen Willen zur
Musik die Klarheit zu suchen.*

27 BIS 29 | 1

Und was musste ich sehen, als ich meinen Abstieg
beendet und meinen Gipfel erreicht hatte? Alle anderen um
mich herum standen ebenso auf ihren Bergen; ja, eigentlich
standen alle auf einer Ebene.

November Und wieder von vorn beginnen. Das ist
es, was jeder immer ruhigen Gewissens sagen kann, ohne
Angst oder Unsicherheit, einfach, normal. Denn mehr, als man
selbst, ist man nicht. Aber man kann werden. Was passieren
wird, weiß man kaum, aber einen Einblick in das, was war, hat
man immer. Man hat sich vielleicht ganz schön gehen lassen
und ist in Zukunft vielleicht auch nicht davor gefeit, dass Ähnliches noch einmal passiert, aber mit der Erfahrung im Rücken

207

kann es im Fall des Falles nur besser werden. Also, was soll's. Das Leben ist schon eine interessante Angelegenheit und tief unten ist im Rückblick wahrscheinlich genauso gut und wichtig wie hoch oben, und das Wichtigste ist, sich selbst nicht zu vergessen. Vieles bleibt ewig unklarer Schatten, aber man kann sich die Zeit nehmen, sich selbst aufzuklären. Man findet Schwächen, was meist das Gleiche ist wie Stärken, und man findet auch Dinge, die man bisher noch nie an sich gesehen hat. Danach auf jeden Fall kennt man sich wieder ein Stück besser und es geht immer darum, sagen zu können: Ich mag mein Leben. Vielleicht bin ich nichts Besonderes, vielleicht doch. Egal. Lebe! Ich glaube, mehr sollte man nicht wollen. Lebe.

Wenn du nicht weißt, was du machen sollst mit dem Verlangen nach der namenlosen Hure, die du lieben kannst, dann schau auf die Welt und sieh, wie die Dummheit um sich greifen will. Liebt! Das Gute, das Schöne, das Wahre mögen sein, was sie wollen – glaubt vor allem euch selbst, eurem Willen zum Leben, nichts mehr zählt als das, für jeden.

Wir leisten die Sinngebung jeden Tag selbst und/ oder wir lassen sie für uns leisten.

Schenkt der Philosophie mehr Gehör und Herz! Es gibt viele Philosophen und die Meisten von ihnen führen nicht einmal diesen Namen. Eines ihrer Merkmale ist, dass sie nur in den wenigsten Dingen Partei ergreifen, dafür sind ihnen die Welt, die Suche und die Wahrheit zu wichtig. Die Folgeerscheinungen aus einem Mangel an solcher Einstellung missbilligen sie. Doch auch dabei ist es ihnen näher, nach den Wurzeln des Übels zu suchen. Sie wollen Wege finden, auf denen solche Verfehlungen nicht geschehen können. Darin verzetteln sie sich oft und bieten so allerlei Angriffsfläche für spätere Interpretation unter völlig unphilosophischen Geistern. Es ist schade, dass die meisten Philosophen kein Gehör finden, oder besser: Es ist schade, dass der philosophische Gedanke allzu oft als weltfremd, überweltlich begriffen wird und nicht viel mehr Menschen sich der kleinen und großen Philosophie bemühen – des weiteren Blicks, denn um nichts anderes geht es der Philosophie, als um die Welt, den Menschen, das Leben.

Der Begriff oder die Idee des Guten ist die Verantwortung des Schaffens.

Institutionen waren die Antwort. Im Nachhinein zumindest wurden sie dazu gemacht. Aber sind sie nicht nur so etwas wie ein historischer Niederschlag? So zumindest, denke ich, sollten sie betrachtet werden. Und es ist Zeit, ein Stück weiter zu kommen. Wozu führt es, wenn sich Strukturen verfestigen, die Offenheit gebrochen wird? Was ich glaube und was begründet ist in so vielen goldenen Gedanken, ist: Das Kleine zählt, das Hier und Jetzt, ein Horizont der überschaubar und durchschaubar bleibt. Die Größe ist das Übel. Und das Streben nach ihr, die Glorifizierung, die wir ihr zukommen lassen und der wir selbst allzu oft verfallen, ist das, dem es sich lohnt, nicht anzuhängen. Und wir, jeder Mensch, haben kein Problem damit, solange er bei sich bleibt. Das Nicht-weg-wollen von sich selbst scheint so der Weg, der zu gehen ist. Nicht sich kleiner zu machen, als man ist, bedeutet das, aber auch, sich selbst nicht zu überhöhen. „Kenne dich selbst" und „Nichts zu viel" stand über dem Orakel von Delphi und sollte auf jedem Spiegel stehen.

Lest die Zeitungen, glaubt ihnen aber nicht. Den Glauben hebt auf für die Widersprüchlichkeit des Seienden. Geht hin und seht selbst, dann denkt und handelt.

Das Hangeln durch die Widersprüchlichkeiten ist die Gesundheit des Geistes.

Zu jeder Beschwerde, die dir aufgeht, musst du wissen: Du kannst es zuerst und zuletzt nur selber besser machen.

Sein – Der übliche Anfang, kein Anfang. Es fällt alles aus der Unendlichkeit oder man selbst fällt hinein. Keine Festen, keine Anfänge, kein Ende. Wo, wie und wofür auch immer. Es ist trivial, aber es ist immer schon, und das war's auch schon. Kein Zauber, einfach sein und jede Frage nach dem Wie, Was, Warum oder so begründet den ewigen Zirkel. Es ist. Das Sein, dieses Unfassbare, ist nichts weiter als unser Ausdruck größter Allgemeinheit – er fasst einfach alles. Da ist nichts Mysteriöses. Und wenn es so scheint, so ist es die Verwirrung, die entsteht, wenn man sich vom Einzelnen hin zu diesem Gesamten wendet und meint, das Einzelne von diesem einen Ganzen her- oder ableiten zu können oder gar zu müssen. Wenn aber überhaupt eine Beziehung zwischen dem Einen und dem Vielen besteht, dann ist es – wie gesagt – lediglich die, dass wir mit dem Einen alles fassen. Das Eine schaffen wir aus dem Vielen. Und nach dieser „großen Entdeckung" – vergessen wir, woher sie war. Die Einheit ist ein Mittel. Das Sein – wollen wir diesen vorbelasteten Begriff weiter verwenden – ist nicht denkbar und auch nicht befragbar, ohne den Inhalt, der es ausmacht, von dem es größte Allgemeinheit ist. Formlos und wesenlos, weil nichts, und nicht als an- sich denkbar – das Sein. Das Sein ist also nichts; oder: für die Vorstellung: „grenzenloser ‚Raum' unendlich vieler Dimensionen" – offen für alles. Es gibt nicht mehr dazu zu sagen! Das Sein ist Ausdruck größter Allgemeinheit. Damit kann also nicht dieses Eine sein, aus dem das Weitere wird. Es ist. Und Was, Wie und Warum sind für uns immer aus dem, was wir mitbringen, und dem, was uns entgegengebracht wird. Der Spiegel zeigt ein Bild von etwas, das aus der Eigenart des Spiegels und des Gespiegelten sein Sein erhält. Beides, sowohl der Spiegel als auch der Gegenstand, dessen Bild wir sehen, ist uns veränderlich. Und nennen wir das Bild nun real, dann wird klar, dass dies eine andere Realität meint, als wir sie vielleicht bisher dachten, aber dies ist unsere Realität.

Es ist, wie es ist, und wird, wie wir sind.

Die Welt und ihre Erkenntnis – Das Unausdrückbare auszudrücken, das ist es, was ich immer wieder versucht habe. Irgendwann hat es angefangen. Das Unausdrückbare: Sachen, von denen nur Bilder bestehen – und nicht mal dieser Ausdruck trifft es –, entstehen aus dem Begegnenden des in der Welt Sein (Dank Heidegger für diesen Ausdruck). Und das, was uns da begegnet, sind im Großen selten Worte, also wie es mit Worten beschreiben? Man irrt herum und sucht den sicheren Gang, das sichere, deutliche Wort, den klaren Gedanken. Das Muster, welches dem Gedanken eigen ist – der Logos –, ist klar, denn seine Aufgabe ist, das ununterbrochen fließend Begegnende zu ordnen, er beginnt damit, uns vom Gesamten zu separieren, um überhaupt – und hier liegt das erste Problem – etwas wahrnehmen zu können: Die Herauslösung aus dem Gesamten zu Zwecken der „Erkenntnis". Hier beginnt der endlose Regress: Das Wiedereinbauen des Einzelnen in das Gesamte, aus dem es zuvor gelöst wurde. Aus dem Gesamten lösen, heißt abstrahieren, weglassen, vereinfachen, und genau deshalb lässt sich das Vereinfachte, oder aus demselben Abgeleitetes, nur bedingt wieder ins Gesamte einfügen. Das durch die Abstraktion Weggelassene ermöglicht nicht die vollständige Wiedereinfügung. Also! Einen Schritt zurück, bitte etwas genauer und noch mal versuchen. Ach! Wieder nicht! Was für ein Dilemma.

Sprache – Wir brauchen eine neue Sprache oder ein anderes Verständnis von ihr. Nicht trennend, verbindend, kein Einzelnes behauptend – etwas Grenzenloses, ohne Anfang und Ende Beschreibendes sollte das Wort sein.

211

Begriff und Wahrheit – Kein Begriff kann *die* Wahrheit treffen, denn die Wahrheit liegt nicht im Begriff, sie wird durch denselben nur greifbar – eine Wahrheit. Und diese eine Wahrheit kann nur objektiv heißen, solange und weil ihre Bildung einhellig anerkannten oder unumgänglichen Bedingungen folgt.

Wenn das Sein im Ende und im weitesten Sinne nur eine Interpretation ist, dann muss dasselbe auch für das Werden gelten.

Oft müssen wir das Mögliche erst konstruieren, bevor es für uns zur Wirklichkeit werden kann.

Ein Ansatz zum Willen – Es ist ein bekanntes Phänomen: Es begegnet etwas Anziehendes, das Auto des Nachbarn, ein schöner Satz in einem schönen Buch, die Liebe, Musik. Im berührenden Moment erleiden wir eine Zuneigung, die umgehend auffordert, sich der Sache zu bemächtigen, um sie der Wiederholung zugänglich zu machen. Der Fehler: Das, was die unmittelbare Zuneigung ist, verwechseln wir schon mit ihrem Vermächtnis. Wir sehen uns soeben in dem Auto, das an uns vorbei fährt, und denken die Gedanken dessen, der uns sieht – bewundern so uns selbst. Wir haben gerade den Satz vollendet und sind schon der eigene Leser. Wir lieben und sind doch eigentlich dabei die Geliebten. Wir bewundern also nicht die Komposition, sondern das, was wir daraus gemacht haben, uns als Komponisten. „Das Publikum beklatscht sich selbst" in seinem Künstlersein, so sehr ist uns das Schaffen eigen. Wir können das Objekt gar nicht von uns trennen, dass wir es doch tun, ist Prinzip des Willens, seine Zeugung.

Zum Umgang mit den Gedanken – Jeder Begriff beschneidet die Wirklichkeit. Nur durch die Beschneidung der Wirklichkeit ist der Begriff überhaupt möglich. Diesen Mangel des Begriffs umgehen wir in der verbalen Kommunikation dadurch, dass wir die mit ihm gesetzten Grenzen nicht Wert achten. In der Aussetzung dieser Praxis liegt alle Wissenschaft und Spitzfindigkeit. Begriffe sind „offene Mengen". Alles Gerede über Klassen und Klassentheorien im Gesellschaftlichen artet auch daher allzu leicht aus in Krittelei aus Missverständnis. Wenn zum Beispiel Platon von Bauern, Handwerken, Wächtern, u. ä. spricht, so kann man doch nicht ernsthaft glauben, er redet von getrennten Klassen. Nein! Was er zum Ausdruck bringt, ist lediglich die unumgängliche Einsicht in die Ungleichheit der Menschen, ihre Individualität. Das Allgemeine als getrenntes An-sich existiert nicht. Es ist Konstruktion. Aber eben bedingte, da der Begriff an die Beschneidung der Wirklichkeit gebunden ist. Der Fehler im Denken – der umgangen werden kann – ist lediglich, wie schon andere sagten: dass man den Begriff selbst für die Bedingung seiner Entstehung nimmt, d. h. annimmt, dass die Grundlage der Begriffsbildung eben das ist, was sie ja erst wird: Getrenntes, An-sich-Bestehendes, Einzelnes. Es gibt nichts Einzelnes, Unverbundenes! Das Problem der Unendlichkeit ist keines, sie ist im Eins mit der Begriffsbildung gegeben, und ihre Vorstellbarkeit, das heißt unser Begriff-haben-davon, ist lediglich ein Hinweis darauf, dass unsere Begriffsbildung als solche Grenzen ziehen muss. Wichtig ist aber nicht nur, anzunehmen, dass die in der Begriffsbildung gezogen Grenzen lediglich dazu dienen, den Begriff zu bilden; viel wichtiger ist: Sie haben kein Äquivalent. Alles ist richtungslos unendlich verwoben. Das Bild des Äthers – und fangt jetzt ja nicht an, chemisch oder teilchenphysikalisch, sprich: in „wirklich getrennten" oder „verbundenen" Gegebenheiten, zu denken – ist für eine Vorstellung davon eigentlich kein schlechtes und die Verdichtung und Verwirbelung ist zur Erklärung des Körperlichen, des Greifbaren, aber eben nicht endgültig Trennbaren nicht unpraktisch. Auch anerkannte Physiker reden heute, wenn sie versuchen, Realität umfassend zu beschreiben, zum Beispiel von „einem Feld, das jedem Punkt seine Masse zuweist" – ich sagte ja, schenkt der Philosophie mehr Gehör. Eine Logik in diesem Sinne, das

heißt, ein in sich konsistentes Denken, das in eins mit sich
selbst auch konsistent auf jegliche Erfahrung im weitesten Sinne anwendbar ist (dies als Kern einer Definition von Logik.
„Kern" besonders deshalb, weil jede Logik dem Manko der
Begriffsbildung unterworfen ist und daher ebenso wenig je eine
wirkliche Grenze, d. h. in diesem Sinne Klarheit, aufweisen
kann, wie alles andere auch), muss eben daher das Unendliche,
Offene einfließen lassen. Jegliche „Klassen"-Begrifflichkeit im
Sinne herkömmlichen Denkens vom „Wirklichen" in der Wirklichkeit ist vor diesem Hintergrund als Grundlage zu überden-
ken. Jeder Begriff, jeder Kommunikations-Partikel ist eine offene Menge von Bedeutung. Es gibt keinen selbst erklärenden
Begriff. Jegliche Begrifflichkeit ist relational. Alle Erfahrung ist
analytisch – erfassend aus Vorhandenem und Vielheit der Begrifflichkeit ist Konvention des Intersubjektiven in der Erfahrung. Konsequenzen daraus sind: Alles bleibt erhalten, nur mit
der zusätzlichen Annahme der Offenheit in Permanenz, der
allgegenwärtigen Unbestimmtheit des Bestimmten, bedingt
durch die Funktion der Bestimmung als Ausschneidung, Beschneidung der Wirklichkeit in ihrer Totalität. Anfang und Ende sind mithin im Erfassen bedingt, können aber nie wirklich
sein. Alle Grenzen sind prinzipiell auflösbar. Letztgültig klare
Verständigung bleibt auf ewig unmöglich. Der Mensch bleibt
immer irgendwo allein. Alles scheinbar Gegensätzliche ist immer in einem. Alles ist insoweit sinnlos, als es unmöglich ist,
etwas Festes aufzurichten, wo nichts Festes ist. Jedes Zugreifen
ist gleichzeitig ein Entschlüpfen. Alle Wissenschaft ist für den
Moment, auch wenn er Jahrtausende dauert. Implikationen für
das Hier und Jetzt, für das Sein in Permanenz: Sage: „Es ist!",
aber denke immer daran: Es ist nur Begriff. Der Begriff ist
Voraussetzung und Bedingung von Anfang und Ende. Ich bin
das A und das O – meint nichts anderes, wenn Eva das Wort
meint, welches zum Menschen hinzutritt, und Gott es ist, der
es schenkt. (Einige Forscher sprechen ja dafür, dass Eva in den
ursprünglichen Texten auch mit Wort übersetzt werden könnte

und so möglicherweise die biblische Geschichte mit den Frauen aus einem Überlieferungsfehler herrührt.)

Wir müssen die Kategorien nutzen, nicht in ihnen leben.

Sichtweisen – Der letzte feste Bezugspunkt jeder Betrachtung bleibt der Betrachter, die Subjektivität ist das im (Zwischen-)Menschlichen welttragende Element. Die Objektivität ist ihre Funktion. Auf das Vorhandensein einer Welt überhaupt wird geschlossen aus deren ständigem Dasein. Das „Was" dieser Welt unterliegt den Einschränkungen der Subjektivität. Es stellt sich die Frage nach der Beschaffenheit dieser Welt aus der Frage nach den Möglichkeiten des Subjekts. Die Konstruktion von Möglichkeiten unterliegt den Bedingungen der Subjektivität. Es bleibt die Frage nach dem Willen. Im Gedanken des Begriffs der „offenen Menge" bedeutet Maß irgendwo zwischen unendlich viel und unendlich wenig. Klassisch kennen wir „vollständig", „gar nicht" oder „zum Teil", wobei die drei Möglichkeiten sich gegenseitig sozusagen ausschließen und immer ein Entweder/Oder möglich bleibt. Ich bevorzuge den ersten Begriff von Maß und unterscheide zwischen „stark", „mittel", „schwach" und will „vollständig" und „nicht" beiseite lassen. Auf das System Erde angewendet, könnte man beispielsweise in diesem Zusammenhang davon sprechen, dass es sehr schwache Auswirkungen auf die Tektonik hat, wenn mir der Locher vom Tisch fällt. Allgemein sagt das: Nichts beeinflusst, betrifft nichts, alles ist miteinander verwoben. Die Welt, unabhängig von der subjektgebundenen Konstruktion zu erfassen, ist weithin Antrieb der subjektgebundenen Konstruktion. Von diesem Antrieb können wir beruhigt einen Gut-Teil ablassen, zum Vorteil einer Konstruktion, die weniger auf das wirklich Wirkliche hinter dem Wirklichen geht, als vielmehr auf die Modifikation des „einfach Wirklichen" in einem Willen, der sich nicht mehr hindern und beschränken lässt, durch Annahmen über das wirklich Wirkliche.

Was hindert uns am Glauben an die Möglichkeit eines Himmelreiches auf Erden? Im Ende ist es nur die aktuelle Uneinigkeit über ein solches. Also: Einigt euch! Der Wille dazu ist in allen und alles ist möglich! Vielleicht!

Musik und Tanzen – Was scheinbar alle, außer ein paar Minnesängern der Philosophie, vergessen hatten und was erst mit Nietzsche überhaupt wieder im richtigen Zusammenhang auftauchte, ist die Musik. Sokrates wusste von ihr, Platon hat er sie vererbt, aber dort ist sie auf etwas trockeneren Boden gefallen und trug weniger Früchte, Aristoteles trieb sie dann völlig aus und die Priester verboten das Lachen. Das Geheimnis des nichtfassbar Wahren, das Nietzsche so wunderbar in seiner Vorrede zu „Die Geburt der Tragödie aus dem Geiste der Musik" unter dem Titel „Versuch einer Selbstkritik" beschrieben hat, ohne es zu nennen, heißt: Musik und Ratio, Ganzheit und Ding – unauflösbar, vereint, widerstreitend. Daran bissen sich, bis auf Sokrates wahrscheinlich, alle die Zähne aus. Er gab sich zufrieden und wurde denkender Tänzer, tanzte im Denken und lebte.

Freiheit, oder vom Willen – Ich bin angekommen im Nichts. Einfach nur da sein und mitmachen, nichts mehr scheint angesagt. Die Revolte, das Aufbegehren hat jeden Glanz verloren, scheint erstickt zu sein. Die Bälle werden heute flacher gehalten; uns geht es zu gut, um wirklich aufbegehren zu können. Auch wenn wir nichts haben, so haben wir doch Brot und Spiele – Friede, Freude, Eierkuchen und jemanden, der gelassen aufpasst, das uns nichts passiert. Wunderbar. Kein blödes Gefasel – Realität. Und mal ehrlich, was können wir mehr wollen? Vom Tellerwäscher zum Millionär, vom Arbeitersohn zum Bundeskanzler, vom Girly zum Popstar – was, oh Herz, willst du mehr? Lebe! Mehr verlangt man nicht von dir. Ignorant? Wirklich? Alles, was nicht sein soll, zu ignorieren, bei sich selbst zu bleiben, zufrieden zu werden mit dem, was einem wird, was man werden kann? Das ist nicht ignorant, das ist

Gedankenhygiene, Realitätshygiene, das sind wir – und gut ist es. Was willst du im Brei rumpfuschen, alles wird doch immer irgendwo schon gewusst, besser gewusst. Lebe nur. Willst du wirklich mitmischen, Realität machen, die über dich hinausgeht? Es war wieder ein Morgen, an dem ich nicht erwachen wollte. Irgendwann musste ich dann, es ging nicht anders. Was auch immer es ist, irgendwann stehst du auf, warum auch immer. Das Leben ist durchschaut, alles kann man sich erklären. Im Nachhinein hätte es gar nicht anders sein können, als es ist. Denn es ist. Also, was soll's? Lebe! Es ist, ist aller Anfang. Aber das, was uns ist, ist immer bevor es uns ist. Wie sonst sollte es uns sein? Alles ist Gesehenes, Gefühltes, Gedachtes, Getanes ... bereits vollzogen im Moment der Erkenntnis. Die Erkenntnis läuft der Wirklichkeit hinterher und kann sie anders auch gar nicht greifen, als nachdem sie geschah. Wir sind immer schon weiter als wir wissen. Das, was ist, ist im Sein für uns das, was war. Das, was wirklich ist, ist unerreichbar, es sei denn, wir wüssten, was wird. Wir greifen die Tasse, aber das ist schon längst vorbei, geschehen bevor getan und trotzdem passiert? Der Wille ist Ursache der Tat, ob der mit der Hand oder der mit dem Kopf. Unser Wille ist es, der macht, was wird. Aber Achtung: Unser Wille ist dem Gesagten folgend, bevor er uns wird. Er war schon, bevor wir seiner gewahr wurden. Das Bewusstsein kann das Sein nicht greifen. Ich kann aufstehen und nach Wien gehen, aber ich tue es nicht. Ich stehe auf und gehe nach Wien, aber ich hätte auch hier bleiben können. Blödsinn. Ich bin nicht gegangen oder ich bin nicht geblieben. Auch die Entscheidung ist, bevor sie uns wird. Menschliches Bewusstsein ist also ein dem-Geschehen-hinterher-Rennen. Unser Sein ist die Vergangenheit dessen, was ist; unsere Zukunft bereits geschehen, wenn wir der Gegenwart gewahr werden. Was also bitte soll Freiheit sein, wenn nicht lediglich die nachgängige Konstruktion dessen, was hätte sein können, aber nie war, eine wirklich unerhörte Selbstüberhöhung, ein Selbstbetrug erster Güte? Bewusstsein oder jeder Moment jeglicher Existenz steht uns erst zur Verfügung nach seiner Realisation.

Alles Sein ist Sein, nachdem es war. Alles ist, bevor es uns wird. Was kann nun noch der Satz bedeuten: Wir treffen willentliche Entscheidungen? Und wenn jedes Geschehen immer schon ist, was soll dann „beeinflussen" heißen? Und was heißt nun Bewusst-sein, Selbstbewusst-sein, Mensch-sein? Jegliche Worte, Ausdrücke oder Begriffe, die ein „So hätte es auch sein können" implizieren, lassen uns der Illusion erliegen, wir wählten bewusst. Die Wahl aber ist immer schon getroffen, bevor wir sie treffen, und so ist sie lediglich Bewusstwerden der Wahl. Plakativ könnte man sagen, in dem Moment, in dem wir entscheiden, aufzustehen, haben wir uns schon erhoben. Beruhigen kann nun nur noch, dass sich mit dieser Erkenntnis – und als solche möchte ich sie hier auszeichnen – nichts ändert und alles ändert. Das heißt, das Wissen darum, dass alles ist, bevor es uns wird, ändert nichts daran, dass dem so ist. Dadurch aber, dass es nun einmal dasteht, hat sich der Grad an Präsenz dieses Wissens in der Welt erhöht. Und wie auch immer alles und jedes Einzelne wird, im Gesamten wird es auf eine gewisse Art ein bisschen mehr – auch durch diesen Gedanken. Die Aufforderung „Erkenne dich selbst!" ist den Worten nach genommen leer, denn sie setzt Zweiheit, wo Einheit ist. Du bist immer schon und kannst nicht mehr anders, wobei du vielleicht ein andermal anders wirst. Jedoch könnte man es auch als Hinweis auf dieses „Nicht mehr, als es selbst sein können" des Ichs verstehen. Ich bin, was ich war, und was ich sein werde, ist in dem Moment, in dem ich bin, was ich war. So ist alle Zeit in einem und jedem Moment.

Alles Erklären und Verstehen ist nachrangig; immer im Anschluss an … aber es ist das erklärende und verstehende Denken, welches das zukünftige Geschehen konditioniert – *Die Einstellung oder der Wille zum Jetzt, das eigentlich Vergangenheit ist, bestimmt somit die Zukunft und also unsere Gegenwart.*

Mensch – Wer herrscht wie über wen? Das Volk durch sich selbst über sich – also auch jeder vermittels seiner selbst über sich. Gut, ich herrsche also über mich selbst, das heißt, ich beobachte, prüfe, modifiziere das, was ich wahrnehme, denke, tue und lasse – ich bestimme im Rahmen meiner Möglichkeiten mein Sein. Was aber bestimmt dieses Herrschen über mich selbst? – Nein, ich bin durch dieses Herrschen über mich selbst, das ist mein Sein. Das Sein ist somit einfach und in seiner Einfachheit unendlich vielfältig und bedingt das immer Neue, welches das Sein braucht, um Sein zu sein. Ich bin also und will sein, das ist vorerst alles. Ich bin und mit mir ist anderes, sind andere immer da – sonst wäre ich nicht. Nur aus meinem Sein schöpfe ich meine Annahme über das andere und das Wie des mit ihm Umgehens, des mit ihm Seins. In diesem Annehmen muss ich bestehen und in seiner Folge ergeben sich meine Möglichkeiten. Eine Annahme und das aus ihr folgende Umgehen bedingen Bestätigung, Verweis (auf anderes) oder Einschränkung. Dabei ist Bestätigung angenehm, Verweis dem Sein entsprechend, Einschränkung dem Bestehen dienlich. Und daraus wieder ist alles. Sein und Mit-Sein sind also darauf aus, bestätigt, verwiesen, eingeschränkt zu werden. Das Gleichmaß dieser Dreiheit ist erfülltes Leben. Das Gleichmaß dieser Dreiheit zu erreichen, somit ein akzeptabler Imperativ. Das Wie, das diese Dreiheit erreicht, die beste Art zu leben. Das Wie klären. Alles klären.

Freiheit, politische – Freiheit ist immer auch Entscheidung und obwohl Entscheidung gegen die Entscheidung möglich ist, so ist sie doch des Menschen nicht würdig. Denn der Mensch ist Mensch als Handelnder und Handeln ist willentlich und fernab von bloßem Verhalten. Aktion und nicht Reaktion ist das, was wir wollen, wenn wir uns frei entfalten möchten. Ein idealistischer Irrglaube ist es natürlich, dass Freiheit in Reinform existiere. Die Freiheit gibt es nicht, es ist und bleibt eine Idee. Doch wozu sind Ideen da? Ideen sind Ziele und wenn es nichts gäbe, was uns anzustreben gut hieße, dann wären wir genauso wenig Menschen, als wenn wir uns nicht als Handelnde verständen. Wie wir also größtmögliche Freiheit

219

erlangen und wie eine solche überhaupt beschaffen sein kann, das ist es, worüber es nachzudenken gilt, wenn das Thema der freie Mensch in Gesellschaft anderer ist. Nun ist es eine Wahrheit, dass alle alles tun um dessentwillen, was ihnen ein Gut zu sein scheint. Wer also immer lauthals für Freiheit streitet, der meint wohl zuerst seine eigene, und die – so kann jeder leicht aus eigenen Erfahrungen erkennen – kann sehr schnell mit der seines Nächsten in Widerspruch geraten. Vielleicht ist es das, was die Angst vor der Freiheit verursacht. Denn jeder erkennt sehr früh, dass er auch irren kann, und aus diesem Wissen über die eigene Fehlbarkeit wird der Schluss auf die Möglichkeit der Überlegenheit des anderen gezogen. So kommt es schnell, dass mit dem Wort „Liberalität" (was im Wortsinn nichts anderes bedeutet als Freiheitlichkeit im Lichte verschiedenster philosophischer und ökonomischer Interpretationen) der Begriff vom „Recht des Stärkeren" mitschwingt. Wenn Freiheit aber Freiheit sein soll, und zwar für jeden, so muss dieser Gedanke entkräftet werden. Genau aus diesem Grund fußen liberalistische Konzepte auf Verträgen. Der Vertrag soll regeln, wie weit die Freiheit des Einzelnen geht, und schnell ist hier das Prinzip gefunden, dass sie nicht weiter reichen darf, als bis sie einen anderen in seiner Freiheit einschränkt. Ein Gesetz muss also her, ist aber sinnlos, so scheint mir, wenn es mit einer Tatsache gesellschaftlich legitimer Lebenspraxis zunichte gemacht wird. Der Wettbewerb als Erringen eines Vorteils gegenüber dem Wettbewerber – und nichts anderes als das ist er – widerspricht dem Gedanken der Freiheit, sobald der errungene Vorteil nicht auch Vorteil im Allgemeinen ist. Der Streit ist nur gut für die beste Lösung und nötig, da viele Fehlbare nur im Streit, d. h. im Vertreten und Abwägen verschiedenster, potenziell fehlerhafter Positionen, die möglichst vorteilhafteste finden können. Und was uns hier für den Streit gilt, soll auch für den Wettbewerb der Maßstab sein. Eine unbedingte Bindung des Vorteils für den Einzelnen an den Vorteil des Allgemeinen ist so wesentliche Grundlage einer Freiheit, vor der sich niemand fürchten muss, und in der Anerkennung nicht aus Angst gezollt wird. Der Deckmantel des Vorteils für die Allgemeinheit wird heute genau aus diesem Grund auch um alle Bestrebungen gelegt, privaten Vorteil zu erringen, und ich meine hier mehr die Wirtschaft als die Wissenschaft. Nun kann und soll man sich der Tatsache nicht verwehren, dass die Welt nicht jeden Tag von Grund auf neu geschaffen wird, wie jeder von uns IST sie. Aber sie ist geworden und im Werden, und dies ist Chance und Grund dafür, dass derartige Überlegungen nicht ohne Sinn sind und ohne Wirkung bleiben müssen. Der Idee folgend, muss es also Ziel sein, Konzepte zu entwickeln, die einen Wettbewerb zulassen und fruchtbar machen, der das Ideal des „Vorteils für alle" erstrebt und nicht die Fahne individueller Freiheit vor sich herträgt, um individuellen Nutzen ungeachtet der allgemeinen Kosten zu rechtfertigen. Ich sage dabei nicht, dass Wettbewerb nicht mehr dem eigenen Wohle dienen soll, und ich sage nicht, dass aus Wettbewerb kein Eigennutz erwachsen soll.

Warum müssen wir über den Wettbewerb der Interessen und Meinungen noch eine Instanz – die Macht – setzen, wenn doch die Macht den Wettbewerb be- und einschränkt, durch die Mittel, die ihr dazu zur Verfügung stehen? Liegt doch das Gewicht einer Meinung oder eines Interesses in diesen selbst und nicht in den Machtmitteln, die zur Vertretung derselben zur Verfügung stehen.

Wahre Demokratie bedeutet für den Einzelnen, nicht mehr lügen, nichts mehr verheimlichen zu müssen.

Ich verteufele keinen Menschen. Auch den Tyrannen nicht. Ich weiß wohl, dass man sich manchem verwehren muss. Die Ballung von Macht allein birgt schon Gefahr. Warum also nicht darüber nachdenken, wie sie umgangen werden kann. Glaubt nie dem Argument, dass es notwendig wäre, jetzt Schlechtes zu tun, um Schlimmeres zu vermeiden – es greift

immer zu kurz. Nichts ist schlecht, was dem Leben Möglichkeit gibt. Kein Leben darf geopfert werden.

Gerechter Krieg. – Es gibt keinen gerechten Krieg!
Das Einzige und immer Zulässige ist der militante Widerstand
gegen Kriegstreiber in einem schon begonnen Krieg – auch
wenn er nicht unbedingt der Weisheit einziger Schluss sein
muss. Kein Angriff kann den Frieden sichern, sondern spielt
immer nur dem Krieg in die Hände, ist dumm und in dem Maße, in dem nicht mehr und mehr Einzelne anfangen, das anzuerkennen, wird der Krieg gegenwärtig bleiben. Es sind immer
einzelne Menschen, die dieses Prinzip missachten, und umso
mächtiger sie sind, umso größer sind die Opfer, die ihre
Dummheiten fordern. Mindert die Angst – in allen und allem –
und ihr fördert den Frieden – in allen und allem! Denn ...

`... mit dem Versprechen der Zukunft,` wird
ihnen die Gegenwart genommen.

Adolf Perez Esquivel

Hütet euch also vor denen, die Angst machen, um
sich und ihr Handeln zu rechtfertigen.

Moral braucht nur der, dem Vernunft fehlt. Aber ...

`... Die Vernunft erzeugt die Eigenliebe,`
`und die Reflexion macht sie stark; sie lässt den`
`Menschen sich selbst auf sich zurückziehen; sie`
`schneidet ihn von allem ab, was ihn stört und ihn`
`betrübt. Es ist die Philosophie, die ihn verein-`
`zelt.`

Jean-Jaques Rousseau

Und die Vereinzelung ist es, die allein so etwas wie
Klarheit bringen kann. Nichts anderes als das eigene Denken
hilft wirklich, um irgendetwas zu erkennen. Damit ist *die Frage,*

oder des Sokrates Methode, die einzige, die wirklich verändern und verbessern kann, was ist und sein wird. Zarathustra stieg auf seine Berge und kehrte noch oft in die Täler zurück zu den Menschen, zum Leben. Es bleibt ein ewiges Hin und Her in allem, auch zwischen Vereinzelung und Gesellschaft – aber, und das ist vielleicht das Wichtigste: Seht zu, dass sich beides befruchtet, dass ihr Anfang und Ende, den Plus- und den Minuspol, das Pro und Kontra, die Musik und das Denken nie ganz zerreist, sondern immer zusammenhaltet – Lasst euch nicht täuschen, es geht um die Einheit in euch und im Ganzen.

Der Wunsch birgt potenziell Enttäuschung.

Traue dir selbst, am Grunde.

Jeder Anfang muss unvollständig sein; daher auch jedes Ende. Nur der ewige Moment des Erlebens ist frei von der Notwendigkeit von Anfang und Ende. Musikalisch können nur ewige Momente sein, klar dagegen nur Gedanken. Dennoch bleibt der Gedanke zumindest mit einem Zipfel in die Musik verwoben und somit ist eben auch Klarheit dem ewigen Moment eigen. Es ist daher auch unmöglich, einer jeglichen Sache ihr letztgültiges Gewicht zuzuordnen in so etwas wie „einem Moment der Zeit und/oder des Raumes". – Der Begriff suggeriert eine Begrenztheit, die nicht existiert, außer in ihm selbst. Es ist die wirkliche Wahrheit in der Musik und die logische Wahrheit im Begriff. Und so entbehrt das Musikalische der Frage, hält aber sehr wohl Antworten bereit, das Begriffliche aber kennt keine Antworten, sondern nur Fragen.

Das, was die Alten „Ökonomik" nannten und was heute weithin „Geschäft" heißt oder „Arbeit", bleibt, was es ist: ein Stück von allem und immer auch Plattform, auf der ein Leben steht. Damit ist Frieden im Gesamten, universal nicht möglich. Unser Leben bedingt ein Nehmen von der Welt. Über das Geben aber können wir entscheiden.

Die Gesellschaft bleiben wir und keiner kann sie missen, daher bleibt ihr Frieden das erste Gebot. Er ist möglich, zumindest zwischen Menschen, denn die Energien unseres Seins können vollständig, ohne Selbstzerstörung, gewonnen werden, dazu dient die Vernunft, die Neugier und der Wille zum Sein. Leben wir ihn in dem Wissen, dass Krieg immer Dummheit ist, und in dem Willen, diese auszutreiben.

Das Denken wird nicht aufhören, es ist und bleibt Leben, und „Lebe!" bleibt einer der wichtigsten und schönsten Sätze in meinem Kopf. Mach alles so, dass du das Leben lieben kannst. Frage, was Liebe ist, und lebe, was deine Liebe ist. Werde glücklich und sei im Werden. *Glaube nicht an den Verfall.*

Wer in allem lernt, jeden Schritt, egal in welche Richtung, als einen Schritt vorwärts erkennt, wer begreift, dass Leben Bewegung heißt und so in nichts auf ewig gebunden sein will, dem dient alles, ohne benutzt zu werden, und er dient nichts, ohne untätig zu sein. Es gibt in nichts eine Ankunft, sondern für jeden in allem immer nur den Weg. Selbst im Bezug auf den Tod lässt sich das nicht entkräften. Denn keiner kann auf ihn reflektieren – er ist ja dann nicht mehr, um das zu tun – sondern höchsten über ihn, als Abstraktum, oder den Weg zu ihm hin, das Sterben. Also: *Es gibt in nichts eine Ankunft, sondern für jeden in allem immer nur den Weg. Lebe!*

Das Ende einer Geschichte zu schreiben, zu denken oder zu erleben, ist unmöglich. Dies könnte man in Anerkennung des bisher Gesagten beruhigt als Wahrheit auszeichnen. Klarheit gehört den Begriffen, aber die Begriffe allein sind nicht die Welt – wenn sie sie auch für uns anschaubar machen. Was bleibt, ist die Möglichkeit, Meinungen zu finden und zu prüfen, ob sie halten, was sie versprechen. Es gibt viele Meinungen – dauernd in Bewegung und auf der Suche – und es gibt Meinungen, die fest sein wollen und aufgerichtet werden, um Halt zu finden, einen Ort zu haben, einen Grund zum

Aufbauen. Die Zeitlosigkeit ist ein Streben des Menschen, ein Wille. Und ebenso sind es Freiheit, Unsterblichkeit und die allumfassende Einheit, das, was Kant als die „letzten metaphysischen Fragen" bezeichnete. Und wenn man annimmt, dass Freiheit, Unsterblichkeit und Einheit wesentliche Momente des Strebens der Menschen sind, dann ist ihre Verwirklichung das Ziel. Ein Ziel, das sich mit der Entwicklung dieser Begriffe verschiebt und dennoch immer dasselbe bleibt.

Es ist, *wie es ist,* /
und wird, wie wir sind. /
Traue dir selbst am Grunde.

27 BIS 29 | 2

Er war weit gekommen in den letzten Jahren und noch weiter in diesem. Den tiefsten Grund hatte er ausgelotet, war dem Wahnsinn entgangen, durch Klarheit am Grunde. Er war gezwungen worden zum Untergang, oder besser zum Abgang vom Hier und Jetzt, hinein in grenzenlose Kreise der Wahrheit in Ewigkeit. Es ist zu einfach, es Flucht zu nennen, aber natürlich war es auch das, wie aber, und das war vielleicht seine leitende Frage gewesen, sollte er die Welt verstehen, wenn er sich nicht verstand? Am Ende fand er die Welt in der Suche nach sich selbst – er hatte gelernt. Doch der Schmerz war weithin sein Begleiter gewesen. Im Tal der Philosophie hatte er sich vom rauen Klima der Gipfel erholt, von hier aus konnte er sie betrachten, ohne in Gefahr zu sein. Aber einsam war das Tal und die Gipfel lockten. Es war noch immer die Gefangenschaft im Entweder/Oder, der Krampf, nicht zugleich auf den Gipfeln und im Tal sein zu können, die Gebundenheit im ewigen Aufbruch nach irgendwo. „Heroes don't come easy." (R.E.M.)

20. März – Trauer, Unfriede, das große Zerwürfnis ist wieder hier. Alles ist und nichts ist, so scheint es, sinnvoll. Alles leerer Trieb. Kein Anfang, nur ein Ende, hört man sagen. Wir kommen nicht, wir gehen nur und ahnen nicht einmal, wohin. Was soll das? Ich will nicht mehr, immer wieder die gleiche Scheiße. Nichts und niemand – ich bin falsch – ich muss falsch sein. Schöne Frauen, feine Weine – Blödsinn. Geliebt werden von ihr, der Einen, die ich nicht kenne – Sie kann kein Mensch sein. Ich suche nicht sie, ich suche ES, und fürchte mich, dass ich IHM nicht genügen könnte, dass ES fordert, was ich nicht tun will. Ich will nichts tun, nur sein. Ich ertrage die Einsamkeit nicht, keine Stunde frohen Sinnes. Heute verführt mich nichts mehr. Ich will ficken – das trüge mich davon, so nah bei mir.

März – Menschenuntergänge im Meer der Qual. Sammle Weinflaschen als Trophäen, gut sichtbar, um mich selbst zu betrügen, um zu sagen: Ist cool, Mann. Nein, es ist sinnlos, wenn Leben Qual ohne Kurzweil ist und nichts mehr geht. Flucht. Niemand, der mich hält. Ich bin ein Mann, allein mit mir im Abgrund. Eine Träne den Frauen, die nicht sind, was sie sein sollten. Oder nicht sein können, was sie wollen, weil man tot ist. Der Alkohol ist mächtig, verspricht Ruhe, doch besiegt er nicht das „Wie man ist". Ich bin sinnlos. Alles Fotze, von einer Selbstvernichtung in die andere. Alles bewegt sich, nichts ist ruhig, ohne dich.

Dann aber, irgendwann, kam sie ... Sie war wirklich und sie hieß Mia. Und er ... hatte wieder einen Sinn.

MIA

Leg dich zu mir, /
lass deine Wärme mich durchfließen.

Mia /
Es ist Musik, Gedanken, Bilder /
Ohne Worte /
ohne Raum und ohne Zeit /
Die Leere füllt sich wieder /
Es scheint, der Tag hat dein Gesicht.

Bettest sanft deinen Kopf zwischen Brust und Schulter /
verschlungene Beine, dein Arm wärmt die Brust /
und die Umklammerung entfesselt.

März. – Ich bin zornig, vielleicht ungerecht – woher soll ich das wissen, Mia ist nicht da, unterwegs mit irgendwem. Ich weiß nicht, ob sie zu mir kommen wird, weil sie zu mir kommen will. Und ich weiß jetzt nicht, ob ich will, dass sie zu mir kommt. Ich weiß nicht, was ich tun soll, ich kenne sie nicht, ich weiß nur, dass sie nicht kann, wie sie sagte – und sie sagte, sie käme später, doch auch später kam sie nicht, wie sie sagte – was soll ich tun? Ihr schreiben, dass ich sie nicht mehr sehen will. Das werde ich tun. „Wenn du willst, sehen wir uns morgen ..." Scheiße. Die Lösung war es nicht. Egal. Vielleicht soll es so sein, weil ich so bin. Sie kam und ich glaube, es ist gut, obwohl ich noch nicht mit allem etwas anfangen kann.

Sollte meine nächste Ausrede nun sein, dass auch ich nicht frei davon bin, ein Mensch zu sein. Ja, so könnte man nennen, was passiert war, seit was weiß ich nicht wann. Mia ist da. Ich bin fehlbarer, ich entdecke Fehler im Handeln, glaube ich. Aber vielleicht rührt das ja nur daher, dass ich in Gefühlssachen überhaupt wieder handele, keine Zeit mehr zum Nachdenken habe, oder sollte ich besser sagen: zum Sinnieren. Egal. Ich fühlte mich wieder verletzbar. Es verändert sich und es soll auch bleiben, wie es ist. Egal. Fehlbarer in meinen Urteilen bin ich, glaube ich, jetzt wegen des scheinbaren Mehr an

Alternativen. Aber in Wahrheit sind es weniger Möglichkeiten. Denn alles Begonnene und nicht Beendete schränkt ein.

`This is the strangest life` I've ever known.

Jim Morrison

Lass uns einfach hier entschwinden, *Glück
an fernen Inseln finden /
nicht an grauen Alltag denken /
unsre Leiber nur der Sonne schenken /
und vergessen /
all der Tage Denken*

April – Ich soll nicht an Liebe denken, soll Tier sein, soll es laufen lassen? Das war es, was ich tat, und es war unbefriedigend danach. Verloren war ich im Moment, weit weg und nah bei mir, ich wollte sie – doch was will sie von mir? Ich muss dauernd an dieses Damals denken und an sie, wie hässlich sie geworden ist und wie ich mich an ihr verlor, mich für sie aufgab, meinen Willen an die oder das große Unbekannte verlor. Ich will nicht zurück in diesen kleinen dunklen Raum in dem sie liegt. Es ist nicht HINGABE. Was tue ich hier? Alles ist so erwachsen, so normal, so gewollt, schon sinnleer. Ich will schreien, nein, ich weiß nicht, was ich will. Wo bin ich und wo ist der Schmerz? Und Mia schläft. Ich glaube, nur deshalb, weil sie nicht weiß, was sie mit diesem Tag anfangen soll. Sie verkriecht sich in ihre Träume und ist damit beinahe wie ich, sie weicht den Unsicherheiten aus und produziert neue damit. Und ich, was tue ich? Ich fliehe vor dem, was ich wählte – ich liebe sie nicht und wollte in Liebe mit ihr zerfließen. Es ist kalt, ich friere, und ich hasse dieses Gefühl, mich aufzudrängen. Sie liebt mich nicht, es riecht nach Heuchelei, was soll der Scheiß.

17. April – Mia, warum? Ich weiß nur, dass mir gerade so ist, und ob ich so was wie ein Alibi schreibe, weiß ich nicht.

Ich hoffe, es ist mehr das Bedürfnis, mich zu erklären, vielleicht auch mir selbst, was es ist, dass es so ist. Der nehmende Geber will ich sein. Opfern, auf dass mir geopfert werde – vielleicht ist es das, vielleicht sind es doch nur die falschen Worte, um das Richtige zu erklären. Mein Kopf ist so voll, dass er schon wieder leer scheint. Was wollte ich eigentlich sagen? Ich vertraue dir, ich glaube dir, ich will dich glücklich sehen und in manchen (vielleicht entscheidenden) Momenten ist mir das nicht möglich – vielleicht deshalb, weil ich es so sehr will. Manchmal begehre ich dich und manchmal will ich dich begehren, und meistens fehlt mir die Kraft und dann kommt dieses Gefühl der Unfähigkeit in mir auf und steigt so hoch, bis ich selbst glaube, ich könnte dir nichts geben – oder nicht geben, was du magst, willst, brauchst, suchst. Scheiße! Ich fühle mich einfach nicht befähigt, dich einfach so zu lieben, zu begehren, zu verzehren, obwohl oder weil ich genau das will. Ich bin weich, wohl wissend, dass ich hart bin.

Ich will dich küssen /
meine Qual in dir verlieren /
vergessen, dass nichts wirklich ist /
den Frieden wieder spüren

Ich entschlafe in süßem Gedanken an dich

/

tauche mit dir in schwarzes Licht /
bin bei dir /
bist mit mir /
mein weißes, engelsgleiches Gesicht.

Lachende Worte, am Meer mit dir /
Rauschen umspült uns im warmen Sand /
träumen, reden, tanzen und fühlen /
dein Haar in meiner Hand

Die Welt ist irre, alles scheint trunken ins Nichts zu tanzen. Ich fühle weder Verachtung noch Mitleid und ich bin glücklich, dass es dich gibt – nah bei mir.

Heut Nacht /
will ich nicht allein sein, will eins sein mit dir und wenn auch den Kampf mit dem Schlaf ich verlier, dein sanfter Atem ist nah bei mir /
Ich berühre dein Gesicht, deinen Bauch und dein Haar /

Bin mit dir, bin in dir /
Vergesse die Welt, wie sie war /
und der Morgen ist unser bis in die Nacht

Keine Zeit /
Erinnern, Vergessen /
immer da /
Täuschung jenseits, alles ist klar /
sind in, nicht Teil /
ein fließend Ganz und Gar /
Keine Trennung, das Eine zählt /
Durchdringendes Sein /
bist mit mir /
mein Alles /
kein ja oder nein.

Im Sturme werd ich vor dir stehn, im Rücken Sonne für dich tragen

Nie will ich dir etwas versprechen und trotzdem immer alles halten.

Ein Engel /
wenn sie schläft /
gleicht ihr /
birgt des Tages Göttlichkeit /

230

und teilt die Nacht mit mir.

All das war wahr. Es war wahr, es war gut, es war schön und das blieb es, bis eines Tages das passierte, was irgendwann passieren musste, und Mia nun veranlasst hatte, ihm die folgenden Briefe zu schreiben. Waren es Wochen, waren es Monate, war es ein Jahr, das bis dahin vergangen war, waren es zwei?

Nikeas, ich habe einfach geschrieben, um mich zu befreien. Auch wenn du manche Dinge vielleicht anders siehst als ich, möchte ich, dass du es so erfährst, wie ich es empfinde. Es fällte mir schwer, dir diesen Brief zu geben, aber ich muss es tun, egal, was ich damit auslöse. Ich kann nur hoffen, dass er das erreicht und bringt, was ich mir sehnlichst wünsche, Frieden mit und in dir. Auch wenn du mir vorhin gesagt hast, in wie viel Tagen wir auf der Insel sind, ich wünsche es mir von ganzem Herzen. Mia

Schon seit Tagen ist der Himmel grau, nur manchmal zeigt sich die Sonne, meistens regnet es. So, wie der Himmel trist und unglücklich erscheint, ist auch sie traurig und unglücklich, denn etwas hat sich in sie und ihr Leben gesetzt. Ein Grau, nur ab und zu durchbrochen von Licht. Vorher war alles anders, sie kannte dieses Grau nicht mehr, hatte es hinter sich gelassen und nur in bunter Helligkeit gelebt ... Es begann an einem Abend im Januar vor etwa eineinhalb Jahren, vielleicht war auch schon Februar, sie kann sich nicht mehr so genau erinnern. An diesem Abend musste sie lernen, doch sie hatte keine Lust und rief ihren ehemaligen Freund an, ob sie nicht etwas zusammen unternehmen könnten. „Klar!", sagte er. „Aber ich bin grad mit Nikeas unterwegs, wir wollen Billard spielen gehen. Ich frag' ihn mal, ob er was dagegen hat, wenn du mitkommst." Nikeas hatte nichts dagegen ... Sie kannten sich schon ein wenig, hatten sich vor ungefähr drei Jahren im September das erste Mal gesehen, als sie zusammen mit Gabor und ihm nach Prag fuhr, um sich eine Kartbahn anzuschauen, die die beiden übernehmen sollten. Danach waren sie einmal zusammen weg, weil er wegen einer Frau, vielleicht hieß sie Sophie, in einen Studentenclub wollte, und Gabor sie gebeten hatte, ihn zu begleiten. Auch wenn sie damals gar nichts dachte, von seinem Intellekt und seiner Intelligenz war sie schwer beeindruckt; und vom Whisky, den sie damals mit ihm das erste Mal getrunken hatte. Das war eigentlich alles, nur ab und zu sahen sie sich zufällig bei ihrem Freund, und immer fiel dieser Name – bei ihm oder in den Erzählungen ihres Freundes – Sophie. Sie war wohl damals mit jemandem zusammen, doch Nikeas hatte sich in sie verliebt und durchlief wegen ihr drei Jahre lang ein einziges Chaos der Gefühle. Immer wieder dachte er, er kann sie kriegen, doch immer wieder wurde er enttäuscht und getreten. Geändert hat das jedoch nichts. Vielleicht wurde es dadurch schlimmer, seine Liebe zu ihr steigerte sich schon fast auf ein unerträgliches Maß. Ihr widmete er sein ganzes Leben. Sie war überall und nirgends, er gab sich förmlich auf und machte sie beinahe göttergleich, ein Denkmal, ein Sockel, ein Bild – Sie. Und immer, wenn es vielleicht kurz davor war, aufzuhören, tat sie etwas, was dies verhinderte, oder er warf sich ihr erneut zu Füßen. Sein Leben in ihr sollte nicht enden. Vielleicht war es so, dass auch sie ein Leben in ihm wollte, vielleicht war sie gehemmt, nicht bereit dazu, unentschlossen, feige. Vielleicht war sie aber auch einfach nur eine Spielerin, die um jeden Preis weitermachen muss, ohne Rücksicht auf Verluste und ihn. Vielleicht liebte sie die Rolle des Regisseurs, der den Ball beliebig zuspielen kann, und das konnte sie – bei ihm. Er wusste es nicht, er wusste nur das eine, mit ihr zusammen sein, ist das Heiligste, ist das Leben, die Welt. Auch wenn sich der Wunsch nie erfüllte, in seinem Innersten wird er ewig leben und auf Erfüllung hoffen. Ich wusste das nicht, als wir Billard spielen gingen, ich wusste nur, dass sich Sophie irgendwann vor ein paar Monaten das letzte Mal bei dir gemeldet hatte. Nachdem sie eine Weile Billard gespielt hatten, fuhren sie zu dritt in ihre Wohnung. Ich glaube, sie tranken noch eine Flasche Wein und redeten. Irgendwann begann sie, mit Nikeas Kraniche zu falten, irgendwie war das lustig und ihr damaliger Freund, der jetzt nur noch ein sehr guter Freund war, beobachtete, sich schlafend stellend, das alles und stellte fest, dass man daraus eventuell mehr machen könnte. Doch er brauchte es nicht zu tun. Nikeas fragte nach ihrer Telefonnummer und dann stand er vor ihrer Tür. Diesmal hatte er ihr sogar gefallen, die langen Haare und ganz in schwarz, das war auch ihre Lieblingsfarbe. Auf jeden Fall hatte er irgendetwas an sich, was interessant machte ... Und damit fing alles an. Sie sahen sich öfter und Mitte Februar hat sie ihn dann einfach geküsst. Jetzt waren sie zusammen, warum, können wohl beide nicht so genau sagen. Beide hatten eine schmerzhafte Erfahrung zu überwinden, denn auch sie war böse von jemandem enttäuscht worden. Auch ihre Zuneigung wurde von diesem Jemand nicht erfüllt. Vielleicht dachten beide, sich darüber trösten zu können. Vielleicht war es auch die Neugier auf den anderen, vielleicht war es alles, vielleicht nichts von allem. – Es war einfach passiert. Die Fragen um das Warum, Wieso und Überhaupt schwangen noch eine ganze Weile mit. Von ihrer Seite aus wusste sie es, von seiner Seite merkte und glaubte sie es. Irgendetwas stand zwischen ihnen, eine Mauer, die zwei verschiedene Welten, zwei völlig verschiedene Charaktere, voneinander trennt. Viele Wochen lang fragte sie sich, ob ES der Enttäuschung, der sie irgendwie doch immer noch hinterher hing, standhält, und sie war froh, dass der Verantwortliche für diese ihre letzte Enttäuschung nicht in Saal war, als sie Nikeas kennen lernte. Irgendwie wusste keiner von dem anderen, was er wollte, dachte und fühlte, sie konnten sich einander nicht richtig nähern, zu groß war der Unterschied und der Rest. Oft hatte sie überlegt, sich wieder zu trennen, weil sie nicht glücklich war, zumindest nicht so, wie sie es sich vorstellte. Ihm ging es auch so. Doch sie trennten sich nicht und nach fünf Monaten war sie froh darüber. Denn sie wurde glücklich und die anfänglichen Schwierigkeiten waren so gut wie vergessen. Nur manchmal kamen sie noch hoch, doch alles andere, was zu diesem Zeitpunkt schon da war, war stärker. Es folgten die schönsten Zeiten ihres kurzen Lebens, sie war ausgeglichen wie nie, fühlte sich wohl und geborgen, war einfach nur glücklich. Und sie war es immer ... Da gab es keine großen Streits, da gab es keine Höhen und Tiefen, alles bewegte sich auf einer Ebene. Harmonie, das hatte sie bis dahin nicht gekannt, ihre letzten Beziehungen waren ein einziges Auf und Ab, Hass-Liebe. Sie war nie einfach nur glücklich, sie war immer auch unglücklich und zerstört gewesen. Durch ihn und mit ihm wurden alle Schmerzen gelindert, es gab nichts, was sie hätte traurig machen können, alles war einfach nur schön. Sie blühte in dieser Beziehung auf, wurde ruhiger und konnte doch immer sie selbst sein. Konnte ihr Leben leben, wenn sie wollte, und konnte es gleichzeitig mit ihm, Widersprüche gab es nicht mehr, jeder konnte sein, wie er wollte, keiner musste etwas aufgeben. Vor allem sie nicht ihre Normalität, er vielleicht doch seine geliebte Besonderheit. Doch er sagte ihr, dass er durch sie erfahren hat, dass Normalität nicht schlimm ist. Und so war sie zufrieden und glaubte, dass auch er es war. Mehr gibt es dazu nicht zu sagen. Sie konnte ihr Sein, ihr Leben, ihr Glück ja nicht einmal selbst in Worte fassen. Sie lebte und strahlte, überall Blumen, Helligkeit, Sonne, Glück, Ruhe, Frieden – Ein noch nie da gewesener Zustand, Genuss und Glückseligkeit pur. Sie wusste, für den Moment kann es eigentlich nicht mehr geben, konnte es auch nicht. Und sie wusste, dass sie diesen Zustand niemals mehr missen wollte, dass all dies das ist, wonach sie so lange gesucht hatte. Ja, diesen Menschen kann ich aufrichtig lieben, ohne Wenn und Aber. Einfach nur lieben, sich aufgeben, hingeben und es gleichzeitig aber nicht spüren. Und ihn nehmen, von ihm alles bekommen, was man sich nur wünschen kann, JA. Doch dann, es war einen Tag vor Himmelfahrt, meldet sich Sophie. Sie wollte sich mit ihm treffen, und er musste etwas beenden, was „Wahnsinn" war. Alles, was folgte, kann sie nur erahnen, war sie doch nicht dabei, konnte ihr doch niemand wirklich etwas sagen. Sie wusste nicht, ob er überhaupt zögerte, jedenfalls willigte er ein. Wusste er denn nicht, was geschehen musste, hat er es nicht einmal in

Erwägung gezogen? Oder hat er sich einfach nur gefreut und vielleicht auf etwas gehofft, was so lange nicht da war? Sie hatte keine Ahnung und heute tendiere ich fast zu Letzterem ... Bevor sie sich trafen, erzählte er es ihr. Sie war an dem Tag sowieso nicht gut drauf und hatte auch schon davor geweint. Nun tat sie es wieder, begriff aber eigentlich gar nichts. Sie hatte auch gar keine Zeit, darüber nachzudenken, schließlich musste sie arbeiten. Am Tag darauf hatte sie dann die Zeit, aber sie konnte nicht wirklich einen klaren Gedanken fassen, sie wusste ja auch noch nicht, was nun tatsächlich vorgefallen war. Bevor sie wieder arbeiten musste, legte sie sich noch einmal hin, um ein wenig zu schlafen. Schon oft hatte sie die schlimmsten und sinnlosesten Träume gehabt, doch das war neu. Im Traum sah sie Nikeas und Sophie zusammen im Bett liegen und schmusen, ihr plötzliches Dazukommen schien keinen von den beiden zu stören, sie lachten eigentlich nur. Nikeas startete noch den Versuch, sich zu erklären, doch es gab keine Erklärung. Schreiend und mit Tränen in den Augen lief sie weg und auf der Arbeit brach sie in den Armen ihrer Kollegin weinend zusammen. Dabei wachte sie auf, zuerst wusste sie überhaupt nichts mehr, war völlig neben sich, und dann, als sie wieder klar war, was war das? Das erste Zeichen von Unsicherheit, Ungewissheit von dem, wovor sie sich am meisten fürchtete – dem Verlust. Noch einen Tag später sah sie Nikeas, doch statt einer Klärung und der Information über das Treffen, führte er sie nur noch mehr ins Dunkel. Er sagte nicht viel und selbst das war nichts. Wieder liefen Tränen, es folgte eine schöne Nacht, doch ihr „Ich liebe dich und ich möchte dich nie verlieren!" blieb unbeantwortet im Raum stehen. Sie konnte nicht gut schlafen, war schon zeitig wach. Er schlief noch, sie hörte ihn atmen, er wirkte unruhig. Selbst wenn es nicht an dem war, sie wusste genau, was er gerade träumte. Nach circa zwanzig Minuten hielt sie es nicht mehr aus und stand auf. Sie setzte sich in die Küche und schrieb ihm ein paar Zeilen: Irgendetwas hat mich geweckt, es ist 7 Uhr. Habe sehr schlecht geschlafen, war ständig wach. Du liegst neben mir, schlafend.

Versuche, noch mal einzuschlafen, vergebens. Du bist unruhig, atmest schwer und gibst komische Laute von dir. Meine Gedanken zwingen mich in eine Richtung, es fällt mir nicht schwer, mir vorzustellen, was, von und mit wem du gerade träumst. Es fällt mir schwer, nicht an sie zu denken. 7.30 Uhr, ich muss aufstehen, ich kann nicht einfach so daliegen, es quält mich zu sehr. Am liebsten möchte ich dich wecken und heulen. Ich muss raus hier! Fragen über Fragen in meinem Kopf, Unklarheiten. „Ich will dir das nicht sagen, weil du..." Weil ich was? Ich denke, du hast mir nicht alles erzählt, hast du ja auch nicht. Der Traum macht mich fertig, es ist verdammt hart. Ich bin unsicher und verletzt, will es sein. So bin ich. Ich hoffe, es geht vorbei. Bitte hilf mir und lass es aufhören ... Ich habe Angst, aber es geht bestimmt vorbei – irgendwann, durch dich und mit dir." Was am nächsten Tag passierte, weiß sie nicht mehr, nur, dass sie den Abend zusammen verbrachten. Es war Montag und am Morgen musste er einige Wege erledigen, sie war allein bei ihm. Es gibt keine Entschuldigung für ihr Verhalten, aber sie kramte in seinen Sachen herum und dann setzte sie sich an den PC, um seine Aufzeichnungen zu lesen, die er irgendwann bei Sophie begonnen und mit mir beendet hatte. Sie kannte es zwar schon, aber wahrscheinlich war es genau das, was sie dazu verleitete. Schon damals hatten ihr die Zeilen wehgetan, vielleicht hatte sie schon da gewusst, dass er über sie niemals etwas Derartiges schreiben würde. Nun, jetzt, da Sophie gerade „aktuell" war, tat es ihr umso mehr weh, sie wollte sich wehtun und darin war sie schon immer sehr gut. Als Nikeas zurück war, blieb nicht mehr viel Zeit, weil sie in die Uni musste. Die ganzen Tage hatte sie ihn mit Fragen gelöchert und jetzt, ausgerechnet jetzt fing er an. Auf der Fahrt zur Uni erfuhr sie dann endlich etwas, womit sie was anfangen konnte. Sophie wollte ja eigentlich auch mit Nikeas zusammen sein, sie hatte sich nicht gemeldet, weil sich irgendein Weichei wegen ihr umgebracht hat, sie haben sich umarmt und sie hat geheult und sie waren beinahe neun Stunden zusammen. Noch heute bin ich der Meinung, dass das nicht alles ist. Vor der Uni bat sie ihn um ein paar Tage Zeit, sie konnte ihn weder küssen noch umarmen, sie wollte einfach nur aussteigen. Doch am Abend rief er an. Warum sie dann zu ihm gefahren ist, weiß sie nicht, vielleicht dachte sie, dass er noch mehr erzählt. Außerdem hatte sie Angst vor der Nacht, sie wollte nicht allein sein. Der Abend war dann auch recht schön und ordentlich unterwegs schliefen sie ein. Am Morgen hatte er dann wieder was zu erledigen und wie schon am Vortag nutzte sie die Gelegenheit. Diesmal war sie gründlicher und fand zwischen seinen Aufzeichnungen einen Zettel mit ihren SMS, ihrer Telefonnummer und dem Autokennzeichen. Sowieso nicht ganz klar im Kopf brach sie wieder heulend zusammen und wieder schrieb sie einen Brief: Nikeas – jetzt ist es schon wieder passiert, ich glaube, du hättest mich nicht allein lassen dürfen. Beide Male war ich froh, allein zu sein, damit ich endlich suchen kann – nach dem, was mich verletzt. Ich bin krank, nicht vor Eifersucht, aber vor Angst. Vor ihr und um dich. Gestern Abend dachte ich, es ist okay jetzt, und nun? Nun hab ich leider wieder etwas gefunden, was mich daran erinnert. Einen Zettel, Briefe ... krankhafter Zwang. Jetzt weiß ich wieder nicht mehr, was ich denken und fühlen soll, wieder Unklarheiten. Hat es mit einer SMS angefangen, die du nicht aufgeschrieben hast, oder mit dem Zettel „Können wir uns treffen? S." ? „Ja, Nikeas. Glaub mir, ich habe ewig nachgedacht." Ich will wissen, was du ihr vorher und danach gesagt hast, wie du dich verhalten hast. Ich muss, Krise! Gott, bin ich bescheuert! Unmöglich, ich benehme mich wie ein kleines Kind. Ich kann nicht erwachsen denken, wobei, würde ich mit 80 wohl auch nicht. Ich weiß nicht, vielleicht denke ich einfach zu oft an meine Vergangenheit, ich hab es schon mal durch. Ich weiß, ich will immer so cool und unverletzlich sein, aber ich bin es nicht. Es tut verdammt weh, es macht mich fertig. Ich weiß auf der einen Seite zu viel, auf der anderen nichts. Überhaupt nichts! Kein Gerüst, kein Netz, keine Fäden. Fetzen, Bruchstücke. Ich will in dich sehen! Sehen, was du denkst und fühlst. Ich will dir einfach nicht glauben, ich kann nicht. Nicht nach allem. Es kann nicht so einfach sein, wie du sagst, nicht nach allem, nicht bei ihr! Ich hasse sie dafür, dass sie dich brauchte, dass es sie gibt und sie dich kennt. Ich weiß nicht, was du tun kannst, wahrscheinlich nichts. Ich bitte dich, mich nicht für verrückt zu erklären und mir nicht allzu böse zu sein. Ich bin wohl doch unrealistisch, misstrauisch und sehr, sehr verletzlich und angreifbar. Ich möchte grad schreiend wegrennen, ich habe mich so verarscht, dachte, es macht mir nichts aus. Ich hab Angst vor der Zeit, wenn ich nicht da bin, du dich mit jemandem triffst. Was werd' ich denken, wie werde ich mich fühlen? Beschissen, allein, hin- und hergerissen zwischen abwarten und unternehmen. Es könnte Eifersucht werden, ich kann nicht abschätzen, was richtig und was falsch ist. Privatdetektiv, oh Gott! Ich bin so unruhig, fühle mich wie ein Löwe im Käfig, nur nicht so stark. Klein und schwach und hässlich, nicht gut genug, um gegen sie eine Chance zu haben. Ich sehe euch vor mir, bin sicher, ihr seid irgendwann zusammen. Ich will dich aber nicht verlieren, ich hab so lange warten müssen, ich will nicht, dass es mir schlecht geht, aber ... Es soll aufhören! Ich will sie anrufen, anschreien, ihr wehtun, doch wozu? Ich würde mich lächerlich machen und es hätte keinen Sinn. Das hab ich noch nie getan ... Leider kam er eher zurück, als sie vermutet hatte, und so sah er, was geschehen war, alles Übrige erzählte sie ihm. Dieser Tag war der schlimmste von allen und er konnte nichts tun. Vielmehr stürzte er sie noch tiefer in ihre Depression, denn als sie wissen wollte, wozu er das Autokennzeichen bräuchte, antwortete er: „Damit ich sie vielleicht irgendwann wiederfinde." Bis heute steht dieser Satz im Raum ... Am Abend erklärte sie ihm, sie würde ein zweites Treffen nicht mitmachen, denn sie müsse sich nicht noch einmal wehtun. Nichts ... Am Donnerstag versprach er, auf ein Treffen zu verzichten. Die nächsten Tage verliefen nicht viel besser, immer wieder Tränen, Zweifel und böse Gedanken, zu viel, um eine klare Linie im Kopf zu haben, zu viel, um eine Reihenfolge der Ereignisse zu finden, geschweige denn, sich aller bewusst zu sein. Eigentlich wollten sie sich erst Sonntag sehen und hören, doch am Freitag hatte sie wieder so ein Gefühl. Sie schrieb ihm eine SMS und es funktionierte, zufrieden und mit einem wohligen Gefühl im Bauch schlief sie bei ihm ein. Doch Samstagmorgen kam der nächste Hammer, ein Traum, irgendwie schlimmer als der erste: Zuerst waren wir alle auf einer riesigen Party, du, ich, Anett, Sophie und der Rest. Sie sah ganz anders aus, als ich sie in Erinnerung hatte, kurze blonde Haare und irgendwie hässlich. Sie musterte mich von oben bis unten, sah mich ständig an. Immer, wenn ich von der Küche oder aus dem Bad kam, war sie bei dir. Man konnte spüren, dass sie förmlich deine Nähe suchte. Und dabei sah sie dann immer ganz verstohlen zu mir herüber. Dann waren wir plötzlich im Urlaub in der Türkei, Anett war auch mit – und Sophie. Eines Morgens sollte eine große Veranstaltung sein. Wir hatten in der ersten Reihe Plätze, der rechts neben mir war frei – dein Platz. Nach einer halben Stunde wurde ich unruhig, Anett wusste auch nicht, wo du bist. Also bin ich los, um dich zu suchen. Ich lief um den Pool herum, am Strand entlang. Nichts. Ich lief durch die Stadt, auch hier – nichts. Nach drei Stunden lief ich zurück, auf dem Rückweg versuchte ich, dich anzurufen, doch dein Telefon war aus. Ich fing an, zu weinen. Ich kam an einer alten Frau vorbei, sie sagte irgendetwas zu mir, doch ich konnte sie nicht mehr hören, war wie in Trance. Zurück im Hotel stieß ich auf Anett, sie hatte dich auch nicht gesehen. Wir gingen aufs Zimmer und da hörte ich euch. Wir blieben im Flur stehen und ich hörte Sophie sagen: „Ach, das hätten wir alles schon am Donnerstag tun sollen, da wären uns viele einsame Tage erspart geblieben." Da konnte ich nicht mehr, stürmte ins Zimmer und da lagt ihr glückselig beisammen. Die Köpfe aneinander geschmiegt lagt ihr einfach da. Auch als ihr mich bemerktet, veränderte sich nichts, ihr habt dann nur gelächelt. Da bin ich ausgerastet und habe dir eine gescheuert, Sophie konnte meine Hand gerade noch abfangen, bevor sie auch ihr Gesicht traf. Ich rannte weg – einfach weg, raus hier! Später fand mich Anett am Strand und erzählte mir, dass ihr einfach weiter geturtelt habt, als wäre nichts geschehen. Sie hat ja die ganze Zeit im Flur gestanden. Ich fragte sie, was ich tun soll, eine Antwort hatte ich schnell gefunden. Da fing ich wieder an, zu weinen, und dadurch wachte ich auf. Ich dachte, du liegst neben mir, also ließ ich mein Gesicht zur Wand. Ich konnte mich nicht beruhigen und stand auf, um ins Bad zu gehen. Und wie ich da saß, schloss die Wohnungstür. Scheiße, jetzt kommt er bestimmt gleich rein und sieht mich! Tja, und so war es ja dann auch. Den Rest weißt du ... Als wir uns am Nachmittag noch einmal hingelegt hatten, konnte ich irgendwie nicht schlafen. Ich wollte mich immer an dich kuscheln und irgendwie wollte ich es doch nicht. Also setzte ich mich hin und beobachtete dich. Du schliefst, unruhig. Irgendwann hast du dich auf den Bauch gelegt, deine Beine gespreizt und deinen Po hoch und runter bewegt, halt so, wie wenn man in der Missionarsstellung Sex hat. Dann wurdest du ruhiger, Orgasmus? Du hast ein Bein angewinkelt und deine Arme lagen so, als würdest du jemanden umarmen. Ich konnte mir nicht vorstellen, dass du mich umarmst! Und so wenig, wie ich mir das vorstellen konnte, kann ich mir vorstellen, dass mit dir alles in Ordnung ist und du mit Sophie im Reinen bist. Es ist einfach zu viel passiert und auch, wenn du eigentlich so wie immer bist, ist es doch anders. Jeden Tag kommt etwas Neues hinzu, auch wenn es nur Worte sind. Deine Gedanken vom 26. Mai enthalten so viel für mich, auch wenn nichts klar ausgedrückt ist und ich sie jetzt nicht vor mir habe. Ich kann mich nicht richtig erinnern, aber da standen Dinge wie: „... ein Moment fernab aller Kategorien, nicht in dieser Welt, sondern die Welt" oder „Wir können nicht zurückgehen, nicht wegen der Zeit, sondern weil wir nicht wissen, was und warum es war.", „Wir wissen nicht, was es war, nur, dass es war.", oder so ähnlich. Weißt du, wie ich mich fühle? Klein, hässlich, benutzt, ausgenutzt, machtlos. Warst du nur mit mir zusammen, weil sie nicht da war? Hast du die Normalität nur angenommen, weil du Abstand vom Besonderen brauchtest? Weil du sie nur so finden konntest, sie jetzt wiedergefunden hast und finden willst? Oder war es vielleicht doch ich, Liebe? Warum sagst du, dich beschäftigt das alles nicht? Ich glaube es dir nicht! Ich glaube, du rennst weg, weil du feige bist und nicht weißt, was kommt! Weil du Angst hast! Wovor? Ich bin heute Morgen aufgewacht und musste wieder weinen. Ich denke, ich brauche Ruhe, Abstand und Zeit. Genau wie du. Wenn du deinen Traum leben willst, lebe ihn! Denk einfach darüber nach. Ich möchte einen Schlussstrich ziehen und ES beenden, komme so nicht weiter. Es wird nicht besser, wenn wir es einfach so stehen lassen. Ich kann das nicht so wie du!? Kann nicht so weiterleben, dich jedes Mal sehnsüchtig erwarten und doch unglücklich sein. Jeder Augenblick mit Zeit quält mich so unheimlich. Ich will das alles nicht mehr und wenn ich mit und in dir keine Ruhe finden kann, muss ich es erst einmal ohne dich versuchen. Auch wenn es schlimm und schmerzhaft sein wird, irgendwann werden meine Tränen versiegen und ich werde wieder ich sein – Zeit heilt alle Wunden – entweder mit dir oder ohne dich. Nicht so, sondern wie immer, als alles schön war. Der Rest liegt bei dir ..."

So sah es also bei Mia aus. Die, die ihn rausgerissen hatte, hatte er nun reingerissen. Auch an ihm war all das nicht spurlos vorübergegangen und an ihnen, wie Mias Brief deutlich machte, schon gar nicht. Wie sollte es auch? Am 23. Mai hatte Sophie die SMS geschrieben, die Mia gefunden hatte: „Bitte, am Samstag geg. 23 Uhr im Werk. Ich bitte dich sehr, denn nur du kannst dem ein Ende bereiten. Es gibt scheinbar keinen anderen Weg – es ist Wahnsinn." Zwei Tage später, am 25. Mai, hatten sich Nikeas und Sophie dann getroffen und sie hatte ihm am Morgen danach um 7.14 Uhr geschrieben: „Es ist gut so. Danke." Auch diese Nachricht hatte Mia gefunden, genau wie seine Gedanken vom 26. Mai, vom Tag danach.

26. Mai – Ein Moment jenseits von Gut und Böse, fernab aller Kategorien, mitten in Sein und Nichtsein. Nicht in dieser Welt, sondern die Welt. Wir bemühen uns so sehr, den richtigen Weg zu finden, und gehen doch nicht wirklich einen. Auch zurückgehen können wir nicht und das nicht wegen dem, was wir Zeit nennen, sondern weil wir nicht wirklich wissen, wie uns geschah. Und trotzdem können wir sagen: „Wir verändern"? Es bewegt sich mit uns, in uns und durch uns und wir glauben an die Besonderheit! Jedem sein kleiner Kampf und jedem seine kleine Freude. Wenn wir gleichlaufen, nicht mit-, sondern für einen Moment gleichschwingen, dann ist alles und nichts; und wir sind. Die Erinnerung daran, dass es so war, ist alles, was je bleibt. Was es war, ist unmöglich zu sagen.

Sophie hatte den Freispruch gewollt, das war es, was sich in der SMS angedeutet hatte: „... nur du kannst es beenden." Er hatte auch schon so gedacht, irgendwann damals. Er hatte sie besucht und gebeten, dass sie es beenden solle, er könne es nicht, hatte er ihr klargemacht, und sie hatte es nicht getan. Es war so. Sie wollte, so, wie er damals wollte, und wollte den Freispruch und vielleicht noch offene Türen dazu, man spürte das in den ersten Stunden des Treffens. Alles wurde im Vagen besprochen und der häufigste Satz war „Du weißt schon ...", aber die Gedanken arbeiteten und die Worte wurden gewägt. Die Spieler hatten sich getroffen. Im weiteren Verlauf des Abends wurde all das dann weitgehend verdrängt und vergessen, man redete, wie immer, über alles und verlor sich im Irgendwo. Es war schön. Auf Nachfrage erzählte sie dann auch die Geschichte von diesem Typen, der sich in seinem Auto vergast hatte, und dabei formte sich im Kopf des Helden das Bild, dass er es getan hatte, weil er sie nicht kriegen konnte, was aber eben auch daran lag, dass der Held irgendwie immer mit ihr war und er das wusste. Na ja, zumindest hatte der Held es so verstanden – will man es wirklich genau wissen? Wahrscheinlich weiß sie es nicht einmal selbst. Wie sollte sie auch? Er erzählte von seinem grandiosen Scheitern mit der Baufirma, die sich aus der Partnerschaft mit Ludwig Rösler ergeben hatte, und der Toilettenwerbefirma, die irgendwann in dem Jahr möglich geworden war, als die Geschäfte und das Leben mit ihnen wirklich Spaß machten. Nun war all das endgültig gescheitert und beendet. Ein Stück von der Kartbahn war ihm letzten Endes geblieben. Sie haben ewig darüber gelacht, dass er nun vielleicht Banker werden müsste. Später die Philosophie und dann, irgendwann, etliche Stunden und ein paar hundert Kilometer weiter, die Verabschiedung. Es wurde ernst. „Es geht nicht, es geht jetzt nicht." Das war es, was er ihr sagte. Er sagte, dass er mit Mia glücklich ist und dass es schön ist, alles geben zu können und zu merken, dass es funktioniert, dass etwas zurückkommt. Und als sie ihn fragte, was sie tun sollte, sagte er ihr, sie solle ES in die Welt hinaustragen, so, wie er es tun würde. Er wollte wirklich, dass sie das tut, und er hoffte, sie würde es vielleicht doch nicht tun, sie sollte vielleicht doch warten. Aber das sagte er ihr nicht, erlaubte er sich nicht, zu denken, er wollte es nicht, er wollte bei Mia bleiben, er wollte nicht zurück in diesen kleinen dunklen Raum voll Licht, in dem sie liegt. Nein ... Es war entschieden, schon bevor er mit Mia zusammenkam. Er musste es nur hinter sich bringen – er wollte zurück, zurück in seine heile Welt, zurück zu Mia, in sie dringen, mit ihr sein – lieber die Wahrheit, als den Schein. Und ihr ging es auch so. Deswegen hat sie ihm, kurz nachdem sie sich am Morgen getrennt hatten, die letzte Nachricht geschrieben: „Es ist gut so. Danke." Und deswegen hat sie ihm nicht geöffnet, als er dann gegen 10 Uhr mit dem Umschlag, in dem er seine Aufzeichnungen aus „ihrer Zeit" aufbewahrte, vor der Tür stand, um es ihr zum Abschied zu geben, ihr alles zu erklären, damit sie ihn verstünde. Und deswegen schrieb sie ihm zwei, drei Monate später – er war, was für ein Timing, gerade auf einem Philosophieseminar im Ausland – noch mal eine SMS: „Es ist so schwer. Ich versuche alles, um vernünftig zu bleiben. Ich hab alle Briefe gelassen, glaube mir, ich will dir alles lassen, aber ich sah dich wieder." Und deswegen antwortete er ihr: „Unser jeweiliges Sein stand unserem Sein Immer entgegen – so auch jetzt – und hat es doch mit sich getragen. Undenkbar, was somit wird. Es ist." Und deswegen schrieb sie daraufhin: „Ja. Es ist gut so. Für dich. Dieser Gedanke ist mir nicht fremd – eine Erklärung."

Das mit den SMS erzählte er Mia nicht, er wollte nicht noch mehr aufwühlen, dort, wo er die meiste Ruhe wollte. Dennoch dachte er daran, dass sie sie finden könnte und trotzdem schrieb er sie auf. Er wollte nichts vergessen und er wollte nichts vor Mia verbergen. Irgendwann fand sie sie dann und es kam, wieder einmal, wie so oft zuvor, seit dem Treffen mit Sophie. Er hatte sich entschieden. Für Mia, gegen Sophie, für die Klarheit, das hatte er Mia gesagt, das hatte er sich gesagt. Er wollte Mia nicht quälen, er wollte, dass sie ihm vertraut. Aber das konnte sie nicht mehr. Sie hatte seine Aufzeichnungen gelesen. Er hatte sie ihr kurz nachdem sie sich kennen lernten selbst gegeben, damit sie um ihn wüsste. Zwei Mal, vielleicht sogar drei Mal hatte sie sie seitdem gelesen und dabei immer, so auch jetzt, von DER LIEBE gelesen, dem Licht, dem vollkommenen Moment – von all den Geburten des die Liebe suchenden Geistes, des schmerzlich, genial jauchzenden Eros. Sie hatte die Wahrheit gelesen. Doch diese Wahrheit war nicht die Ankunft, sondern nur ein – wenn auch nicht unwesentliches – Stück des Wegs gewesen. Er weiß das heute, ahnte es damals. Sie wusste es nicht und hatte nun wieder von DER LIEBE gelesen. Natürlich konnte sie ihm nicht glauben, wenn er vom Jetzt sprach oder davon, dass er sie wollte, aber eben nicht so wollen könne, wie er es damals über das Wollen nach Sophie geschrieben hatte. Das Jetzt war wirklich und es war gut so. Es konnte kein Sehnen mehr geben, da nun etwas war und nicht mehr etwas sein sollte. Natürlich dachte sie, er verdrängt seine Gefühle aus Angst, und natürlich hatte sie damit nicht ganz Unrecht, genauso wenig damit, dass sie wusste, dass er nur allzu oft an das göttergleiche Bild dachte, das Sophie hieß – an sein Sein als Eros und auch an Sophie selbst. Wie könnte er auch vergessen? Aber DIE LIEBE suchte er nicht mehr, er hatte genug vom Dämon. Er wollte nur noch leben, kein Vielleicht, ein Jetzt. Und das am liebsten mit Mia, aber nicht so, voller Zweifel, „sondern wie immer, als alles schön war". Und er hatte oft versucht, sie genau davon zu überzeugen.

Mia – Was ich kannte, waren Freundschaft, Verliebtsein, Sex. Und ich glaubte einst, gefunden zu haben, was ich großteils vermisste: „Seelenverwandtschaft". Die Welt war klein und die Gedanken waren groß, nichts schien unmöglich und alles drehte sich um mich, bis ich begann, mich um SIE zu drehen. Aber die Geschichte kennst du ... Ich wollte mich opfern, auf dass mir geopfert werde. Blödsinn! Denn es geht nicht darum, etwas aufzugeben, sondern darum, etwas zu gewinnen. Ich war allein und ich dachte: Es soll wohl so sein, wofür auch immer, wie auch immer ... Seelenverwandtschaft. Das war es, was zu suchen blieb, und die Zerstörtheit, der Grund, auf dem wir beide begannen. Jeder von uns hatte sich arrangiert mit seiner Welt – die mit zunehmendem Alter immer größer wurde und die Gedanken immer kleiner scheinen ließ. Auf seine Weise hatte jeder seinen Weg, seinen Kompromiss gefunden. Doch was uns zusammenhielt – wortlos –, war das Ziel, auch wenn schwer zu sagen ist, wie es im Ende aussehen könnte, hat doch jeder von uns – du und ich – eine Vorstellung davon, was Leben sein sollte und ist; und das ist es, was uns beieinander hielt: Seelenverwandtschaft im Ziel, das keiner kennt – nicht an der Oberfläche und nicht im Bezug auf den jeweiligen Weg, sondern auf das Große und Ganze, den Inhalt und Sinn. Zweisamkeit. Wir in der Welt, mit der Welt, die Welt. Das ist es, was passiert ist, was ist, was sein soll. Was auch immer zu passieren scheint, man weiß, dass es *das* ist. Ich bin so unendlich gerne für dich da, weil ich mich so unendlich wohl fühle in uns. Vielleicht und bestimmt ist es auch deswegen so, weil wir beide – jeder vom anderen für sich – eine Mitte gefunden haben, einen vollkommeneren Weg. Meine Ruhe ist es, wenn die endlosen Fragen, Schleifen, „Erleuchtungen" und „Verwürfnisse" im Kopf mal zur Ruhe kommen, wenn ich normal sein kann – auch wenn ich diesen Krieg in mir nicht missen möchte und abstellen kann. Und ich weiß, auch du hast deinen Frieden gefunden. Es funktioniert: Frieden erzeugt Frieden, mir fehlen die Worte. Ich war traurig, weil ich – dadurch, dass war, was war – den Eindruck hatte, dass du an all dem, an uns zweifeltest, und ich es, wenn dem so wäre, selbst wieder in Frage stellen müsste. Und dennoch, wieder, wie am Anfang, war da dieses wortlose Wissen. Ich wollte nichts anderes, als das, was zwischen und mit uns ist, und ich will niemals daran zweifeln – Du, meine Eine, ich dein Einer. Die Welt ist nicht mehr denkbar ohne dich und soll es auch nicht sein. Zweisamkeit, Seelenverwandtschaft, ein Leben, Nikeas und Mia.

Dennoch: glauben konnte oder wollte sie ihm nicht mehr und so verlor sich auch dieser Brief, den er ihr als Antwort auf ihren noch am selben Tag geschrieben und gegeben hatte, in den Zweifeln und Verzweiflungen, im sich steigernden Unglauben der folgenden sieben, acht Monate. Auch in seinem ...

Kaum erwacht, *schon wird es Nacht /*
und der Trieb mit aller Macht /
tief aus meiner Seele lacht

Mensch ist meist klein, *wenn er allein /*
ist er zu zweit, zu allem bereit /
vergisst er sich selbst /
vermisst das allein /
verhört allgemein /
den Wandel des Sein, der doch immer ein /
Zu Liebe und Schmerz zieht es das Herz /
was Alter versäumt, die Jugend erträumt /
die Mitte so lau, birgt scheinbar nur Stau /
Depression längst ersäuft /
und trotzdem /
es läuft.

Den Traum gewonnen und verloren /
die Flucht geboren /
kein Weg zurück /
Schlaf im Wachen, Schönheit im Schein /
geworfen und gefangen in Sein //

Kein Tod, kein Leben ist wirklich gegeben /
alles, wie immer, nichts /

Nicht mehr dabei, doch nicht ganz allein /
bin eins mit mir und doch nicht zufrieden /
wo ist all die Liebe geblieben?

Die große Depression ist der Wille. Der Wille, der nur sich selbst kennt, kein Wohin hat, kein Wofür. So muss er ins Nichts streben und findet in aller Leere keine Brechung, nichts, woran er sich beweisen könnte. Fühlt ohne Widerstand sich selbst nicht, nur sein endloses Streben. Die Wirkung fehlt, er fällt ins Bodenlose. Nichts scheint würdig, nichts erstrebbar, nirgends liegt Gewinn. So denkt er, wenn er das Einssein erfasst hat, und fühlt sich gelähmt von seiner Konsequenz.

Auch mit 28 stellt man sich noch die Frage, was das Leben, das richtige Leben, ist. Und die Wahrscheinlichkeit, dass das so weitergehen und vielleicht nie enden wird, steigt mit jedem Jahr. Am Ende bleibt immer dasselbe – ein offenes Irgendwas, Irgendwie und selbst das muss man sich wahrscheinlich noch schön und sinnvoll reden. Man muss! Das heißt, man tut es einfach, so wie immer – man hat ja gar keine andere Chance. Man will und kann nicht begreifen, dass dieser Wille alles ist, was ist – mehr nicht, obwohl er doch zum Scheitern verurteilt ist. Gibt es einen Grund, zu leiden?

About nothing *everything's to say /*
things in general, they all come – and fade away

Der Morgen stirbt nie. Was sollen uns diese Worte sagen? Wenn man sie gehört hat, gehen sie einem nicht mehr aus dem Kopf (Hollywood ist groß) und man hat keine Ahnung. Auf jeden Fall merkt man sich diesen Satz. Was er heißt, ist damit vielleicht egal. Gut! Der Morgen stirbt nie. An einem Tag stirbt der Morgen doch. Und ich kann es immer noch nicht glauben. Der Morgen stirbt nie.

Und wenn man den Eindruck hat, nicht geliebt zu werden, so könnte es daran liegen, dass man glaubt, nicht genug geliebt zu haben. Und so in den meisten Dingen.

Ist das Leben nicht eine eigenartige Geschichte? Es geschehen unvorstellbare Dinge. Zum Beispiel sitze ich jetzt hier und denke an dich, Sophie, frage mich aber die ganze Zeit, ob ich es wirklich festhalten soll. Wohin damit? Auch diesmal soll es niemand finden, außer du vielleicht. Ich habe, wie immer – und überraschend ist das nicht mehr –, keine Ahnung. Ich denke oft an dich, manchmal träume ich auch von dir. Vor ein paar Monaten hast du mich dabei verachtet. Du hast mir deinen Arsch gezeigt und ich wollte ihn. Aber du hast gelacht und du warst nicht allein. Vor ein paar Wochen habe ich deine Pudel gerettet und heute sind wir zusammengezogen. Wie auch immer, du bist immer noch in mir und ich will nicht, dass du gehst. Es geschehen unvorstellbare Dinge. Ich will mit Mia sein und ich will, dass du mit mir bist. Und dabei gibt es eigentlich – solange man nicht darüber nachdenkt – keinen Widerspruch. Beides steht nebeneinander – so ist es jetzt.

Nach etwa acht Monaten hatten es Mia und Nikeas dann geschafft. Er war für sie endgültig zum vor sich selbst flüchtenden Weichei verkommen und sie war für ihn mehr und mehr zum keifenden Weib geworden. Ihm war es mittlerweile egal, ob sie gehen oder bleiben würde, und sie wollte weg und ging. Natürlich konnte er das locker sehen – es war ja, wie die Dinge mittlerweile lagen, irgendwo Befreiung auch für ihn.

Die Freiheit fanden Mia und Nikeas wieder, als sie sich trennten und dann dennoch zusammen blieben. Alles war nun raus, offen, von vorn. Sie trafen sich, redeten und schliefen miteinander, das Nicht-zwingen war ihr oberstes Gesetz geworden und über die nächsten drei, vier Monate fanden sie wieder diese Sicherheit, das Wissen darum, dass es gut ist, dieses Vertrauen, dieser Glaube, diese Zweisamkeit, dieses unaussprechbar Wohlige, das dem Ich erst Einheit gibt. Und die Einheit in sich selbst und ineinander fanden sie wieder in Freiheit zu zweit.

Sophie wollte, das war das Letzte, was er von ihr hörte, gemeinsam mit ihrem Freund umziehen. Dass sie mit ihm glücklich und in ihn verliebt ist, sagte sie Nikeas, als er sie das letzte Mal anrief, irgendwann in den Wirren mit Mia war das.

Mia ist glücklich, das weiß er, und er ist es auch, sie ist mit ihm und er mit ihr und er ist reicher, um vieles reicher, als er es jemals war, und er weiß, dass das eine Folge all dessen ist, was war, was sich für ihn durch all das sehen ließ. Er weiß nun, was er tun wird – wenn auch noch nicht ganz im Konkreten – und er weiß, ...

... dass das Bild der Liebe, so wie die Bilder aller Dinge, nie vollendet, sondern immer in Vollendung ist.

WEITERE BÜCHER VON PIERRE KYNAST

TRIALEKTIK
Entwurf eines metaphysischen Schemas zur Beschreibung und
Beherrschung der Wirklichkeit
2011

Dieses Buch handelt vom kleinsten gemeinsamen Nenner, auf
den man die Welt bringen kann. Er heißt drei. Das an der Drei
etwas dran sein muss, ist sozusagen ein alter Hut. Das Neue
hier ist, dass die Drei systematisch grundlegend in den Griff
genommen und als Metaphysik, Ontologie beziehungsweise
einheitliche Theorie und Grundlage einer Logik entwickelt
wird. Unter anderem ist damit eine Möglichkeit formuliert,
überkommene Dualismen zu entspannen und in einer umfas-
senderen Sphäre aufzuheben.

FRIEDRICH NIETZSCHES ÜBERMENSCH
Eine philosophische Einlassung
2006

Dieses durchaus bedenkliche Buch erklärt den Gedanken des
Übermenschen aus dem Werk Friedrich Nietzsches. Es nimmt
viele der gefährlichen Gedanken Nietzsches auf, ohne sie zu
kritisieren, objektivierend aufzuweichen oder zu verdammen,
und zeigt deren Zusammenhang mit der Idee des Übermenschen. Über die Klärung dieser Idee führt das Buch gleichzeitig
in die Philosophie Nietzsches ein und macht dessen Ansätze zu
einer Philosophie der Zukunft greifbar.

www.ingramcontent.com/pod-product-compliance
Lightning Source LLC
Chambersburg PA
CBHW060349030726
47497CB00003B/653